CW01661476

ROMANZI

Angelo Paratico

Black Hole

MURSIA

Copertina: Wise

Il nostro indirizzo Internet è: http://www.mursia.com

© Copyright 2008 Ugo Mursia Editore S.p.A.
Tutti i diritti riservati - *Printed in Italy*
5743/AC - Ugo Mursia Editore S.p.A. - Milano
Stampato dal Consorzio Artigiano «LVG» - Azzate (Varese)

Anno	Ristampa
11 10 09 08	1 2 3 4

A Donatella, Virginio e Gloria

Migrés, migrés de Geneve trestous,
Saturne d'or en fer se changera,
Le contre Raypoz exterminera tous,
Avant l'advent le Ciel signes fera.

Nostradamus IX, 44

Quo universalius eo divinius.

Sant'Ignazio di Loyola

Capitolo Primo

Hong Kong

L'alba era vicina. Giuliano Sovramora uscì dalla camera da letto, ancora immersa nella penombra, e attraversò il soggiorno per andare a gettare un'occhiata fuori dalle finestre. Qualche centinaio di metri più in basso, fra le tenebre, brillava la baia di Hong Kong, che gli parve un enorme opale iridescente, con una miriade di piccoli diamanti incastonati tutto intorno. Simili a cespi di funghi, in lontananza, s'alzavano i condomini di case popolari: vere e proprie città dentro la città, ma poche di quelle finestre erano illuminate.

«Dormono, oppure sognano?» si chiese. «E chissà quali saranno i loro sogni? Sogni in cui rivivono il passato, oppure vedono dentro al futuro?»

Spirava un forte vento di tramontana e i primi raggi di sole nascente illuminavano la sommità dei colli posti nei Nuovi Territori, oltre i quali sta il confine con la Cina.

Decine di chiatte portacontainer, incatenate l'una all'altra, erano ormeggiate dietro l'isola di Stonecutters e tre battelli risalivano pigramente la corrente, dopo aver imboccato il fiume delle Perle. L'acqua era torbida, carica di quel fango che, sfociando in mare, decanta sui fondali di Macao.

Indossò una camicia azzurra che aveva tolto dal guardaroba e con qualche difficoltà si infilò i gemelli. Un'operazione complicata, per chi non ha un maggiordomo sempre a propria disposizione. Brillarono, mentre passava sotto una lampada e li osservò per bene, avvicinandoli agli occhi. Erano i suoi accessori preferiti: con la montatura circolare d'oro e, al centro, due denari d'argento dell'imperatore Tiberio. Quelle monete romane, che gli inglesi chiamano *tribute penny*, esercitavano un'attrazione magnetica su di lui. Dopo averle vinte in un'asta, le aveva fatte montare da un orafo, per portarle sempre. Gli piaceva immaginare che Gesù, duemila anni prima, ne avesse tenuta una nel palmo della mano. Infatti, seguendo la narrazione dell'evangelista Marco, che tutti i cristiani conoscono bene per averla sentita spesso in chiesa, dopo che in una piazza di Gerusalemme un provocatore aveva chiesto al Nazareno se fosse lecito pagare il tributo ai romani, egli si era fatto dare uno di quei denari e gli aveva domandato cosa vi fosse scritto, lì sopra, e che immagine fosse quella.

«È Cesare, c'è scritto Cesare.»

«Reddite igitur quae sunt Caesaris, Caesari et quae sunt Dei, Deo», date a Cesare ciò che è di Cesare e a Dio ciò che è di Dio, gli disse Gesù e lo spiazzò con la semplicità della sua risposta. *Et mirabantur super eo*, e tutti lo guardarono pieni di stupore.

«Sì, la semplicità è una virtù divina» pensò Giuliano. «E anche la verità è semplice, sempre simmetrica.»

Fece velocemente colazione con una tazza di tè e una fetta di torta di mele, che la domestica filippina gli aveva preparato la sera prima, poi scese giù in strada con l'ascensore. Salutò il vecchio guardiano che stava seduto nella sua gabbiola di vetro, prima dell'uscita del condominio e poi attraversò la strada per scendere sino alla prima fermata dell'autobus.

Ne vide spuntare subito uno dal fondo di Robinson Road, preannunciato dal ruggito del motore, che spingeva su per la salita. S'aggiustò gli occhiali sul naso, per focalizzarli meglio e poter vedere più lontano. Sì, era proprio il 3B, quello che intendeva prendere.

Il suo programma, per quella mattina, era di scendere al Landmark e poi fare due passi sino al vecchio Star Ferry, che presto sarebbe stato demolito, nonostante tutte le proteste che vi si tenevano davanti ogni giorno, con sit in e raccolta di firme.

Alzò il braccio per fermare quel mezzo e sfilò il portafoglio dalla borsa in pelle che portava a tracolla. Appena salito, lo passò davanti al lettore magnetico e, dal suo interno, la *octopus card* con un suono di cicalino fece scattare il pagamento.

A bordo c'erano pochi passeggeri, tutti con un'aria stanca dipinta sul viso. Una volta seduto, guardò fuori dal finestrino: era una tiepida mattina di dicembre, il mese più bello a Hong Kong, e gioì segretamente, perché ancora una volta la notte era terminata e cominciava un nuovo, frizzante giorno. Gli tornarono in mente i versi del saggio indiano Nagarjuna che aveva letto proprio il giorno prima:

Questa vita piena di sofferenza
È ancor più fragile d'una bolla della cascata
Come è magnifico svegliarsi di mattina
Avendo espirato, inspirare aria fresca.

Dopo le piogge notturne, l'aria era limpida come un cristallo e, grazie alle folate di vento che soffiava dall'oceano, i fumi velenosi dei parchi industriali della provincia cinese del Guandong venivano portati lontano.

Avevano imboccato Garden Road, svoltando a sinistra, e scendevano giù a gran velocità, verso Central. Mancavano tre minuti prima di arrivare a destinazione e ne approfittò per pensare, cullato da quel rollio.

«Hong Kong vuol dire "baia profumata". Si dice che un visionario cinese che passò di qui nel XIII secolo, quando non c'era ancora nulla su quest'isola, vide un'esplosione di luci e tante navi che nel lontano futuro avrebbero solcato la baia, giorno e notte, incessantemente. Vide giusto, ma come avrà fatto a vederle? Può solo essere stato un miracolo! Gli orientali sono sempre andati in cerca delle illuminazioni. In Oriente non è mai esistita la logica, tanto cara a noi occidentali, che ci spinge a cercare continuamente le leggi che regolano il mondo visibile. Non hanno mai creduto all'esistenza di un Dio assoluto che impone le sue leggi sull'Universo; pertanto non sono mai andati alla ricerca di quelle regole matematiche, come facciamo costantemente noi, per provarne indirettamente l'esistenza. Per noi *Dio geometrizza*, mentre per loro questo concetto non ha alcun significato. Ma se io, ora, fossi quel poeta, cosa dovrei vedere nel futuro? Che ne sarà di questi luoghi fra mille anni? Non vedo nulla, la mia ignoranza mi impedisce di vedere e non parlo solo di mancanza di informazioni, ma di un altro tipo di ignoranza: la falsa visione della realtà che ci fa sembrare reali, solide e fisse, le cose che non lo sono. Il nostro ego è troppo forte e ci impedisce di vedere oltre questa cortina. Come poter vedere? Come capire? Come?»

Domande troppo difficili per trovare una risposta ed erano già arrivati alla fermata. Appena sceso imboccò la passerella che portava verso la Jardine Matheson e, passando davanti alla sede centrale delle poste, incontrò proprio Harry Fong, che camminava nella sua stessa direzione. Era un suo studente in uno dei corsi che teneva all'università e con il quale aveva un appuntamento quella mattina.

«Buongiorno, professore. Non c'è pace neppure di domenica, vero?»

«Buongiorno, Harry. Questo è un piacere, non un dovere. Poco traffico, una bella luce. Anche se è domenica, è sempre meglio che star chiusi in casa. Ha già controllato per che ora abbiamo il battello?»

«Il primo è alle otto, ma c'è ancora tempo. Ho già qui i biglietti e poi a Macao ci verranno a prendere al molo. Li ho chiamati ieri sera e mi hanno confermato tutto. Lei, piuttosto, è rimasto sino a tardi in ufficio?»

«No. Mia moglie aveva organizzato una cena a casa, con degli amici. Quindi sono uscito subito dopo di voi.»

Camminarono sul passaggio sopraelevato di fianco al Four Season Hotel e allo Stock Exchange, sino a raggiungere il Shun Tak Center, da dove ci si imbarca per Macao.

Comprò una copia del quotidiano locale, il «South China Morning Post», poi passarono dalle porte a vetri che portano sino alla zona della verifica dei biglietti e quindi superarono rapidamente il controllo della carta d'identità, che è oramai completamente automatizzato per i residenti, con la lettura delle impronte digitali. Attesero una mezz'ora nella sala d'aspetto e poi salirono, assieme agli altri passeggeri, sull'aliscafo che li avrebbe portati sino alla ex colonia portoghese di Ho Mun. Questo era il suo nome in lingua cantonese, «la porta». Macao era passata alla Cina subito dopo Hong Kong, alla fine del 1999, mantenendo la propria autonomia, ma da allora si era trasformata in una sorta di Las Vegas d'Oriente, con il gioco d'azzardo e la prostituzione a costituire la gran parte delle sue entrate. Ma la maggioranza dei macanesi, gente semplice, era rimasta povera quanto prima, nonostante le statistiche mostrano una crescita impressionante del prodotto interno lordo.

In meno di un'ora il battello avrebbe coperto le quaranta miglia che la separano da Hong Kong. Non era lontana: sorge sull'altro vertice del delta del fiume delle Perle.

Giuliano aveva da poco compiuto cinquant'anni, era alto un metro e ottanta e di professione faceva il docente di fisica nucleare presso la facoltà di ingegneria della University of Hong Kong, in Bonham Road, una gloriosa istituzione fondata nel 1911. La facciata dell'ateneo gli ricordava un po' la villa del dottor Jeckyll che aveva visto in un vecchio film americano; immersa in un grande parco verde era, forse, uno dei più belli tra gli edifici coloniali rimasti in piedi a Hong Kong che il piccone dei demolitori aveva, per il momento, miracolosamente risparmiato. Infatti, nei decenni precedenti, dei veri capolavori architettonici erano stati spietatamente abbattuti: una *cupio dissolvi* che ormai non stupiva più nessuno. «Questa è una città nelle mani di grossi speculatori, che dominano su greggi di furbetti» pensava Giuliano, con amarezza. «Tutti hanno sempre mostrato pochissimo rispetto per la propria storia, anche perché sono convinti di non averne una e che, comunque, in ogni caso, non l'avranno mai qui. Richard Hughes, un brillante scrittore australiano, aveva sottotitolato la sua storia di Hong Kong: *Un posto a prestito, per un tempo a prestito.* Questa frase, in fondo, descrive molto bene questo stato d'animo, comune a tanti.»

Harry Fong era il suo studente più sveglio: aveva due marce in più rispetto al resto dei ragazzi ai quali insegnava. Minuto per lo standard occidentale, ma i suoi occhi brillavano dell'intelligenza di cui era abbondantemente dotato, combinata con una fortissima curiosità innata. Era sicuro che avrebbe fatto strada nella vita e l'aveva quasi convinto ad abbandonare gli studi d'ingegneria civile, verso i quali lo spingeva suo padre, per dedicarsi a quelli molto meno lucrativi, ma personalmente più gratificanti, di fisica pura. Con il passare del tempo era diventato una sorta di suo assistente e questo privilegio era stato accettato senza problemi anche da tutti gli altri studenti.

S'era offerto di accompagnarlo a Macao quella mattina, per aiutarlo nel caso si presentasse la necessità d'una traduzione in cantonese, lingua che Giuliano non parlava e non capiva.

Erano diretti alla Macau University of Science and Technology, che aveva messo a loro disposizione una delle proprie sale per la conferenza che avevano in programma di tenere quella mattina.

Il soggetto non sarebbe stata la fisica nucleare, bensì un hobby particolare che Giuliano coltivava da molti anni e per il quale era noto come un esperto a livello mondiale. Solo pochi mesi prima, infatti, una celebre università americana aveva pubblicato sulla propria rivista scientifica un suo saggio, dedicato proprio a quello strano argomento.

Il titolo della conferenza che avrebbe tenuto quella mattina era *La teoria dei nodi.*

Quando lo raccontava alle persone che incontrava, a qualcuno sfuggiva un sorriso, eppure Giuliano era proprio un *nodologo*, ovvero un esperto nello studio delle teorie matematiche relative allo scioglimento e alla combinazione dei nodi e proprio di questo argomento intendeva parlare quel giorno.

Il viaggio fu tranquillo da un punto di vista atmosferico, ma nel settore di prima classe in cui si erano accomodati, furono spettatori d'un piccolo incidente. Non c'erano più posti liberi e un passeggero australiano, d'una stazza notevole, senza farlo di proposito aveva abbassato improvvisamente il suo sedile nel momento in cui un signore cinese, che gli stava dietro, stava bevendo una tazza di tè e un po' del liquido gli era schizzato sui pantaloni bianchi.

Vedendosi macchiato, questo aveva reagito con un gesto

di stizza, comune in una città piena di persone stressate, sempre di corsa e illuse d'essere importanti. Ne era seguito un vero e proprio battibecco. Non a caso, qualche mese prima, proprio a Hong Kong era scoppiato il caso di *uncle bus*. Ne avevano parlato anche le televisioni e i giornali locali: uno studente s'era trovato in un autobus con un uomo davanti a lui che urlava nel telefonino. Il ragazzo, molto educatamente, gli aveva chiesto di abbassare la voce. L'uomo si era girato e aveva cominciato a urlargli frasi del tipo: «Tu sei sotto pressione, anche io sono sotto pressione!».

Un passeggero vicino aveva filmato con il suo telefonino quella scena volgare, durata una ventina di minuti, e l'aveva messa su YouTube dove era stata vista da milioni di persone, diventando in breve una sorta di cult, con contorno di magliette stampate per l'occasione e interviste fatte a questo e a quello. Ovunque si ripeteva, ridacchiando, il ritornello: «Tu sei sotto pressione, anche io sono sotto pressione!». Proprio come diceva *uncle bus*.

Fortunatamente, sull'aliscafo i due passeggeri non trascesero, anzi si riappacificarono, scambiandosi i rispettivi biglietti da visita, scoprendo di lavorare entrambi nel settore dei titoli finanziari e scusandosi, alla fine, per la fragilità dei propri nervi.

Harry, che aveva osservato tutto, chiese a Giuliano, con un mezzo sorriso: «La sua teoria sulla territorialità razziale, professore, può spiegare anche questo fenomeno?».

«Certamente, territorialità, mancanza di rispetto per l'individuo dominante o di chi si crede tale. Proprio come fra i gorilla!»

Una delle teorie che aveva esposto in classe solo qualche giorno prima, perché la si discutesse liberamente, era che tutti i comportamenti istintivi dell'uomo moderno possono essere spiegati pensando al fatto che siamo stati, in qualche modo, civilizzati soltanto da un paio di secoli; mentre nei tremila anni precedenti eravamo dei mezzi selvaggi; e da tremila sino a cinquecentomila anni prima, eravamo dei selvaggi veri e propri, forse pure cannibali.

«Cannibali!» aveva esclamato una delle studentesse.

«È possibile. Basti pensare che ancora in epoca romana

gli scozzesi usavano mangiare i bambini dei nemici che avevano sconfitto in battaglia.»

«Non sposerò mai uno scozzese!» aveva concluso lei, scuotendo il capo e facendo scoppiare tutti a ridere. Qualcuno le aveva suggerito di stare tranquilla, perché non appena lo scozzese avesse saputo che lei, in autunno, amava cibarsi di serpente fritto, se la sarebbe data a gambe!

«Certi comportamenti istintivi non andrebbero interpretati basandoci soltanto sull'ultima, sottile frazione di tempo, come invece tendiamo a fare, bensì su tutto il periodo di storia non documentata. Questo è sufficiente per spiegare molte reazioni che parrebbero altrimenti inspiegabili.»

Quella lezione era stata un fuori programma, ma sviluppando tali concetti aveva raccolto le loro deduzioni, per certi versi originali: per esempio, discutendo insieme erano giunti alla conclusione, nota in ambito antropologico, che la danza ha avuto origine dalla ripetizione di storie di caccia. E che, inoltre, certi comportamenti istintivi femminili potrebbero essere stati determinati dal fatto che le donne stessero sempre insieme: parlavano fra di loro per assistersi nel far crescere i figli, mentre gli uomini erano fuori a caccia, oppure a pesca. Questo poteva forse spiegare perché le donne sono più brave degli uomini nella comunicazione interpersonale e nella trasmissione di sentimenti e di emozioni non strettamente legate alla logica. Il famoso sesto senso delle donne.

Aveva chiuso la sua lezione, ricordando: «A livello fisico, come aveva detto Steven Weinberg, ogni volta che ci chiediamo: "Perché?" e, avuta una risposta, richiediamo di nuovo: "Perché?", arriviamo alla fisica subatomica e ai quanti. La zia è scivolata sul ghiaccio, perché? Perché il ghiaccio sotto pressione tende a sciogliersi. Perché ha questa tendenza e perché è caduta sul pavimento e non sul soffitto? Perché le lenti dei nostri occhiali sono polarizzate? Semplice, perché i fotoni hanno uno *spin*! Allo stesso modo succede qualche cosa di simile anche a livello sociale. Di perché in perché, arriviamo sempre ai nostri antenati paleolitici oppure, di nuovo, ai quanti. Quindi andiamo ben oltre l'elica del DNA, ma questa è *terra incognita*, ragazzi, una terra piena di mine, dove uno studioso può giocarsi la propria carriera e la propria credibilità. Un po' come successe a un grande scalatore come Reinhold Messner, quando dichiarò di aver incontrato uno Yeti in Tibet. Bastò quello per essere coperto di ridicolo e fatto segno d'incredulità!».

Intanto, il battello scivolava sulle onde a gran velocità, sollevando due solchi di spuma bianca, correndo fra arcipelaghi di isole e di scogli disabitati. Dopo meno di un'ora comparve all'orizzonte il dolce profilo delle colline di Macao, sempre più deturpato dalle sagome dei casinò americani. Quella città santa si stava trasformando in una nuova Babilonia! Una torma di biscazzieri vi erano calati sopra come avvoltoi, non appena il monopolio sulle bische di Stanley Ho era scaduto, moltiplicandone il numero.

Una volta attraccato, percorsero la passerella che era stata gettata per sbarcare e, appena scesi a terra, subito dopo l'entrata della dogana, trovarono un uomo in giacca e cravatta nera che li aspettava, una specie di corleonese orientale. Si presentarono e lui, senza dir nulla, afferrò la borsa di Giuliano e, con la mano destra tesa in avanti, indicò che avrebbe fatto strada. Mentre tutti gli altri passeggeri facevano la fila per il controllo dei documenti, loro vennero fatti uscire da una porta laterale. Al loro accompagnatore bastò fare un cenno a un ufficiale che sbarrava l'uscita e questo si fece da parte, salutandoli con la mano sulla visiera del cappello.

Una Mercedes nera stava parcheggiata vicino alla fermata dei taxi. L'autista avviò il motore e, dopo che si furono sistemati sui sedili posteriori, partì a forte velocità.

«Privilegi di Macao. A Hong Kong non lo permetterebbero neppure a Donald Chang, il *Chief executive*!» esclamò Harry.

«Vero. Piccoli privilegi. Piacevoli quando si sta dalla parte di chi ne gode, ma non se si è dalla parte di chi li subisce. E penso a tutta quella gente che sta in fila per il controllo dei passaporti.»

Capitolo Secondo

Macao

C'era poco traffico quella mattina e in cinque minuti furono davanti al Mandarin Hotel, in Avenida da Amizdade, dove la loro guida li invitò a scendere. Vennero fatti accomodare nel *coffee shop* posto nel grande atrio di quell'albergo di lusso. La loro conferenza sarebbe iniziata alle dieci, quindi avevano abbastanza tempo per un caffè e una pasta. Gli dissero che sarebbero passati a prenderli venti minuti dopo. Il pavimento era stato posato con lastre di marmo di Carrara, che mostravano grandi macchie bianche e grigie d'una lucentezza oleosa. Giuliano sentì dentro di sé la voce di Giulio, un suo amico che trattava quel tipo di materiali e che per deformazione professionale cercava sempre di spiegare di che marmo o di che granito si trattava: quello, appunto, era un Calacatta di primissima qualità, difficile ormai da cavare: costoso, bellissimo.

L'invito a tenere una conferenza su quell'argomento lo aveva sorpreso: non immaginava che vi fosse dell'interesse, dato che neppure a Hong Kong, nella sua stessa facoltà, s'erano mai preoccupati di chiedergli nulla. Per questo motivo aveva accettato con entusiasmo, anche se non aveva ancora ben capito chi fossero gli organizzatori. Gli avevano detto soltanto che era stata preparata una sala presso quell'università, ma non era chiaro se l'istituzione fosse interessata a livello ufficiale oppure ufficioso, limitandosi a fornire solo lo spazio e il pubblico di spettatori.

Finito il caffè, attesero il ritorno della loro guida, poi risalirono sull'auto e ripartirono. Dopo circa quindici minuti furono davanti ai cancelli della facoltà, posta sull'isola di Taipa.

Quando entrarono nella grande aula, li accolse un sommesso applauso. I presenti erano un centinaio, tutti studenti universitari. Tutto sommato erano più di quanti ne avesse preventivati; cinesi, tranne un signore con il viso arrossato, da bevitore di vino, che si era sistemato nell'ultima fila, affiancato da due orientali dall'aria austera: un terzetto piuttosto avanti con gli anni. A giudicare dall'aspetto, quei due non parevano cantonesi, ma del nord della Cina: con i visi ossuti e lunghi, non minuti come quelli dei loro compatrioti meridionali.

Dei grandi ideogrammi cinesi erano stati dipinti sul fondo dell'aula con vernice rossa e, con una certa soddisfazione, riuscì a leggerli: era una celebre frase di Confucio, il saggio cinese vissuto sei secoli prima della nascita di Cristo. Era tratta dal libro dei suoi detti, il *Lun Yu*, e raccomandavano che nell'insegnamento non vi fossero distinzioni fra le classi sociali: bisogna essere tutti uguali davanti al maestro.

Si sistemò a un lungo tavolo, che stava rialzato sopra a una predella di legno, con una lavagna bianca appesa dietro. Gli chiesero se gli sarebbe servito il proiettore che avevano piazzato lì davanti, lui scosse il capo e allora, con una certa fatica, lo portarono via.

Non vi fu nessuna introduzione da parte d'un altro docente, come solitamente si usa fare in queste occasioni, ma lo invitarono a prendere direttamente la parola, presentandosi e poi proseguendo con l'esposizione.

Iniziò salutando tutti gli ascoltatori e manifestando stupore per il fatto che un argomento, giudicato così poco interessante da tanti, ma molto interessante da pochi, avesse invece attratto la curiosità di tutto quel pubblico. Poi, citò la famosa frase d'un poeta taoista cinese del Settecento, sfoggiando il suo mandarino, per dire che la felicità, forse, stava nell'occuparsi seriamente di cose che per la gran parte degli uomini sono poco serie e, viceversa, non prendere sul serio ciò che gli altri prendono seriamente. Questo bastò per portare un sorriso sulle labbra dei presenti. Pensò di averli convinti che non era proprio un pesce fuor d'acqua, perché conosceva un poco della loro antica cultura.

Passò quindi a introdurre l'argomento della sua lezione.

«Tutti conosciamo i nodi e ci siamo in qualche modo dati da fare per scioglierli. E poiché non sempre possiamo usare il metodo seguito da Alessandro Magno, che recise con la spada quello di Gordio, dobbiamo optare per soluzioni meno radicali. Da ragazzo avevo osservato che, quando andavo a pescare sul fiume che scorre davanti a casa mia e la lenza s'ingarbugliava, alcuni fra i miei compagni erano più abili di altri nello sbrogliarla. Forse sarà venuto in mente anche a voi, come lo venne a me, trovandovi in simili situazioni, che, anche per quanto riguarda lo scioglimento dei nodi, esistendo un'abilità e una non abilità, deve per forza esistere una sorta di modello mentale innato di scioglimento. Dunque, proprio per questo motivo, una volta che avremo individuato e classificato il nodo o la somma di nodi che lo compongono, sarà agevole, tramite modelli precostituiti, trovare una regola matematica per classificarli e infine scioglierli. In parole povere: una volta che avremo capito a quale modello di nodo ci troviamo davanti, saremo vicini al suo scioglimento; sarà un po' come uscire da un labirinto seguendo il filo di Arianna.

«Tali modelli matematici esistono e, allo stato attuale delle nostre conoscenze, li potremmo spiegare nella maniera più semplice possibile, ovvero facendo uso dell'algebra lineare. Parlare di nodi significa, in fondo, parlare di simmetria e di asimmetria.

«Proprio così, le regole della simmetria, che da sempre vengono impiegate per descrivere le proprietà delle particelle subatomiche, dai quark ai leptoni, servono anche per spiegare i nodi.»

Anticipò che avrebbe diviso la sua conferenza in tre parti: nella prima avrebbe illustrato i punti fondamentali della teoria dei nodi e la loro origine storica. Nella seconda parte avrebbe spiegato le più avanzate teorie esistenti su questo argomento e infine, nella terza, avrebbero discusso di teorie combinatorie dimensionali e ragionato brevemente sulla loro importanza in campo biologico.

Proseguì speditamente. «Peter Gurthie Tait, nel 1877, sentì dire dal suo collega e amico Lord Kelvin che le proprietà chimiche degli elementi sarebbero in qualche modo riconducibili al modo in cui i loro atomi stanno *annodati* fra loro. Partendo da questo intuì, correttamente, che studiando le combinazioni di certi nodi si sarebbero capite meglio certe reazioni chimiche.

«Tait era un brillante scienziato, oltre che un vittoriano eccentrico e amante dei paradossi, perciò decise di pubblicare uno studio sulla loro classificazione. La sua grande trovata fu che, a parità di sovrapposizioni, se un nodo può essere deformato sino ad apparire uguale a un altro, allora lo potremo considerare identico all'altro. Quindi, ciò che distingue un nodo da un altro sono, alla fine, solo le sue sovrapposizioni, dopo che lo avremo ben tirato e ben deformato. Per questo motivo, nel suo libro, il loro carattere classificatorio è costituito proprio dal numero delle loro sovrapposizioni, che, all'inizio, per non complicare troppo le cose, vennero limitate a sei.

«Arriviamo così, senza grosse novità, sino al 1900, quando, con uno studio del Little, il numero di sovrapposizioni prese in considerazione sale sino a dieci.

«Nel 1932 apparve il primo trattato, davvero scientifico e completo su questo argomento, il *Knotentheorie:* un capolavoro di chiarezza, scritto da Kurt Reidemeister. Con gli strumenti introdotti da questa opera siamo oggi in grado di classificare tutti i tipi di nodi.

«Subito dopo di loro, il Seifert ci diede un'importante dimostrazione, ovvero che quando il nodo è il confine di una superficie in uno spazio tridimensionale, con un algoritmo, quella superficie potrà essere impiegata per studiarlo. Questo volle dire l'introduzione d'una soluzione geometrica per un argomento che, sino ad allora, era stato studiato solo in maniera combinatoria e algebrica. Ed eccoci giunti al 1947, quando Schubert usò questi sistemi geometrici, che ora vi vado a mostrare, per escogitare dei nuovi metodi di scioglimento.»

Si voltò verso la lavagna e, con un pennarello, disegnò due nodi e diede la dimostrazione di Schubert, ossia che ogni nodo complesso può essere sciolto considerandolo come una somma di nodi primari.

Quando ebbe finito e si volse di nuovo verso la platea, intuì che la maggioranza dei ragazzi era già perduta, anche se era passata appena mezz'ora da quando aveva cominciato: glielo lesse negli occhi che non erano più concentrati su quanto stava dicendo. La sua pratica di insegnamento gli permetteva di capirlo al volo.

Questo non valeva, però, per i tre personaggi anziani seduti sul fondo, che lo stavano seguendo senza alcuna fatica. Per riconquistare l'attenzione dei distratti, decise allora di fare una piccola diversione storica, parlando dei nodi borromaici.

«Si tratta di tre cerchi, simili a quelli olimpici, ma che sembrano collegati tutti fra di loro, mentre in realtà lo sono a due a due con un tipo di raccordo che viene detto brunniano, da Brunn che nel 1892 ne diede per primo una descrizione. Non sono separabili, a meno di togliere un elemento e, in tal caso, gli altri due si possono dividere.»

Parlò della famiglia Borromeo, che li usava come propria insegna, poi dell'Isola Bella, sul Lago Maggiore, che ancora appartiene a questa famiglia, chiedendo se qualcuno ci fosse mai stato per una vacanza. Un paio di ragazzi sollevarono il braccio e allora chiese quali fossero state le impressioni che avevano ricevuto da quella visita. Uno ricordava vagamente un letto sul quale aveva dormito Napoleone e la copia di un trattato firmato prima dello scoppio della Seconda guerra mondiale, a Stresa, la cittadina che sta affacciata su quegli isolotti. Giuliano, allacciandosi al loro rinato interesse, riprese il filo del discorso, aggiungendo che i Borromeo adottarono quel simbolo perché, secondo loro, rappresentava la Santissima Trinità e, infatti, tutti i loro palazzi, sia quello sull'Isola Bella, che quelli di Milano, riportavano questi tre cerchi. Accennò brevemente alla vita del cardinal Federigo Borromeo, che aveva poco in comune con il personaggio che gli italiani conoscono grazie a *I Promessi Sposi* di Alessandro Manzoni e descrisse le sue fissazioni con i rebus, i nodi e i rompicapo geometrici. Chiese se qualcuno avesse mai letto quel libro che, nella sua traduzione inglese, s'intitola *The Betrothed*, ma tutti scossero il capo: non ne avevano mai sentito parlare.

«Peccato, perché è un gran bel libro, anche se la purezza della lingua, che è il suo pregio maggiore, non è traducibile. Ebbene, sappiate comunque che, se Federigo Borromeo non fosse stato così potente e ben protetto a Roma per via del suo celebre zio, lo avrebbero potuto accusare di eresia e di stregoneria. Forse fu proprio la sua passione per i rompicapo che bastò a sbarrargli la strada degli altari, come santo, quando invece a suo zio era stata sufficiente una archibugiata sparatagli a bruciapelo da un frate degli Umiliati e che, forse, s'era scordato d'inserire la palla di piombo, prima di pigiarvi dentro lo stoppaccio. Questo fatto, comunque, gli nocque al punto di far bloccare la causa per la sua santificazione, subito dopo la sua morte.»

Chiuse quella parentesi storico-letteraria ricordando che i nodi borromaici sono importantissimi anche a livello biologico e per la fisica delle particelle. Non più tardi del 2004 si erano costruiti dei cerchi borromaici usando molecole di DNA.

Questa digressione gli permise di riguadagnare l'attenzione d'una parte degli ascoltatori, ma quando si lanciò nella fase finale della sua esposizione, dedicata alle applicazioni della teoria dei nodi al meccanismo di funzionamento di certi enzimi, del DNA mitocondriale e della teoria delle stringhe e delle membrane, sapeva di parlare ormai solo ai tre personaggi che sedevano in fondo alla sala. Tutti gli altri si muovevano già nel mondo delle fiabe e, addirittura, un paio di ragazzi seduti in terza fila, stavano facevano sforzi sovrumani per tenere gli occhi aperti, lasciando penzolare il capo in avanti per poi rialzarlo di scatto, prima che la forza di gravità avesse la meglio.

Alla fine, chiese se qualcuno voleva porgli delle domande, ma seguì un silenzio di tomba e nessuno sembrò interessato a chiedere nulla, forse perché era ormai mezzogiorno e avevano fame. Li ringraziò. Loro applaudirono stancamente e poi sgombrarono rumorosamente la sala. Giuliano riordinò le carte sparse sul tavolo e le infilò nella borsa, lanciando una battuta a Harry: «Non abbiamo avuto molto successo, ma almeno non hanno pagato il biglietto d'entrata e non corriamo il rischio che chiedano i soldi indietro! Come siamo andati?».

«Forse non erano sufficientemente preparati. Ma domani distribuiremo la traduzione in cinese della conferenza e vedrà che poi qualcuno la contatterà a Hong Kong per avere dei chiarimenti. È stato un primo seme buttato in queste zolle vergini. Perlomeno sono rimasti tutti qui sino alla fine. L'argomento è ostico per dei ragazzi che sono al terzo e quarto anno.»

Quando rialzò la testa, Giuliano vide che gli strani personaggi seduti in fondo erano rimasti al loro posto e continuavano a fissarlo. I loro occhi s'incrociarono. Sorrise, ma nessuno di loro restituì quella cortesia. Sembravano tre ufficiali di polizia, a giudicare dalla serietà dei loro visi e quasi incutevano timore. Si disse, però, che non era possibile che fossero dei poliziotti, perché non avrebbero mai potuto mantenere l'attenzione così focalizzata su quegli argomenti per tutto il tempo della presentazione. Poi, su alcune sue dimostrazioni matematiche, li aveva visti accennare gravemente con il capo, segno che sapevano e che avevano capito. Se fossero stati poliziotti sarebbero usciti fuori a fumare, o avrebbero scambiato delle battute, invece di restare sempre in silenzio.

Con Harry al suo fianco s'avviò verso l'uscita, ma quei tre s'alzarono di scatto e gli sbarrarono la strada, mettendoglisi davanti.

Quello con il viso da cirrotico fece un passo verso di lui e gli disse in italiano: «Complimenti per la sua conferenza, professore, anche se avrebbe meritato ben altri ascoltatori. Il mio nome è Carlo Toti, forse mi ha già sentito nominare. E questi due amici vengono da Pechino. Sono il dottor Hsu Taipin e il professore Chan Wuzhong».

Li conosceva tutti e tre di fama: uno dei cinesi era uno specialista di astrofisica, l'altro aveva pubblicato in inglese, solo qualche mese prima, un trattato di meccanica quantistica. L'italiano, poi, era addirittura un premio Nobel e l'aveva incrociato in più d'una occasione quando lavorava al CERN di Ginevra, anche se, rispetto a quel tempo, gli pareva assai invecchiato. Ora che gli avevano rivelato i loro nomi, li aveva riconosciuti.

«Certo, vi conosco. Sono onorato dalla vostra presenza. Non me l'aspettavo, ma cosa posso fare per voi?» disse, dopo un attimo d'esitazione.

«Accompagnarci a pranzo, caro professore, questo può fare!» gli disse Toti, con un tono di voce che non ammetteva repliche.

Capitolo Terzo

Pranzo

Andarono al Club Militar, dove avevano già prenotato una sala appartata, ma gli chiesero di licenziare il suo assistente, perché dovevano parlargli di cose molto riservate.

Salirono sulla Mercedes che era rimasta parcheggiata fuori e si diressero verso il centro della città, mentre Harry, dopo averli salutati, salì su un taxi e tornò al molo.

Era ancora una bella giornata assolata, tiepida e ridente. Il Club Militar si trova dietro all'Hotel Lisboa ed era stato costruito nel 1872: resta il più bell'esempio di architettura coloniale portoghese rimasto a Macao.

«Dottor Toti, posso chiederle a cosa sta lavorando in questo momento?» domandò Giuliano.

«Il dottore è lei oggi, non io. Bah, poco di nuovo, a parte lo studio sui neutrini, dei quali lei sa già. Sto facendo un po' di ricerca con Gisin.»

«Nicolas Gisin? Ah, ricordo il suo esperimento, nel 1998, a Ginevra, sulle particelle che sanno quale strada prendere. È lui, vero, ricordo bene?»

«Certo, ipotesi di scambi di informazione a velocità superiori alla luce. I tachioni e via dicendo. Teorie scientifiche più vicine alla fede che alla scienza, molto simili a quelle che non piacevano a Einstein.»

«Credo che alla fine avrebbe capito anche lui, se fosse vissuto più a lungo. Almeno credo...» disse Giuliano.

Una volta seduti al tavolo, dall'italiano passarono a usare

l'inglese, ma, nonostante questo, i due cinesi non aprirono mai bocca e il peso della conversazione venne più che altro sostenuto da Carlo Toti, che volle bere solo acqua minerale.

«Sarà in fase di disintossicazione» pensò, un po' malignamente, Giuliano. Ma forse in quel momento lui gli lesse il pensiero, perché gli disse che in realtà era sempre stato astemio, o quasi, ma una malattia virale che l'aveva colpito molti anni prima, durante un viaggio in Sud America per conto dell'Onu, gli aveva messo il fegato fuori uso.

Ordinarono specialità macanesi: pollo africano, filetto al pepe nero e, per finire, un delizioso dessert a base di panna cotta, curiosamente chiamato «pancia di monaca».

Fu solo verso la fine del pranzo, dopo aver raccolto i pensieri, che Toti cominciò a parlare del motivo della loro visita a Macao e del loro interessamento alla sua conferenza, seguita da quell'estemporaneo invito a pranzo.

«Abbiamo letto un suo articolo pubblicato a Stanford, intitolato *Teorie sui nodi e sui buchi neri* e l'abbiamo trovato di profondo interesse. Credo si possa dire, senza tema di smentite, che in questo campo lei ha dato un buon contributo alla comprensione di certi aspetti di particolari anomalie all'interno dei buchi neri, anche se nell'ambiente scientifico internazionale pochi se ne saranno accorti. Mi corregga se sbaglio, ha forse ricevuto qualche riscontro?»

«No, nessuno prima d'ora. A dire il vero ero convinto che fosse stato ignorato da tutti.»

«Ecco, mi spiace dirlo, ma siamo in pochi nel nostro settore a tenerci aggiornati. C'è troppa pressione per vedere le cose solo da dentro al proprio cubicolo. E non so bene il motivo di tutto questo, forse è per via della massa di informazioni che ci arriva sul tavolo quotidianamente e che ci ha pesantemente limitato nella nostra perspicacia; o forse è Internet, non lo so. Ma le garantisco che quando ero un ragazzo io, cinquant'anni fa e appariva qualche cosa di veramente nuovo, non sfuggiva agli addetti ai lavori. Forse il mondo sta cambiando, anche in questo senso.

«Come le dicevo, abbiamo letto con grande attenzione il suo saggio e per questo motivo abbiamo deciso di venire qui a incontrarla. Io sono di ritorno da un congresso a

Tokyo e, appena i miei due chiarissimi amici qui presenti hanno sentito che sarei passato a parlarle, hanno deciso di organizzare questa conferenza, unendosi a me e facendo sosta a Macao per due giorni, per poterla incontrare.»

«Sono lusingato da tutta questa attenzione nei miei confronti e sono felice di avervi conosciuti. È un grande onore e una grossa sorpresa: non pensavo che quel mio mediocre studio fosse arrivato su scrivanie così... eccelse e lontane» rispose Giuliano, con un sorriso.

«Ma guarda un po', ci ha appena conosciuti e già ci prende in giro!» celiò Toti, rivolto ai due cinesi, che però non capirono la battuta e stettero a guardarlo con un'espressione curiosa dipinta sul viso.

«Okay, non importa. Quel che ci ha colpito è stato il collegamento che lei è riuscito a tracciare fra i buchi neri e la teoria delle stringhe da un punto di vista matematico. Una teoria ardita, che non era mai stata esposta da nessuno prima di lei.»

«A dire il vero, questo parallelo esiste già nella *Breve storia del tempo* di Hawking.»

«Non sia troppo modesto, professore!» tuonò Toti, «perché molti, troppi, la scambieranno per ignoranza. Quando si è sicuri del fatto proprio bisogna abbassare le corna e caricare! Un conto è buttare lì, casualmente, il paragone fra il filo di Arianna e la teoria delle stringhe e un conto è appendere con un chiodo le proprie tesi sulla porta della cattedrale di Wittemberg. Lei ha risolto certi problemi connessi alle combinazioni delle stringhe a livello matematico e ne ha tratto delle deduzioni applicabili ai buchi neri. Primo nella storia. *First! Erste! Premier!* Meriterebbe il premio Nobel, invece che venire a parlare a un gruppo di foruncolosi e distratti ragazzetti, come ha fatto stamani, in una città che è, indubbiamente, il buco del culo della Cina!» E qui si fermò un attimo, compiaciuto di aver creato dal nulla quel volgare paragone e, dopo averlo ben soppesato, non ancor pago, volle addirittura rincarare la dose, spingendosi ancora più in là nell'uso del suo linguaggio da caserma: «I genitali, invece, se ho ben capito, starebbero a Hong Kong! Dico bene, esimi colleghi? Neh?».

Questo era un suo tratto tipico e ben noto ai colleghi: voler sempre abbinare il volgare al sublime, per una sorta di innata modestia, un po' come faceva Mozart.

Si volse un istante verso i suoi due compagni, per raccogliere un loro accenno, ma quelli gli risposero solo con un sorriso imbarazzato. Al quale lui fece seguito con una fragorosa risata, dopo averli fissati con i suoi grandi occhi da invasato e avere storto comicamente la bocca, come fanno gli attori del teatro *No* giapponese. Quelli, alla fine, capirono e scoppiarono a ridere pure loro. Poi strizzò l'occhio a Giuliano, per segnalare una intesa segreta e riprese a parlare.

«Però noi non siamo del comitato Nobel, spiacenti assai di deluderla e non è questo il motivo per cui abbiamo voluto incontrarla. Il motivo per cui siamo venuti qui è, come posso dire, molto più serio dell'assegnazione d'un premio Nobel. Dico bene?» esclamò rivolto ai professori cinesi, che stavolta, senza esitare, assentirono gravemente.

«Molto più serio» disse uno di quei due, fissando negli occhi il suo collega.

«Molto più serio?» chiese Giuliano, stupito.

«Molto più serio!» ripeté Toti con forza e l'espressione preoccupata che gli calò sul volto non lasciava adito a dubbi sul fatto che lo pensava davvero. Ora non stava più scherzando.

Dopo aver sospirato, partì in quarta con le sue spiegazioni, parlando per più di cinque ore, senza interruzioni. Dalla borsa aveva tolto una serie di dispense relative alla conferenza che aveva tenuto pochi giorni prima a Tokyo, basata sulle sue ultime scoperte fatte nel campo dei neutrini. Rivoltandole, utilizzava la parte bianca sul rovescio dei fogli per scarabocchiarvi delle formule, che gli servivano per illustrare in maniera pratica quello che andava esponendo verbalmente.

Alla fine, tutte quelle pagine si riempirono di simboli e di formule, ma senza stare troppo a pensarci su, cominciò a scrivere anche sulla tovaglia e sul retro del conto che era stato nel frattempo portato. Seguì un'animata discussione alla quale presero parte anche i due studiosi di Pechino, che concordavano, con qualche riserva, con le tesi esposte da Toti. A mano a mano che il tempo scorreva, anche il viso di Giuliano si fece molto preoccupato, assumendo il colore cadaverico di chi è spaventato. Ma non era il solo a provare questi timori: infatti, ordinarono una bottiglia di grappa e ne trangugiarono tutti e quattro un paio di bicchieri. Anche Toti. Questo servì a riportare un po' di colore sui loro visi e a distendere i nervi, ormai tirati come le corde d'un violino.

Capitolo Quarto

Ginevra

Il professor Massimo Martini s'era offerto di fare da guida a un gruppo di ragazzi in visita al CERN. Da quando *Angeli e Demoni* di Dan Brown era diventato un best seller in tutto il mondo, facevano fatica a star dietro a tutti quei giovani visitatori.

Infatti, come ben sanno tutti coloro che lo hanno letto, uno dei personaggi di quell'opera, Leonardo Vetra, è uno scienziato impiegato dal CERN che riesce a isolare dell'antimateria per costruire una bomba. Tutti quei ragazzi avevano letto quel libro e lui, una volta terminato il giro, sapeva già che morivano dalla voglia di porgli delle domande. E poteva anche indovinare quali sarebbero state.

Erano di una quinta del Liceo Beccaria di Milano e l'anno seguente avrebbero dovuto scegliere una facoltà universitaria. Gli ricordavano se stesso, quando aveva la loro età, perché quella era stata la sua scuola e proprio per questo motivo aveva insistito per accompagnarli: gli facevano tornare in mente tutte le speranze e tutte le illusioni di quegli anni che, tutto sommato, erano stati i migliori della sua esistenza. A quel tempo era davvero libero dalle mille ambizioni che oggi lo rodevano. La felicità per lui, allora, era fare un giro con la sua Vespa, portandosi dietro una ragazzina, magari non bella, ma disponibile a passare la serata con lui, una birra, una pizza e poi via verso casa, dove ancora lo aspettavano il papà e la mamma, che ormai non esistevano più.

Si fermarono nella caffetteria dell'edificio numero 40 e, prima di tutto, lui fece una piccola introduzione, quella che aveva già fatto tante altre volte: «CERN è l'acronimo di Centro Europeo per la Ricerca Nucleare e gli Stati membri sono più di venti. Contiamo attualmente tremila impiegati e collaboriamo con ottomila scienziati appartenenti alle maggiori università del mondo.

«Abbiamo visto prima il progetto Atlas, situato qui in territorio svizzero e che esplorerà le forze basilari che muovono l'Universo e al quale stanno lavorando duemilacinquecento scienziati. Per il progetto Alice, che ne conta mille e cento, i laboratori sono in Francia, dopo Saint-Genis. Servirà a studiare la materia subito dopo il Big Bang, i gluoni e così via.

«L'altra struttura, che non abbiamo visto per mancanza di tempo, si chiama CMS Compact Muon Solenoid e i duemilacinquecento scienziati che la seguono sono coordinati dal professor Virdee, che è poi quel signore che abbiamo incrociato prima, mentre uscivamo da uno degli ascensori.

«Gli strumenti che vengono usati qui sono così delicati che bisogna tener conto della gravità lunare e dei treni che da Ginevra vanno a Parigi, perché questi fattori, per quanto possa sembrare incredibile, possono influenzare il fascio di protoni che circola dentro i sincrotroni. Qui nacque Internet e qui abbiamo separato per primi l'antimateria. Possiamo vantare decine di premi Nobel, fra i quali il nostro Carlo Rubbia, che lo ebbe per la scoperta dei bosoni W e Z, assieme a Simon Van der Meer. Carlo Toti, che ora è in viaggio in Estremo Oriente e tanti altri che evito di citare per amore della concisione. Ora posso rispondere alle vostre domande, se qualcuno vuole farne».

Una bella ragazza, che assomigliava a Carla, sua figlia, alzò la mano.

«Dottore, lei ha letto *Angeli e Demoni*?»

«Tutti al CERN lo abbiamo letto. Molto avvincente, qui dentro amiamo molto i libri di fantascienza.»

«Non c'è nulla di vero in quel libro?»

«Poco. L'antimateria esiste, ma è difficile da isolare e conservare. Tende a combinarsi con la materia, emettendo energia.»

«È possibile costruire una bomba con l'antimateria?»

«No. Il dispendio di energia sarebbe enorme e i tempi troppo lunghi. A questo mondo non ci dobbiamo preoccupare per le bombe a base di antimateria, ma di ben altro. Il nostro prossimo obiettivo, comunque, sarà quello di trovare il modo per conservarla e ci stiamo già lavorando, forse poi potremo usare antiprotoni per attaccare cellule cancerogene nel corpo. Fra qualche anno, forse, potremo vedere i primi risultati positivi.»

«Quando partirà il LHC, il Large Hadron Collider che abbiamo visto prima in costruzione?» chiese un ragazzo dall'aria assorta, da precoce studioso.

«Se non accuseremo altri ritardi, credo sia ormai questione di pochi mesi. Come vi dicevo prima, gli adroni, che figurano nel nome che il vostro compagno ha testé citato, sono particelle composte da quark di due tipi: i barioni, a tre stati e i mesoni che sono quark-antiquark. Il tunnel che costituisce l'acceleratore LHC vero e proprio ha una circonferenza di ventisette chilometri e, per la gran parte, questo anello sta sepolto cento metri sotto terra in territorio francese, mentre le altre costruzioni, dove ci troviamo ora, sorgono in territorio svizzero. Il LHC è stato montato nel vecchio tunnel dove stava il LEP, ovvero l'acceleratore Large Electron Positron, che venne chiuso nel novembre del 2000. Il LHC è di gran lunga la macchina più complicata mai costruita dall'uomo. Sono richiesti forti campi magnetici per controllare la direzione dei due fasci che viaggiano in direzioni opposte e i magneti devono essere raffreddati con elio liquido a 270 gradi sotto zero. Senza contare i tanti altri fattori, tutti difficilissimi da monitorare.»

«E a cosa servirà? Non potevamo usare tutti i soldi che è costato per salvare la vita ai bambini che stanno morendo di fame nel Terzo Mondo?»

Questa domanda venne letteralmente sparata da una ragazza dai capelli lunghi, che lo guardava con aria ostile e che era arrossita profondamente nel porla.

«Questa è una buona domanda. Forse sì, ma la speranza di tutti noi è che i risultati ai quali giungeremo usando questa macchina ci permetteranno di salvare la vita e di sfamare i miliardi di uomini che vivranno dopo di noi su questo pianeta. È un investimento fatto sul nostro futuro.»

«Ho sentito dire che le vostre ricerche hanno anche molte applicazioni militari». Era sempre lei che, evidentemente, non intendeva lasciarlo andare così facilmente. «Quindi non è vero che servirà solo per sfamare le generazioni future, ma forse per distruggere quelle presenti. Non crede?»

«Non ci sono applicazioni militari dirette, anche perché questo è un progetto multinazionale, condiviso da ricercatori cinesi, americani, giapponesi, russi, che lavorano a contatto di gomito, ma in senso lato, sì, è vero, ce ne potrebbero essere.»

«Cosa sperate di trovare quando avvierete il LHC?» chiese un altro ragazzo.

«La novità di questo acceleratore sta nelle velocità elevatissime che potremo raggiungere con i fasci di protoni, pochi istanti prima di farli scontrare. Quindi la sua forza sta nell'alta energia di questi scontri. Alla sua velocità massima, un protone compirà 11.245 giri al secondo e per questo motivo si sprigioneranno energie ingenti quando entreranno in collisione. Raggiungeremo valori energetici di 14 TeV per i protoni, ma con certi ioni pesanti arriveremo addirittura a un'energia di 1.150 TeV.

«Per darvi un'idea: 1 TeV è l'energia consumata dal led che lampeggia sul vostro telefonino, ma il protone è un trilione di volte più piccolo di quello. L'elettron volt invece è l'energia acquisita da un elettrone quando viaggia da un polo negativo a uno positivo in una batteria da un volt. Questa è una misura dell'energia che impieghiamo per descrivere elettroni legati agli atomi. Quindi un TeV è pari a dieci elettron volt elevati alla dodicesima. Badate bene che tutto questo non lo facciamo per complicarvi la vita, ma perché le energie che entrano in gioco negli acceleratori sono troppo piccole, se paragonate a forme energetiche di tipo cinetico. Per esempio, un grammo di carta fatto cadere dall'altezza di un metro colpisce la terra con una forza pari a 10 alla diciassettesima eV ossia 10 alla quinta TeV. È chiaro, mi state seguendo?

«Un protone è costituito da due quark *up* e un quark *down* mentre l'elettrone è una particella elementare. Ma ora basta con queste nozioni che forse vi annoiano. Tornando al LHC, perché ci attendiamo tanto dalle nostre indagini? Perché grazie a questi scontri, agli speciali rilevatori e al collegamento che abbiamo stabilito con una rete di cervelli elettronici sparsi in tutto il mondo, potremo analizzare le microparticelle che si creeranno e che spariranno in seguito alle collisioni. Forse potremo osservare le condizioni che esistevano un miliardesimo di secondo dopo il Big Bang. L'Universo che conosciamo è freddo, ma subito dopo il Big Bang le temperature erano prossime ai dieci gradi elevati alla sedicesima potenza ed era colmo di materia e di antimateria. In quel momento il mondo era dieci trilioni di trilioni più piccolo di un atomo di idrogeno. Infatti è lì che sorge il famoso muro di Planck, il limite dell'infinitamente piccolo che ci impedisce di vedere oltre. Ciò che esisteva prima del Big Bang va al di là delle nostre capacità di comprensione e, immaginando già la vostra obiezione, vi dico subito che andando oltre le nostre limitate capacità di comprensione, è assolutamente inutile ricercarlo. Meglio lasciare questo genere di questioni ai filosofi, più che a noi fisici.

«Siamo convinti che riscaldando la materia a quei livelli e poi guardandola raffreddare potremo arrivare a capire l'origine di certe particelle elementari. In sostanza, speriamo di trovare le famose particelle di Higgs, le particelle divine, delle quali avrete già sentito parlare. Se avete letto con attenzione il celebre libro di Stephen Hawking saprete già che, secondo lo *Standard Model*, le ipotetiche particelle di Higgs potranno forse svelare perché protoni, neutroni ed elettroni hanno una massa, anche se Hawking pensa che non le troveremo.

«Le ipotesi sono molte, qualcuno pensa che possano alzare un campo attraverso il quale tutte le altre entità subatomiche, quark, gluoni, fotoni ed elettroni, devono passare; o chissà, forse, per qualche altro motivo.

«Chi le scoprirà per primo avrà la garanzia del Nobel. E questa è una certezza, fra tante incertezze. In parole povere faremo un nuovo passo avanti per capire qual è la vera natura del 95 per cento di massa dell'Universo che non è visibile, che cos'è la gravità, perché esiste e, soprattutto, cos'è il tempo.»

Gli sembravano soddisfatti della sua spiegazione e ne era soddisfatto pure lui, anche se non pienamente. Gli occhi di quella ragazza scontrosa che l'aveva criticato gli erano rimasti impressi e, in fondo, lei gli aveva detto delle cose che lui stesso, tanti anni prima, avrebbe detto al suo posto, quando faceva il contestatore. Le si era avvicinato e aveva tentato di scambiare una battuta, ma lei si era sottratta, ferendo la sua vanità, quasi con un gesto di fastidio, dicendogli soltanto: «Voi non sapete quello che state facendo!». Ed era uscita dalla porta senza salutarlo, né ringraziarlo; senza neppure dargli modo di replicare.

Mentre la guardava allontanarsi nel corridoio sentì il telefonino vibrare nella tasca del camice. Pensava di averlo spento, ma evidentemente s'era dimenticato di farlo. Era sua moglie, agitatissima: gli stava dicendo che Carla, la loro ragazza, non stava bene e che doveva correre subito a casa. Le chiese cosa avesse. Lei rispose che non riusciva a capirlo, farfugliava parole strane e aveva la fronte ghiacciata; aveva già chiamato un medico, che stava per arrivare e l'aveva messa a letto.

Massimo Martini le disse che sarebbe corso a casa immediatamente: solo il tempo di prendere l'automobile dal parcheggio.

Capitolo Quinto

Diabolus

Li aveva salutati tutti all'uscita del ristorante. Carlo Toti ormai appariva stanchissimo dopo quella tirata. S'era svuotato di tutte le sue energie, pareva afflosciato come una palla bucata. Disse che sarebbe subito ritornato in albergo a riposare e poi, il giorno successivo, avrebbe preso un aereo per Milano. I due professori cinesi, invece, sarebbero tornati a Pechino direttamente dall'aeroporto di Macao.

Giuliano non si sentiva affatto bene, ma sapeva che non era il corpo in sé, bensì il cervello che era tutto sottosopra e aveva allentato il controllo sulle altre funzioni vitali. Ammise con se stesso di non essersi mai sentito tanto turbato in tutta la sua vita: le gambe e le mani gli tremavano e aveva grosse difficoltà a focalizzare l'attenzione sulla realtà che lo circondava in quel momento.

«Dove sono? Dove mi trovo ora?» si chiese a un certo punto. Si era smarrito?

Ricordava d'essere montato su uno di quei taxi neri che girano per Macao e di aver mormorato *mautau* al guidatore, il molo. Quello l'aveva scaricato proprio davanti all'imbarcadero, esattamente nel punto dove quella mattina erano saliti nella limousine che li aspettava. Aveva pagato venti *patacas* per la corsa ed era entrato in quella grande sala d'aspetto circolare, in cui ora si trovava, che aveva tutto intorno le biglietterie della società di navigazione. Giunto nel mezzo, aveva alzato gli occhi in alto, verso il grande tetto a cupola e in quel momento aveva cominciato a calcolare il numero di quadri e di triangoli che lo componevano. Poi, incapace di smettere, aveva preso a pensare a quale correlazione spaziale vi fosse fra tutti quei segmenti: un esercizio futile, si era detto, riscuotendosi, quella era stata la causa delle sue vertigini, che gli avevano procurato un senso di svenimento.

Ora, però, doveva andare a comprare un biglietto. La ragazza che stava dietro allo sportello gli disse che doveva attendere almeno due ore, perché era tutto esaurito. Certo, era perché ogni domenica sera molti hongkonghesi facevano ritorno a casa, dopo aver passato la giornata al casinò a perdere soldi oppure nei bordelli, in compagnia di qualcuna delle prostitute che arrivavano in trasferta dalla Cina popolare.

S'avvicinò al banco degli elicotteri della East Asia Airlines e gli dissero che il primo volo sarebbe decollato tra dieci minuti. Senza stare a pensarci troppo, pagò il biglietto con la carta di credito: 1.800 dollari di Hong Kong e subito dopo chiamò Eleonora, sua moglie, dal telefonino, dicendole che stava arrivando. Non solo, ma che se lei era d'accordo sarebbero partiti per Bangkok appena possibile, perché aveva bisogno di un paio di giorni di completo relax: doveva pensare a un problema molto importante.

Lei, come sempre molto premurosa, gli disse subito che avrebbe pensato alle prenotazioni il mattino successivo e che non doveva preoccuparsi di nulla, perché avrebbe organizzato tutto. Era molto felice di poter partire per la capitale della Thailandia: amava stare al sole e aveva intuito al volo, dal tono della sua voce, ciò di cui aveva bisogno.

«Sono un uomo fortunato ad avere Eleonora» pensò. «Capisce subito che quando le dico che devo pensare, non mi deve più chiedere nulla, ma che deve solo starmi accanto. Sa bene che appena sarò arrivato alla soluzione che cercavo, le spiegherò tutto.»

Passò attraverso la dogana e lo fecero accomodare con altri passeggeri in una saletta appartata: erano in una dozzina, tutti in attesa dell'imbarco su quel volo. La chiamata arrivò nel giro di due minuti e salirono sopra al tetto, tramite una scaletta metallica. La macchina volante stava già posizionata in mezzo a una piattaforma di cemento, con le pale che giravano lentamente, come le ali di una libellula mosse dalla brezza. Vi salirono sopra, allacciarono le cinture e il motore salì di giri con un rombo assordante.

Quel mezzo meccanico, dopo essersi spostato in avanti di qualche metro, invece di cadere giù e fracassarsi per terra, si librò maggiormente nell'aria. In un istante furono immersi nelle tenebre più profonde, mentre volavano sopra al mare e guadagnando sempre più quota, verso le stelle.

Si perse nuovamente nei suoi pensieri, andando mentalmente a rivedere i calcoli e le deduzioni di Toti che l'avevano tanto turbato. Sapeva già che quella notte avrebbe avuto grossi problemi a dormire, ma per fortuna aveva un flacone di melatonina a casa, dentro a un cassetto: ne avrebbe preso un paio di pillole e chissà, forse, sarebbero riuscite a calmarlo e anche a farlo riposare.

Sì, aveva bisogno d'andare a Bangkok. L'atmosfera festiva del Nai Lert Hotel, che tanto gli piaceva, con il suo bel parco e con la grande piscina, il girovagare fra le bancarelle del mercato di Chatucha alla ricerca di ceramiche antiche, un'altra sua grande passione, avrebbero sciolto tutta la confusione che ora lo attanagliava. Ne era certo: quel sistema aveva già funzionato in passato e poteva funzionare ancora per una volta. Voleva ripassare mentalmente tutti i calcoli di Toti e verificare se quanto gli aveva dimostrato era plausibile o meno. Non aveva preso appunti, ma ricordava esattamente tutti i passaggi, per filo e per segno, a partire dall'inizio. Aveva stampato davanti agli occhi soprattutto quel grande anello, simile a quello che sta attorno a Saturno, che aveva disegnato sul foglio di carta, con tante formule sopra e sotto, e che ora gli pareva un enorme serpente che, alzando la testa e aprendo le fauci, avrebbe inghiottito il mondo intero.

S'addormentò quasi subito, a dispetto dell'agitazione, ma ebbe un brutto incubo. Sognò di camminare all'inferno, in un luogo vuoto, eppure immenso, tanto grande in tutte le direzioni da provocare le vertigini. Davanti a lui camminava un diavolo dalla pelle squamosa e fiammeggiante, che gli faceva da guida, si muovevano su un sentiero strettissimo, aperto fra le fiamme. La sua guida a un certo punto si era voltata e fissandolo con un sorriso beffardo ponendosi a poca distanza dal suo viso, gli disse: «Non ci provare, bello, neanche ci devi provare! Vuoi sapere dove sta questo spazio? Tu lo sai già bene: siamo in un Universo parallelo, proprio oltre la membrana che corre a un milionesimo di millimetro dalla punta del tuo naso. Spaventoso, non è vero? E presto ci riprenderemo tutto! Hai capito?». Aveva allungato la sua zampa artigliata e lo aveva afferrato per il braccio, scuotendolo violentemente. Giuliano era troppo terrorizzato per parlare e per muoversi: «Oh, hai capito?» gli chiedeva.

Sobbalzò, svegliandosi con uno scatto, mentre tentava di sottrarsi da quella presa e mise la mano proprio nel punto dove si era sentito stretto. Avvertiva ancora un forte formicolio, proprio lì, tanto reale era stato quell'incubo!

«Potenza della fantasia umana!» disse fra sé e sé. Un passeggero cinese seduto al suo fianco lo guardava, quasi stupito che fosse trasalito così violentemente e gli chiese, con insolita dolcezza, se fosse tutto a posto.

«Tutto a posto, signore, grazie. Solo un brutto sogno. Forse oggi ho mangiato qualche cosa di troppo pesante.»

«Certo, capisco. Ora però si sente bene. Non è vero?» insisté premurosamente quello, con uno sguardo cortese ma penetrante, toccandolo leggermente sulla spalla con la punta delle sue dita. Si sentì subito meglio, dopo quel contatto e, rassicurato, guardò fuori dal finestrino, spostando il suo peso sul sedile, cercando di darsi un atteggiamento di normalità, dopo che anche qualche altro passeggero lo aveva guardato. Pensò che era stato l'effetto di tutta la sua agitazione mentale, dello sconvolgimento che gli avevano causato le formule matematiche di Toti.

«Pure gli incubi demoniaci, adesso!» mormorò a mezza voce, scuotendo il capo in segno di autocommiserazione. «Come se non fossi già abbastanza turbato per conto mio.»

Si sentiva troppo stanco ed esaurito per analizzare tutto di nuovo e trarne le dovute conseguenze, positive o negative che fossero: «Forse Toti ha sbagliato qualche passaggio e non se ne è accorto, devo ripassare nuovamente tutti i calcoli con molta attenzione».

Si disse che, ripartendo dall'inizio, la risposta gli sarebbe arrivata improvvisamente, come un flash, come una e-mail spedita da un punto nascosto nel profondo del suo cervello. Gli era già successo altre volte in passato, forse le illuminazioni degli orientali erano così: la parte illogica della mente che butta una cima alla parte logica.

«Devo assolutamente provare che Carlo Toti si sbaglia, deve aver torto per forza!» si disse con convinzione.

Dopo quindici minuti di volo apparve, sopra alla linea nera dell'orizzonte, un puntino luminoso che si fece sempre più grande e poi fiorì in un'esplosione di luci colorate, fra le quali predominava il verde giada. Stavano sopra i grattacieli di Central. Poi fecero una stretta virata sulla destra, sfiorando la torre del IFC2, dalla quale si era tuffata Angelina Jolie in uno dei suoi spettacolari film, e atterrarono esattamente sopra al punto dove quella mattina erano partiti con l'aliscafo.

CAPITOLO SESTO

INDOVINO

Eleonora lo aveva visto molto turbato, molto sfiduciato, ma aveva saputo vincere la tentazione di avvicinarsi e domandargli cosa poteva fare per lui. Gli aveva preparato del tè con i biscotti, un po' di frutta fresca e, prima che lui entrasse in casa, aveva bruciato alcuni grani d'incenso nel piccolo braciere di bronzo che tenevano vicino alla porta d'ingresso, per creare un ambiente rilassante, che favorisse la concentrazione. Aveva chiesto alla domestica filippina di dormire fuori per quella notte, aveva messo un cd di musica classica e infine aveva abbassato le luci, regolando le due lampade di porcellana bianca e blu che tenevano nel salotto. Poi lo aveva atteso, seduta sul divano.

Forse era stata la necessità di preparare gli esami insieme, in un minuscolo appartamento vicino allo stadio di San Siro, che li aveva portati a tutto quel rispetto del reciproco silenzio e della propria concentrazione. S'erano conosciuti molti anni prima, quando erano nello stesso corso universitario, a Milano. Pochi mesi dopo il loro primo incontro erano già sposati, anche se erano solo dei ragazzini e i genitori di entrambi, all'inizio, si erano opposti a quelle nozze che parevano premature, ma loro non avevano mai avuto dubbi, come se quel loro incontro fosse stato fissato diecimila anni prima della loro nascita, come se fosse stata una cosa assolutamente non casuale.

Lei aveva i capelli biondi, era di media statura e con dei

begli occhi d'un verde intenso, che ai cinesi ricordava la giada birmana. Al tempo dell'università era molto minuta, ma con il passare degli anni le forme si erano riempite ed era diventata ancora più bella di quanto non lo era stata al tempo del loro matrimonio. Dopo la laurea, lo aveva seguito a Princeton, negli Usa, grazie a una borsa di studio che lui aveva vinto, e poi al CERN di Ginevra. Non erano stati felici in Svizzera, anche se abitavano in un bell'appartamento immerso nel verde. Il lavoro di ricercatore puro non lo soddisfaceva ed Eleonora s'annoiava a casa, pur svolgendo dei lavoretti saltuari.

Per questo motivo, quando a Giuliano avevano offerto quel cambiamento così radicale, che prevedeva un trasferimento in Oriente, entrambi avevano accettato con entusiasmo e non si erano mai più pentiti della scelta fatta.

Dopo aver mangiato in silenzio lo aveva visto consultare alcuni testi di fisica quantistica che aveva tolto dalla libreria e poi, dopo alcune ore, lo aveva sentito farsi una doccia, prima di infilarsi nel letto, accanto a lei.

La mattina successiva, Eleonora era uscita verso le otto per andare a Kowloon a incontrare una sua amica, che aveva un ufficio per l'importazione di gioielleria italiana, e anche per prendere i biglietti per la Thailandia.

Giuliano l'aveva sentita prepararsi per uscire: aveva dormito poco quella notte, nonostante la melatonina, e già albeggiava quando gli era riuscito di rilassarsi al punto di assopirsi. Aveva avuto altri incubi, in cui gli era apparso anche Harry. Poté dormire per poco perché, verso le nove e trenta, il telefono di casa squillò. S'alzò dal letto e andò a rispondere. Era la madre di Harry che gli chiedeva se sapeva dove era finito il suo ragazzo, perché la sera prima non era tornato a casa.

«No, non saprei» le disse Giuliano. «Ieri pomeriggio a Macao lo avevamo messo su un taxi, diretto al ferry per tornare a Hong Kong.»

«Infatti mi aveva chiamato al telefono appena il battello era partito, dicendo che sarebbe arrivato a casa nel giro di un paio ore. Ma non lo abbiamo più visto e il suo portatile è staccato. Ho già chiesto ad alcuni suoi amici, ma nessuno l'ha incontrato. Siamo molto preoccupati, perché non gli era mai successo prima di sparire senza avvisarci.»

«Avete già informato la polizia?»

«Mio marito sta andando adesso a sporgere denuncia.» Mentre pronunciava quelle parole scoppiò a piangere.

«Lo troveremo, signora, stia tranquilla. Ha già chiesto negli ospedali? Forse un malore improvviso, uno svenimento...»

«No, non abbiamo ancora chiesto. Credo che ci penserà la polizia a farlo.»

«Avete il mio numero del telefono portatile, non è vero?»

«Sì, certo, lo abbiamo.»

«Io adesso volo in università e faccio una ricerca fra i suoi compagni di corso, forse qualcuno lo ha visto. Appena saprò qualcosa, vi chiamerò.»

«Grazie, ci contiamo. Questo ragazzo è tutto ciò che abbiamo...»

Si rivestì in fretta e furia e poi scese giù a prendere un taxi diretto al suo ateneo. Poi, appena arrivato, prese a chiedere a tutte le persone che conosceva se lo avessero incontrato. Ma, purtroppo, nessuno lo aveva visto. Domandò anche ai portinai e agli altri docenti, ma senza successo. Nessuna traccia: era come svanito nel nulla.

A mezzogiorno andò con alcuni studenti alla mensa, anche se aveva un blocco che gli stringeva lo stomaco e non riuscì a mangiare nulla. Sentiva che al ragazzo era accaduto qualche cosa di brutto, qualcosa che, stranamente, era da mettere in relazione con quell'inquietante incubo che l'aveva assalito mentre stava sull'elicottero.

Chiamò per due volte il padre di Harry, ma l'uomo era ancora più disperato di lui e non sapeva dir nulla di nuovo. La polizia lo stava cercando, ma non restava altro da fare che aspettare e pregare.

Mentre stavano seduti al tavolo della mensa, Janet Tsui, una sua studentessa, disse che sua madre in casi simili andava sempre da un indovino cinese, il signor Wong, un esperto di feng shui e di taoismo. Sua madre lo considerava infallibile. A Giuliano venne in mente la storia di Terzani e di quell'indovino che aveva consultato tanto tempo prima, ma quello, purtroppo, era morto da tre anni.

«Dove vive questa persona di cui parla?» le chiese.

«Non lontano di qui. In Hollywood Road, in cinque minuti di taxi ci si arriva. Vuole che ci andiamo?»

«Certo, possiamo dare un colpo di telefono e passare a trovarlo? Proviamo a giocare anche questa carta.»

Stentava a credere di aver appena detto una cosa simile: andare da uno stregone, proprio lui, uno studioso di fisica che aveva sempre manifestato molto scetticismo per quel genere di superstizioni popolari.

«Non serve l'appuntamento. Basta andarci e poi aspettare lì fuori. Non ha uno studio, bisogna andare a casa sua e, dato che è vecchio, sta sempre chiuso lì dentro» rispose Janet.

Prima di tutto passarono dalla palestra e presero una polo di Harry dal suo armadietto, perché questi indovini vogliono sempre toccare un oggetto portato, a contatto della pelle, dalla persona ricercata.

Saltarono in tre su un taxi, Giuliano, Janet e anche Victor, il suo fidanzato e in cinque minuti furono in Mee Lun Street, una scalinata consunta, fatta di lunghe e basse lastre di granito. Scendeva ad angolo retto da Hollywood Road, la via conosciuta in tutto il mondo per i negozi di antiquari, ma che un tempo era la via dei postriboli e delle fumerie d'oppio. Quelle lastre di pietra, ancora ben visibili, segnavano i passaggi sui quali salivano e scendevano le portantine con dentro gli europei che abitavano sul Peak, la montagna che domina l'isola di Hong Kong e che, a quel tempo, era vietata ai cinesi. Allora, i bianchi che vivevano a Hong Kong mantenevano lo stesso stile di vita che avevano in Europa, invece che adattarsi a quello cinese, sia per gli indumenti che per il cibo e le bevande. Durante i mesi di calura estiva, lassù potevano godere di un po' di frescura, per via della minore umidità e della quota. Bastava leggere *The Painted Veil* di Somerset Maugham per farsi un'idea di quella Hong Kong sparita per sempre, fatta di preconcetti e di chiusure mentali, sia da parte degli europei che dei cinesi.

Scesi dal taxi si ritrovarono davanti a un edificio fatiscente, una sorta di sigaro schiacciato fra torri più alte e meglio tenute. Non c'era un ascensore e salirono a piedi per cinque piani, inciampando, perché c'era poca luce. I gradini, in Cina, li fanno sempre d'altezza variabile e per questo motivo si fa fatica a trovarne due uguali ed è facile cadere quando non li si vede. Appena in cima, Janet lanciò un urlo e si buttò nelle braccia di Victor, nascondendo il proprio viso: aveva visto un grosso topo infilarsi in una crepa aperta nel muro.

La porta era socchiusa, ma bastò sospingerla per sentirla cigolare sui cardini. Oltre la soglia stava una sala senza finestre, con poche sedie verniciate di bianco addossate al muro. Sul fondo si scorgeva una statuetta di Kwan Kung, un generale vissuto in Cina nel III secolo dopo Cristo, deificato dopo la morte, come personificazione della fedeltà e della perseveranza. Era famoso per la sua lealtà e il suo coraggio e veniva ancora adorato sia dai taoisti che dai buddisti. Era stato messo dentro a una sorta di cappella, con una luce elettrica di color rosso sempre accesa davanti e un incensiere colmo di sabbia. Pare bizzarro, ma quello è il protettore sia dei poliziotti che dei delinquenti.

Per coprire l'intonaco, parzialmente scrostato, era stato appeso un poster, ormai sbiadito, del tempio di Wong Tai Sin e un grosso orologio elettrico che vibrava ogni volta che scattava la lancetta dei secondi.

C'era un uomo seduto, che sembrava anche lui in attesa di essere ricevuto.

Li fissò intensamente negli occhi. Era un anziano signore cinese, ben vestito, con una cravatta color cremisi e una giacca scura, troppo stretta e corta, di quelle che s'usavano negli anni Cinquanta, con un distintivo del jockey club appuntato sul *revers*. I capelli erano tinti di nero e luccicavano di brillantina. Aveva i tratti del volto sottili e la carnagione pallida; sembrava quasi incipriato, come certi attori dell'opera cinese. Le mani erano minute, affusolate come quelle di una donna e al polso portava un vecchio Rolex d'oro e acciaio. Non si poteva fare a meno di guardarlo con curiosità perché sembrava un'immagine arcaica. Assomigliava un po' a sir Run Run Shaw, il centenario produttore di film di Hong Kong e grande estimatore di belle attrici.

C'erano solo due sedie libere e Victor si offrì di stare in piedi per lasciarle a Janet e a Giuliano, ma quell'uomo fece un ampio cenno con il braccio, indicando eloquentemente che non aveva obiezioni nel lasciarli passare avanti.

Spinsero la porta, dopo aver bussato, e si trovarono davanti a un anziano signore in canottiera e calzoncini corti, tutto intento a gettare grani di mangime ad alcuni pesci rossi, che nuotavano in una piccola vasca rettangolare di vetro. Due usignoli cinguettavano dentro a due piccole gabbie di legno di sandalo, appese in un angolo.

«Ciosan!» li salutò in cantonese, volgendosi nella loro direzione e poi sorrise, felice di avere dei clienti.

Aveva i capelli candidi, rasati corti. Giuliano stimò che dovesse avere almeno ottant'anni e, forse, erano proprio tutte quelle scale che faceva ogni giorno, quando usciva per fare la spesa, che lo mantenevano così in forma, nonostante fosse un po' lento nei movimenti. Dato che non sapeva l'inglese, parlò in cantonese con Janet e Victor, che si affrettarono a spiegargli, con un po' d'affanno, il motivo della loro visita. Li fece accomodare nel soggiorno, attorno a un tavolo di vimini intrecciato, che portava sopra un ripiano di cristallo. Quella fungeva anche da sala da pranzo e da cucina. Avviò un ventilatore a pale che pendeva dal soffitto e che prese a girare lentamente sopra alle loro teste. Forse voleva scacciare l'odore del riso e dei cavoli bolliti, che ristagnava in quell'appartamento di quaranta metri quadri.

Dopo che Janet ebbe finito di spiegargli cosa volevano da lui, gli passarono la polo di Harry. Lui la soppesò fra le mani, la strinse e la rivoltò. Poi prese un foglio di carta gialla, ci scarabocchiò sopra alcuni segni incomprensibili, recitando quelle che parevano essere formule magiche e infine lo bruciò in un secchio di rame.

Seminascosto da una pianta di ficus, dall'altra parte della camera, stava un pappagallo posato su un trespolo. Non lo avevano notato prima, ma, appena la carta prese fuoco, il volatile lanciò un grido stridente e cercò di volar fuori dalla finestra. Il lacciolo che gli serrava la zampa lo trattenne; lottò, sbatté le ali spennando un po', ma quando capì che non poteva fuggire, rimase penzolante nell'aria, emettendo un gorgoglio che sembrava un lamento umano.

Il signor Wong, dopo essersi voltato a osservare il suo pennuto coinquilino, disse a Janet che quello era un pessimo segno. Poi però concluse che Harry era ancora vivo, pur avendo corso un fortissimo pericolo.

«Dove si trova?» chiese Giuliano.

«Dice che non è lontano da qui. In una chiesa cristiana, vede calma e silenzio intorno a lui» tradusse Janet.

«Non ci può dire niente altro, Mr. Wong?» lo incalzò Giuliano.

Come svegliandosi da un leggero stato di trance, lui mormorò che non vedeva nulla di più, poi però volle aggiungere una sola cosa: «Anche questo straniero che sta con voi è in grave pericolo. Lo sa di essere in pericolo?».

Janet e Victor gli tradussero quelle parole e Giuliano annuì con il capo. Sì, lo sapeva.

«Andiamo a vedere nelle chiese che stanno qui sull'isola. Quanto dobbiamo al signor Wong?» chiese Giuliano, ormai impaziente di lasciarlo e dare inizio alle ricerche.

«Basta un'offerta. Non hanno una tariffa» disse Victor.

«Cinquecento dollari di Hong Kong?»

«È più di quanto s'aspetta. Va bene.»

Giuliano aprì il portafoglio e, discretamente, lasciò cadere sul tavolo una banconota marrone da cinquecento dollari. Lui gli sorrise e ringraziò.

«Tocié, tocié!» esclamò, grazie, grazie. Poi s'alzò per accompagnarli all'uscita, come s'usa fare da quelle parti fra persone educate.

Spinse l'uscio e si sporse fuori, seguito da loro tre, poi, girandosi a sinistra, i suoi occhi si incontrarono con quelli dell'uomo che stava ancora pazientemente seduto lì fuori.

Il signor Wong prima sobbalzò e poi, lanciando un urlo di terrore, si volse e tornò di corsa nel suo appartamento, urlando: «Gwailò, gwailò! Ahiaaa! Gwailò!».

CAPITOLO SETTIMO

SPETTRI

Proprio in quell'attimo una falena spiccò il volo da sopra la lampada e sfarfallò per la sala, fermandosi improvvisamente a mezz'aria, immobile, senza più battere le ali. Anche Janet e Victor rimasero fermi, come statue di sale.

Giuliano capì subito cosa aveva spaventato l'indovino. Quel signore che stava lì, davanti a loro, era uno spettro: quello vuol dire, *gwailò*. Questo è anche il termine, un po' spregiativo, che i cantonesi usano spesso riferendosi agli europei. È una delle prime parole che s'imparano vivendo a Hong Kong.

La temperatura nella stanza s'era abbassata, anche se non c'era nessun condizionatore acceso.

Ricordò che, secondo quanto raccontano i cinesi, il linguaggio per gli spettri non è una barriera e quindi gli si rivolse in italiano: «Lei è uno spettro?».

«Sì, ci chiamano così. La stavo aspettando, professore» gli rispose quello, mostrando grande naturalezza.

Giuliano sentì il proprio sangue gelarsi nelle vene e un sudore freddo cominciò a colargli copiosamente nella camicia. Non solo, ma sentì i capelli rizzarglisi in testa: era una sorta di formicolio che partiva dalle radici profonde. Capì, in quel momento, che il detto *gli si rizzarono i capelli in testa dalla paura* ha un fondamento biologico.

Alzò gli occhi e vide la lancetta dei secondi del grande orologio appeso al muro che s'era anch'essa fermata. Intanto quella figura, con una leggerezza felina, s'alzò e gli si fece vicino, dicendogli: «Non abbia timore, non sono qui per farle del male, ma per avvisarla che il pericolo è grande e che siamo tutti preoccupati per quanto sta per accadere.

«Vede, qui a Hong Kong noi morti, per quattro volte all'anno, possiamo tornare sulla terra, ma se non vi sarà più una terra, non vi sarà più un ritorno. Non avremo più nipoti e pronipoti da tornare a rivedere, che pregheranno per noi sulle tombe, o davanti alle tavolette che portano il nostro nome inciso sopra. Continuiamo a sperare che i nostri discendenti, anche solo per pochi minuti, ogni giorno, penseranno a noi. Ma, minuti è forse chiedere troppo, ci basta un secondo in un anno o anche in dieci anni, questo ci basta. Lei sa bene che il tempo non esiste, che è una convenzione, buona sola per voi viventi.

«Sono stato mandato qui per dirle che bisogna fermarli prima che sia troppo tardi. Sappia che non è solo, che anche noi, dall'oltretomba, vi siamo vicini e cercheremo di proteggervi.

«I loro programmi erano di farla morire ieri notte mentre stava in elicottero, un infarto doveva essere.

«Ah, così giovane! Lo stress del lavoro in questa città stressante. Lei conosce già il ritornello, perché l'ha sicuramente sentito recitare molte volte. Per fortuna quel passeggero che le stava vicino e che le aveva chiesto se stava bene, lo ricorda? Quello era il suo angelo custode: è stato lui che l'ha salvata.

«Ora voglio farle fare un giro in un'altra dimensione, così si convincerà di quel che le dico. Andiamo, non è complicato».

«Ne farei volentieri a meno. Mi ha già convinto.»

«Nessuna paura. Si fidi di me, non ho forse un viso degno di fiducia? A proposito, io mi chiamo Frankie; questo era il nomignolo che mi avevano dato gli amici bianchi che avevo qui a Hong Kong.»

«Va bene, allora andiamo.»

Con la mano destra, lo spettro fece il gesto di scostare una tenda e lo invitò a seguirlo oltre quella invisibile barriera. Giuliano fece un passo in avanti, nella sua direzione, ed entrambi sparirono dentro a quella sorta di cortina. Si ritrovarono nel mezzo d'una via polverosa, con tanti uomini e tante donne vestiti soprattutto di una seta bruna, impermeabilizzata con una resina vegetale, che veniva usata dai pescatori cinesi. Gli uomini portavano i capelli in una coda intrecciata che ricadeva sulle spalle e i copricapo delle donne appartenenti alla minoranza *hakka* avevano una veletta nera intorno e la loro sommità era aperta. Molti bambini correvano in tutte le direzioni e alcuni negozi aperti sulla strada offrivano pesce secco e riso. Erano sempre a Hong Kong, ma in quella città coloniale che aveva sempre visto nelle vecchie illustrazioni.

Si mossero verso una bassa costruzione che portava scritto all'entrata: «Hotel d'Europe, Queen's Road».

Frankie gli fece cenno di seguirlo e di entrare. Spinsero una porta a vetri e furono nella piccola lobby di legno scuro, con un bancone, qualche tavolo e alcune sedie, dove gli ospiti dell'albergo potevano gustare un caffè e fare colazione. Alcuni marinai inglesi stavano bevendo e giocando a carte.

Salendo le scale che erano state coperte da un panno verde, ormai consunto, sentirono gli scalini scricchiolare sotto ai piedi. Giunti al secondo piano, spinsero una porta verniciata di beige e furono in una stanza con un letto matrimoniale nel mezzo; le tende di raso color bordeaux scuro erano chiuse, ma al centro lasciavano trapelare un po' di luce. Fuori dalle finestre si scorgeva un balcone che dava sulla baia e la penisola di Kowloon era visibile in lontananza, dominata dal profilo del Lion Peak.

Un uomo dal viso pallido e sofferente, di poco più di cinquant'anni d'età, stava disteso sul letto sotto a un lenzuolo di lino e teneva gli occhi socchiusi. Attorno stavano tre uomini dall'aria preoccupata.

«Chi è costui? Perché siamo qui?»

«È un suo connazionale, uno scienziato come lei, che sta per morire.»

«Come si chiama?»

«Oh, non saprei, può accostarsi e chiedere.»

«Ma che diranno gli altri?»

«Nulla, non ci vedono. Solo lui ci vedrà, però penseranno che sta avendo delle allucinazioni. Faccia pure, si accosti e domandi quel che vuol domandare.»

Giuliano, un po' esitante, s'avvicinò al letto e parlò piano all'orecchio del malato.

«Professore, come si sente?»

Lo vide trasalire leggermente, quindi aprire gli occhi e fissare il soffitto muovendo le labbra.

Questo bastò per scuotere quegli altri uomini che gli stavano accanto e uno di quelli esclamò: «Dottor Giglioli, guardi, vuole dirci qualche cosa, s'accosti».

«Certo, capitano Arminjon. Faccio subito».

Gli si avvicinò, passando dall'altra parte del letto. Era un giovane ben vestito con una camicia bianca e dei pantaloni di cotone chiaro.

«Male, mi sento molto male. Credo di stare morendo, ma sono in pace con me stesso e con il mondo.»

«Come si chiama?» gli chiese Giuliano.

«Filippo De Filippi.»

Giuliano non lo aveva mai sentito nominare.

«Sono nato a Milano nel 1814 e poi divenni uno studioso di storia naturale, zoologo e naturalista. Sapete? Vidi la luce proprio nel giorno infausto dell'assassinio del ministro Prina. Ma negli anni futuri mi ricorderanno solo per avere introdotto il darwinismo in Italia. La memoria di noi scienziati dura poco. Allora, sto morendo?»

Il dottor Enrico Giglioli ripeté le sue parole e il capitano Arminjon esclamò: «Eccellenza, no, non sta morendo. Tornerà in Italia con noi, coraggio!».

Avevano lasciato Napoli nel novembre del 1865, a bordo della pirofregata *Magenta* ed erano stati in missione in giro per il mondo. Sud America, Vietnam, Giappone e, infine, in Cina. Dopo una sosta a Hong Kong si erano diretti a Singapore, ma a metà strada De Filippi si era sentito male ed erano dovuti tornare indietro. Quello era il suo ultimo giorno di vita, il 9 febbraio 1867.

«Temo di sì, eccellenza, questo è il suo ultimo giorno sulla terra» gli disse Giuliano.

«Come pensavo, questo è il mio ultimo giorno sulla

terra. Grazie per essere stato sincero con me. Voi chi siete? Degli angeli? Delle visioni che il mio cervello delirante sta creando?»

«Un po' complicato da spiegare, ma non siamo visioni. Siamo messaggeri dell'infinità dei mondi.»

«L'infinità dei mondi! Allora la vostra presenza mi è di conforto. Ogni cosa che va oltre la cruda materia, ora, in questo istante, mi conforta. Grazie per la vostra visita.»

Giglioli s'alzò e disse sottovoce che stava delirando.

«Andiamo ora. Sta per morire, lasciamolo solo» gli disse Frankie.

Rientrarono in una piega temporale e di nuovo si ritrovarono nella Hong Kong del passato, nello stesso punto di prima, ma con meno costruzioni intorno. Il porto era davanti a loro e sulla destra, sopra a una collina, si scorgeva Flagstaff House, dove risiedeva il capo delle forze armate britanniche di quella piccola colonia.

«Siamo nel 1852, ora. Questa città esiste da appena undici anni, ma può certamente notare quanto si è già costruito; curioso, non è vero?»

«Interessante, ma perché ora ci troviamo di nuovo in questo punto?»

«Oh, volevo farle incontrare un altro suo connazionale, quel signore che ci sta venendo incontro.»

Giuliano alzò gli occhi e vide un marinaio camminare nella loro direzione, con il passo pesante tipico di chi è abituato a posare i piedi sulla tolda di una nave, senza mai scivolare. Aveva una giacca leggera buttata sulla spalla destra e veniva nella loro direzione: era biondo, con una barba corta sul mento e gli occhi azzurri. Portava una cicatrice sulla fronte e una camicia di un color rosso sbiadito.

Giuliano lo riconobbe quando fu a circa tre metri da loro: era Giuseppe Garibaldi. I tratti del suo viso erano inconfondibili.

«E che ci fa qui?» chiese Giuliano.

«Non sapeva che è passato di qui?»

«No.»

«Comanda una nave, la *Carmen*, la può vedere là in fondo, viene dal Perù. Vuole parlargli?»

«No, a che servirebbe? Meglio ritornare alla base: ora devo trovare il mio assistente.»

«Non si preoccupi, lo troverete; ma va bene, torniamo pure.»

Rientrarono nella piega segnata dalla mano di Frankie e furono di nuovo nella stessa posizione dalla quale avevano cominciato la loro esplorazione.

«Questo basti» disse lui «per dimostrarle la relatività del tempo e dello spazio e per indicare la loro esistenza e la nostra esistenza. Spero proprio di averla convinta».

«Ci credo. Sono convinto, ma mi dica cosa dovremmo fare?»

«Fermarli, fermarli, fermarli. Di più non posso dire. Lei capirà cosa deve fare. Nella mia vita passata ero un famoso attore, anche se recitavo sempre parti femminili. Ecco, ora le farò un esempio preso dal vostro teatro. Mi consideri lo spettro del padre di Amleto, che è apparso per metterla in guardia, ma cerchi di portarsi meglio del principe di Danimarca. Ora è convinto che questo affare è molto serio. Ci metta tutto il suo impegno, tralasciando il resto e non sia dubbioso o distratto. Ora devo ritornare nel mio mondo. Coraggio, coraggio, coraggio!»

Batté le mani e sparì nell'aria, come fosse stato solo il riflesso di un raggio di sole, mandato da uno specchio.

La lancetta dei secondi riprese a correre e la falena completò la sua corsa nell'aria uscendo dalla porta, che era rimasta socchiusa. Janet e Victor uscirono con lui, scendendo le scale. Fermarono nuovamente un taxi e ci salirono sopra.

«Mi sbaglio o c'era qualcuno che aspettava di essere ricevuto da Wong?» chiese Giuliano, con il tono più casuale che poteva adottare.

«No, non l'ho visto, professore. Eravamo solo noi. Mr. Wong con i suoi cinquecento dollari si è fatto l'incasso della settimana, sarà felice adesso!»

«Felice? Non ci giurerei.»

Chiesero d'essere portati prima alla cattedrale anglicana di Saint John, poi girarono per il suo parco e passarono a quella cattolica di Saint Joseph, infine alla chiesa della Immacolata Concezione, ma neppure lì trovarono Harry.

Erano già esausti, ma proprio quando stavano per tornare indietro, verso l'università, a Giuliano venne in mente la cappella al quinto piano dell'ospedale delle Canossiane.

E infatti lo trovarono lì, seduto mestamente su di una panca, con il capo chino. Una delle suore italiane che vi prestavano servizio, suor Anna, disse che era arrivato quella mattina prima dell'alba e si era seduto, senza più muoversi. Era in stato confusionale, farfugliava parole senza senso, ma avevano scambiato i suoi mormorii per delle preghiere. Chiamarono subito i suoi genitori per dare la buona notizia e questi corsero a riabbracciarlo e poi lo portarono giù, al terzo piano, per farlo vedere a uno psichiatra.

Più tardi, Eleonora lo chiamò al telefono per dirgli che aveva già fissato per Bangkok e che sarebbero partiti venerdì mattina.

Lui le raccontò tutto di Harry e poi aggiunse che al ritorno avrebbe fatto un check-up completo: voleva sapere se il suo cuore batteva bene, anche se, tutto sommato, si sentiva in forma.

CAPITOLO OTTAVO

LINEARITÀ

Venerdì mattina, molto presto, il loro solito tassista, un ragazzo chiamato Fadì che in cantonese vuol dire «rapido», li portò all'aeroporto di Cheplapkok e partirono per la capitale della Thailandia con un volo della Emirates Airlines. Assieme alla camera avevano prenotato un'auto che li raccolse all'uscita del controllo passaporti e poi li portò sino al Nai Lert Hotel, nel centro di Bangkok. Quello era il loro albergo preferito, dove conoscevano tutti a partire dal direttore, un italo-svizzero. Era, come sempre, accogliente: con tanti fiori, tanta luce e gli uccelli che cinguettavano nel parco.

«Giuliano, scendo subito in piscina, prima che cambi il tempo» gli disse Eleonora, appena ebbe finito di disfare la valigia e sistemare camicie e biancheria dentro all'armadio.

«Sicuro, amore. Ti raggiungo fra dieci minuti.»

Aprì il computer portatile e mandò una breve e-mail a Massimo Martini, il suo vecchio collega al CERN che non vedeva più da tanti anni. Gli mandò solo due righe, chiedendo come stava e se occupava ancora il suo posto di dirigente, a Ginevra. Aggiunse che gli doveva parlare d'una cosa molto importante che riguardava le ricerche che stavano conducendo con il LHC. Aspettò per qualche minuto davanti allo schermo, sperando, invano, che anche lui fosse collegato e che gli potesse rispondere subito, ma non era così e allora lo chiuse.

Nel frattempo telefonò a Pechino, al professor Chan, lo studioso che aveva conosciuto a Macao pochi giorni prima, e gli chiese se avesse in programma una nuova visita, perché doveva ridiscutere quello che avevano lasciato in sospeso. Lui si mostrò molto ansioso di sapere se avesse già trovato qualche cosa di nuovo e se anche a lui sembrasse completamente vero quanto aveva detto il fisico italiano. Giuliano disse che non aveva ancora potuto approfondire tutti i calcoli, ma che gli avrebbe passato alcuni dati durante il loro prossimo incontro; li aveva elaborati proprio quella mattina mentre stava in aereo.

«Quanti giorni resterete a Bangkok?»

«Solo quattro giorni. Rientriamo martedì.»

«Allora nel pomeriggio prendo un aereo e questa sera sono lì da voi, se vi sta bene e se non vi disturbo. Non è un problema per me trovare un biglietto da Pechino. Anch'io ho pensato a qualche cosa e ho consultato quelle persone di cui parlavamo. Mi hanno assicurato il loro pieno appoggio. Forse potremo confrontare i nostri dati.»

«Benissimo. Vuole che le prenoti una camera qui nel nostro hotel?»

«Non serve. Posso fare da solo, tramite l'agenzia viaggi della nostra facoltà. Vi chiamerò appena arrivo, a fra poco, dunque.»

«Va bene. Allora, ci vediamo più tardi.»

Giuliano, s'avvicinò alla finestra che dava sulla piscina e, guardando il suo perimetro, immaginò che fosse un nodo, poi provò a trasformarlo in numeri complessi e infine in una matrice hermitiana, diagonalizzandola e sottraendo somme negative e positive. Ma da lì il suo pensiero scivolò nuovamente sulla meccanica quantistica.

«Niente da fare. Non riesco a concentrarmi sui nodi, vado a finire per forza su stringhe e membrane. Forse è meglio andar giù in piscina e leggere un libro per rilassarmi» si disse, con un sospiro.

Aveva portato con sé una vecchia biografia scritta da Enid Starkie e dedicata a Charles Baudelaire; l'aveva iniziata la settimana prima. Era ben scritta e molto avvincente: l'ideale per riposare la mente, per trasferirla altrove. Vi si narravano le sventure di quel grande spirito luminoso, che visse una vita meschina eppure eroica, circondato da pigmei che non riuscirono a intuire la sua grandezza spirituale.

Si sistemò sotto all'ombrellone, su una sdraio, di fianco a dove stava già Eleonora e ordinò il suo tè preferito, Earl Grey, con dei biscotti di riso, e poi s'immerse nella lettura.

Tre ore più tardi, quando rientrarono in camera, lesse nel suo computer la risposta di Massimo: gli diceva che era sempre al CERN, dove aveva fatto carriera e tutto andava per il meglio, tranne che per alcuni problemi di salute che stavano affliggendo sua figlia.

Capitolo Nono

Tao

«All'inizio regnava il caos, un miscuglio di pneuma e di sostanza. Improvvisamente si ebbe una grande esplosione e quello fu l'inizio delle forme. Poi la grande esplosione divenne un grande inizio. Seguì un grande nulla, che generò la materia, ma ciò che permise al caos di evolvere, noi cinesi lo chiamiamo *tao* ovvero il principio di indeterminazione, mai creato, ma che si rigenera, in eterno. Poiché è indeterminato, unico ed eterno resta inconoscibile. Suona familiare, non è vero? Queste son le parole di Lieh Tzu, uno dei fondatori del taoismo e la sua cosmogonia sta diventando sempre più moderna, anno dopo anno» disse il professor Chan, con un sorriso di soddisfazione disegnato sulle labbra.

Era arrivato quella sera da loro in albergo ed erano poi andati tutti e tre a cena al ristorante Banyan Tree. Una volta sistemati attorno al tavolo, subito dopo quella piccola introduzione filosofica, come avevano fatto a Macao, avevano ripreso a parlare di fisica delle particelle.

Prima, però, lui gli aveva chiesto sottovoce e molto discretamente se si poteva parlare delle loro cose davanti a Eleonora. Giuliano aveva annuito con il capo.

«Quanto ci aveva detto Carlo a Macao non è sbagliato: prima del nostro incontro, ho rifatto i suoi stessi ragionamenti, andando a ritroso, e temo abbia ragione lui» disse Chan.

«Con chi ne ha parlato?»

«Ho avuto l'onore d'essere ricevuto in udienza privata dal nostro ministro per la difesa nazionale. Gli ho parlato per una buona mezz'ora...»

«E che le ha detto?»

«Be', innanzi tutto posso dire che ha capito più di quanto sperassi. Sa, trattandosi di un militare, non mi aspettavo molto, ma l'ho trovato molto ricettivo e ben informato. Mi ha chiesto di tenerlo al corrente degli sviluppi e di fargli sapere se abbiamo bisogno di aiuto, una volta che saremo certi del pericolo. Naturalmente, mi ha assicurato che verranno tentati dei passi ufficiali con il governo svizzero e con quello francese, oltreché con tutti gli altri governi che sono direttamente interessati alle ricerche presso il CERN, ma questo solo quando saremo veramente certi della giustezza dei nostri ragionamenti. Ha aggiunto che potrebbe accennare di questa storia anche al presidente, durante il suo incontro settimanale. Come sapete la leadership cinese è sempre stata molto interessata a questo genere di studi.»

«Avevo letto qualche cosa su Mao Tzetung, che spesso entrava in argomenti di fisica subatomica.»

«Certo. Diceva che *se si prende un bastone lungo un piede e se ne rimuove metà ogni giorno, fra 10.000 anni saremo ancora lì a dividerlo. Questa è una realtà, se non ci credete, provate. Se vi è una fine, allora non v'è scienza.* Diceva così. Durante la Rivoluzione culturale gli studi vennero rallentati, ma nel 1973 avevo fatto parte di una squadra inviata negli Stati Uniti da Zhou Enlai. Poi, il vecchio direttore dell'acceleratore di Stanford venne da noi in visita. Era il 1976, ricordo che fu subito dopo il terremoto di Tangshan e dopo la morte di Mao e di Zhou Enlai. Si chiamava Wolfgang Panowsky, un grande studioso, morto solo qualche mese fa; ricordo che andai io a prenderlo all'aeroporto, assieme a due miei colleghi più anziani e poi lo portammo in giro per la città. Sì, lo ricordo bene, una mente molto brillante, ma la nostra macchina propagandista gli fece vedere molte cose che non esistevano: entusiasmo popolare, autisti che avevano letto Einstein e via dicendo. Le solite storie tipiche dei Paesi comunisti.»

Non poté fare a meno di ridacchiare, ma poi proseguì con i suoi ricordi: «Il frutto della sua visita fu l'acceleratore di Pechino, che venne terminato nel 1989, con un anello di 180 metri. Ora è chiuso per essere rimodernato, ma lo riapriremo presto».

«Lo sapevo. Ho letto degli studi molto interessanti che avete pubblicato sui positroni.»

«Certo, pensiamo anche di entrare a far parte del progetto ILC International Linear Collider se con il LHC non andrà tutto al diavolo.»

«Già, il diavolo, io ho ricevuto una sua visita... Ma perlomeno i vostri leader sono preparati, sanno apprezzare le ricerche sulle particelle. Se non altro abbiamo una entratura ad alto livello, nel caso dovesse essercene bisogno.»

Chan non capì il senso del suo commento *diabolico* o forse lo prese per una battuta, gli sorrise e poi continuò: «La strada suggerita da Toti resta la migliore: studiare a fondo il problema e poi pubblicare un articolo per mettere in guardia tutta la comunità scientifica internazionale e, perché no, indire una conferenza, alla presenza di giornalisti e televisioni».

«Non so se esistono i tempi tecnici per organizzare tutto questo, ormai siamo troppo vicini all'avviamento e ci sono molti ricercatori che aspettano da anni questo momento. Non sarà facile convincerli che dovranno aspettare ancora o, addirittura, desistere dai loro programmi di ricerca, solo perché un ex Nobel con la fama di essere piuttosto eccentrico e che è pure un po' in disgrazia, si è fatto venire certe idee balzane in testa.»

«Che altra strada possiamo battere, allora?»

«Devo pensarci, un sistema lo troveremo certamente. Una volta che avrò capito a fondo perché Carlo è arrivato a queste conclusioni, allora potremo studiare un modo adeguato per fermarli. Ma il tempo stringe!» concluse Giuliano.

Anche Eleonora, che aveva intuito di cosa si stesse parlando, era intervenuta nella discussione un paio di volte: dopo tutto aveva studiato anche lei fisica atomica e da allora si era sempre tenuta aggiornata, leggendo pubblicazioni scientifiche americane. Solo ora stava cominciando a capire i motivi del turbamento di Giuliano della domenica precedente.

Alla fine di quella cena si salutarono e il professor Chan disse che sarebbe rientrato a Shanghai il mattino successivo.

Sul taxi che li riportava verso l'hotel, Giuliano spiegò nel dettaglio anche le strane cose accadute dopo il suo viaggio a Macao, che prima non le aveva rivelato, per paura di turbarla.

«Ultimamente anche a me sono successe tante cose strane, Giuliano.»

«Di che genere?» le chiese lui.

«Incubi. Sparizioni di oggetti che poi ho ritrovavo sotto al letto. All'inizio pensavo a una sbadataggine della domestica e lei invece pensava a una sbadataggine mia. E il nostro gatto che soffiava verso un angolo vuoto della casa.»

«Dovevi dirmelo!»

«No, ti vedevo abbastanza preoccupato per le tue cose. Non volevo darti un altro peso. Comunque, queste sono cose di poco conto rispetto alle tue, ora che ho capito a cosa state lavorando» e gli poggiò la mano destra sulla guancia, accarezzandolo in un gesto spontaneo d'amore e di protezione, che lo commosse.

Capitolo Decimo

Khmer

Arrivarono al mercato di Chatucha con la ferrovia soprae-levata che evitò loro d'immergersi nel traffico caotico di Bangkok. Eleonora andò per conto suo a visitare i padiglioni che più le interessavano: il numero 9 e il numero 11 in particolare, dove vengono offerti prodotti artigianali, abbigliamento, piccoli mobili.

Quel mercato si teneva solo di sabato e domenica ed era sempre un crocevia di calda umanità, nonostante tutta la sporcizia e il sudore che scorreva copioso fra quanti stavano seduti tutto il giorno in quelle gabbie di lamiera, esposte al sole battente. È un ganglio vitale e pulsante, dove ci si sente felici di stare ancora in questo mondo. Ricordava un grande bazar medioevale, un caravanserraglio, una grande fiera del tipo di quelle che un tempo sorgevano sulla via della seta.

Giuliano si tuffò nel terzo padiglione, quello vicino all'entrata principale, dove stavano i negozi con le ceramiche e i bronzi antichi, ma prima fece un giro d'ispezione fuori dal perimetro, dove solitamente venivano offerti pezzi e frammenti, buttati sul marciapiede: quelli che i contadini e i pescatori erano riusciti a recuperare durante la settimana. In passato aveva trovato alcuni pezzi bellissimi, molto utili per lo studio e che gli erano costati solo pochi dollari. Ma quel giorno non vide nulla d'interessante, tranne un piatto Kalon con le caratteristiche decorazione nere a forma di nuvole, sotto una leggerissima invetriatura. Questi pezzi avevano cominciato ad apparire alla fine degli anni Sessanta, dopo che nel nord della Thailandia, scavando per costruire una strada, degli operai si erano imbattuti in una necropoli appartenente a una civiltà sino ad allora sconosciuta. Vi abbondava la ceramica che venne datata fra il XIV e il XVI secolo, quando i contatti commerciali erano mantenuti sia con la Cina che con l'Indonesia e le Filippine. Purtroppo non erano mai stati fatti degli studi sistematici, ma gli antiquari di Bangkok vennero invasi da questo strano vasellame, che non era limitato ai piatti, ma interessava anche giare e tazze. Ormai piatti di quel genere venivano offerti a cinquecento dollari americani, nei negozi con una buona reputazione, quindi non seppe resistere alla tentazione e, per cinquanta dollari, se lo fece incartare e mettere in un sacchetto di plastica, che si portò dietro.

Passò poi a visitare l'interno, dove stavano i suoi negozi preferiti, quelli ricchi abbastanza da potersi permettere una postazione fissa.

La sua attenzione s'era focalizzata, già da qualche anno, sulle ceramiche khmer, ossia cambogiane. Queste, ormai, esercitavano su di lui un'attrazione invincibile, anche se i testi sull'argomento erano ancora scarsi. Forse perché l'interesse dei collezionisti per questi oggetti era basso e mancava, comunque, uno studio d'alto livello, come, invece, succedeva per le ceramiche antiche cinesi, coreane e giapponesi. L'unica eccezione era una monografia intitolata *Khmer Ceramics* di Dawn Rooney, uscita nel 1984, ormai introvabile, e alcuni capitoli in qualche libro sulle ceramiche del Sud-Est asiatico. Per questo motivo aveva in mente, da qualche anno, di scrivere un libro proprio su tale argomento: aveva tutti i capitoli pronti in testa, in una sorta di scaletta che aveva a lungo meditato. Poi avrebbe donato tutta la sua collezione a un museo, o a una istituzione in Italia, intitolandola a suo padre e a sua madre, con il vincolo che sarebbero rimaste in mostra per tutto il pubblico interessato ad ammirarle.

Questo nobile scopo serviva anche a limitare i suoi sensi di colpa, per essere egli stesso, tutto sommato, parte di quel commercio illegale di antichità, sia pure a un basso livello. Il contrabbando vero, quello che stava deturpando la Cambogia, era quello che riguardava le statue in arenaria di Angkor e di altri celebri templi; per questo motivo si era sempre rifiutato di prenderle in considerazione, quando gli venivano proposte.

Possedeva solo una mediocre statuetta della formosa dea Uma, senza testa e senza braccia, solo come decorazione, e aveva forti dubbi sulla sua autenticità. Non solo, ma una volta era arrivato a informare la polizia di aver notato, in un celebre negozio presso la Riverside City di Bangkok, una grossa statua proveniente da Angkor Wat che, dopo un rapido controllo nel sito Unesco dedicato a questi furti d'alto livello, gli era parsa genuina. Il negoziante l'aveva nascosta fra alcune copie e attendeva un importante cliente americano che stava arrivando per acquistarla.

Quella storia era poi finita sul «Bangkok Post» e la statua era stata fatta tornare in Cambogia e chiusa sotto chiave in un museo di Pnom Penh, in attesa di tempi migliori, quando la si sarebbe potuta rimettere al suo posto. Conservava ancora quel ritaglio di giornale che parlava di quella operazione di polizia, partita grazie alla segnalazione di uno «studioso italiano».

Per secoli i giapponesi erano stati avidi collezionisti di queste ceramiche dall'aspetto spartano e grezzo. Assieme a quelle tailandesi di Sawankhalok, le avevano sempre apprezzate per la cerimonia del tè, il *chanoyu*, dove tutto deve essere irregolare, imperfetto, misterioso e antico. Sobrie, robuste, solenni, sembravano quasi racchiudere dentro di sé un qualche cosa di sacro. Ultimamente, però, i giapponesi non se ne sono più interessati come una volta, forse per via delle crisi finanziarie, o perché ormai preferiscono mettere i propri soldi in Borsa o nell'elettronica. Con il passare degli anni i loro gusti si sono progressivamente imbarbariti. Fatto sta che gli acquirenti del Sol Levante hanno perso interesse e questo ne aveva fatto calare drammaticamente i prezzi, per la sua grande gioia. Infatti, certi pezzi entrati nella sua collezione, non se li sarebbe mai potuti permettere solo quindici anni prima, neppure con il suo generoso stipendio di professore universitario.

Per lui quella ricerca era il contrappeso ai suoi studi di fisica: il loro aspetto rustico era il contraltare alla sua ricerca di perfezione matematica.

I khmer dovevano essere stati dei tipi strani, per nulla interessati ad adattare le proprie creazioni al variare dei gusti dei propri clienti e forse, proprio per questo, la loro arte sparì rapidamente con la fine della loro civiltà. Negli ultimi sei secoli non s'era trovata più traccia delle loro terrecotte invetriate e colorate, che avevano l'aria di essere state foggiate solo per le cerimonie, per poi restare esposte sopra a un altare. I colori più comuni erano il cioccolato e il verde acqua e varie combinazioni di questi due. Forse non erano artisti, ma solo umili artigiani, che si dedicavano alla ceramica soltanto durante la cattiva stagione, quando non erano occupati nei campi. Forse questo fatto basta per spiegare perché le loro creazioni erano così sincere e dirette. Ben cotte, dal corpo scuro e ricco in impurità di ferro, sono indispensabili per capire la misteriosa civiltà, che si sviluppò in Cambogia, influenzata più dall'India che dalla Cina.

Il periodo della loro maggiore sofisticazione era stato proprio quello della fioritura di Angkor, dal IX al XIII secolo, prima che i tailandesi cominciassero a infastidirli militarmente.

Le cerimonie sacre venivano celebrate giorno e notte ad Angkor e negli altri templi sparsi per il loro vasto regno, che a quel tempo comprendeva anche la Thailandia, parte del Vietnam e della Birmania. I loro sacerdoti scrivevano in sanscrito e vi abbondavano le leggende divine, che accomunavano due rituali diversi, quello buddista e quello indù.

La penetrazione della civiltà indù in queste terre, conosciute come regno di Chela, era stata lenta, ma inarrestabile e aveva raggiunto il suo apice verso il V secolo, per poi sparire verso il IX secolo. Fu a questo punto che sorse una civiltà che fu tipicamente cambogiana e dal punto di vista delle ceramiche si fece un uso sempre più diffuso dell'invetriatura, una tecnica rivoluzionaria adottata in Cina da secoli e che forse, a loro volta, i cinesi avevano appreso dall'Egitto dei Faraoni.

Nella collezione di Giuliano vi erano già ben rappresentate le ceramiche più antiche, note come Kulen, del IX secolo e le Lie de Vin, prodotte a cavallo dell'anno Mille, così battezzate dal Groslier, perché gli ricordavano il colore della feccia del vino invecchiato.

Quelle su cui la sua attenzione si stava ora focalizzando erano le combinate brune e celadon, perlopiù prodotte nel XII secolo nei forni situati in quel territorio che adesso figurava come tailandese, ma che allora era parte integrante dell'impero khmer.

Molti di questi pezzi vennero foggiati a imitazione di animali. Molto popolare era l'elefante, considerato un simbolo regale. Il pesce, un simbolo d'abbondanza; la rana, simbolo di longevità; il bufalo, il gatto selvatico e la scimmia.

Fra quelle di tipo religioso erano comuni le conchiglie, che per i praticanti della religione indù rappresentavano il dio Visnù. Vi abbondavano i piatti, le bottiglie, le tazze, le scatole, i *kendi*, dei versa-acqua, la cui forma deriva da vasellame mediorientale.

Passò prima di tutto a trovare la sua amica Siri, una ragazza di appena trent'anni, ma che, grazie al padre che l'aveva iniziata ai segreti di quell'attività, poteva già vantare una profonda esperienza e un'ottima conoscenza del mercato. Lei gli sorrise appena lo vide spuntare dal fondo del corridoio.

«Mister Giuliano. Felice di rivederla! Quando è arrivato?» gridò, perché lo sentisse e venisse subito nella sua direzione.

«Da due giorni. Qualche bel pezzo che m'aspetta?»

«L'altra volta cercava un'urna, non è vero?»

«Una bella urna, con lo smalto in buono stato.»

«Allora, diciamo che questo è il suo giorno fortunato! Venga con me, c'è una sorpresa che l'aspetta!»

Lo fece entrare nel suo minuscolo negozio; sul retro c'era un grosso scatolone che la ragazza aprì con molta cautela, per tirarne fuori una stupenda urna invetriata. Era alta circa sessanta centimetri e brillava d'un bel color cioccolato digradante dal chiaro allo scuro, con tante bulinature a forma di stella e di freccia che giravano tutt'intorno e trasparivano dal fondo. La base era massiccia e mostrava chiaramente i segni lasciati dal passare dei secoli, a differenza della parte protetta dall'invetriatura.

Il cuore di Giuliano prese a battere forte.

«Fine del XII secolo! Sicuramente Jayavarman VII. *Jaya* vuol dire "vittorioso", *varman* significa "scudo". Scudo vittorioso. Quanto mai indicato alla nostra situazione! Questa la devo possedere a tutti i costi, perché è bellissima!» pensò Giuliano, cercando di nascondere la propria emozione.

Ricordò d'averne vista una identica nella casa museo di Jim Thompson, proprio lì a Bangkok. Sono vasi, ma vengono classificati sotto al nome di urne e la loro forma deriva direttamente dai *purna ghata* indiani, un simbolo di fertilità e d'abbondanza nella cultura indù. Li si vedono spesso rappresentati con dentro un fiore di loto, in altorilievi scolpiti nei loro templi, sia in India che in Indonesia, al Borobudur.

«Non male. Quanto costa?» chiese lui, cercando di assumere un atteggiamento distaccato e guardando l'orologio che portava al polso, nel tentativo di sottolineare il fatto che aveva poco tempo da perdere e che doveva scappare via.

Siri, dopo gli immancabili cerimoniali asiatici, dove indicare brutalmente un prezzo viene considerato troppo rude, e dopo vari giri di parole, tipo *solo per lei e per nessun altro* oppure *ma guardi che ci perdo dei soldi*, gli disse: «Quarantamila baht!».

«Accidenti, niente!» pensò lui. Era un prezzo molto onesto, onestissimo. Una sorta di rapina dentro a un asilo infantile. Ma se lo avesse accettato subito, lei ci sarebbe rimasta male, con il dubbio che avrebbe potuto chiedere il doppio.

«Troppo! Diciamo trentamila e concludiamo?»

«Non è possibile, è inferiore al mio prezzo d'acquisto. Ah, se solo potessi accettare, mister Giuliano! Pezzi simili non si possono più trovare come una volta.» Il suo volto mostrava un profondo, quanto fasullo, dolore. E riprese: «Ma va bene, facciamo a metà con la differenza e concludiamo. Trentacinquemila. Ma solo contante».

Giuliano fece finta di pensarci un po' su e poi disse: «Okay. Però con incluso un ottimo imballo. Voglio spedirla in Italia. Ci pensi tu a prepararlo e poi a portarla al corriere qui dietro? Poi mi metto d'accordo per la spedizione e il costo della cassa di legno».

«Affare fatto!» disse Siri, raggiante di felicità.

L'avrebbero avvolta in vari strati di carta velina e poi in una scatola di cartone con dei pannelli di polistirolo intorno; infine sarebbe stata la volta d'una robusta scatola fatta con assi di legno di pino.

Giuliano volle dare un ultimo sguardo a quel suo bel pezzo, prima di fargli affrontare quel lungo e periglioso viaggio, che avrebbe potuto comprometterne l'integrità. Perché, per quanto bene li si imballi, sono sempre dei pezzi di terracotta estremamente fragile.

La fece mettere sopra uno sgabello, scattò tre foto da diverse angolazioni con il suo BlackBerry e poi la guardò, girandola, per studiarla bene e memorizzarne tutti i dettagli.

Quello era il momento in cui, passata l'eccitazione della scoperta e dell'acquisto, comincia a scendere una nebbiolina crepuscolare che vela gli occhi e offusca la mente. Quello è il momento in cui si perde di vista il senso della vita e, con crescente orrore, ci si accorge della vanità di tutte le cose che si sono guadagnate e che ci rendono tanto più infelici quanto più, per un attimo fuggente, ci avevano resi felici. Pensò che quella era la stessa sensazione che si prova quando si è appena finito di amare una bella donna tanto desiderata: ecco allora che ci appare davanti un grande cane nero che, scoprendo i denti, ci fissa con malvagità e prende sommessamente a ringhiare.

Sì, questo è proprio il momento in cui si devono meditare le parole del Budda, quando predicava che la gioia maggiore sta nella rinuncia, non nella conquista. Perché ogni conquista ci lascia inappagati, sempre desiderosi di maggiori conquiste.

Giuliano s'accasciò su di una sedia e non poté trattenersi dal domandare a quell'oggetto misterioso: «Potrò davvero sballarti con le mie mani e rivederti? Ci rivedremo, o mia bell'urna? Potrò metterti in cima alla mia libreria, ci guarderemo e ci parleremo ancora, come abbiamo fatto oggi?».

In quel momento il suo livello di coscienza regredì improvvisamente, ed ebbe la netta sensazione di sprofondare in uno stato di leggera trance ipnotica: una esperienza che gli era già accaduta tanti anni prima, quando era ancora un bambino. Sentì le voci del mercato affievolirsi, come se qualcuno stesse girando la manopola del volume.

Socchiuse gli occhi e si vide proiettato dentro Angkor Thom, mentre una sontuosa processione passava sotto alle sue alte mura di cinta. Su un elefante albino, sormontato da un baldacchino di seta gialla, sedeva un vecchio in posa ieratica. Il pachiderma era tutto bardato d'oro e di sonagli di bronzo: quel vegliardo aveva il corpo di un asceta e teneva le gambe incrociate nella posizione del loto. Era minuto e sul capo portava i capelli bianchi tirati all'indietro.

Dinnanzi a lui s'accalcava una folla immensa: qualcuno s'inchinava profondamente, qualcun altro si buttava per terra al suo passaggio. Stavano già calando le prime ombre della sera, ma il caldo era ancora intenso. Si sentivano le foglie degli alberi frusciare nel vento e giungeva di lontano il canto stridente dei rigogoli. Nessuno parlava né si muoveva e anche i bambini sembravano trattenere il fiato. L'elefante e il suo seguito di guardie si muovevano lentamente verso il Bayon, la grande piramide dalle cinquantaquattro torri.

Capì che quel vecchio era Jayavarman VII, il monaco buddista salito sul trono, dopo che per due volte lo aveva rifiutato. Una prima volta nel 1177, quando Angkor era stata saccheggiata dai Chams; poi, nel 1181 lo mandarono a chiamare nuovamente, costringendolo ad accettare la corona. Lo convinsero a lasciare il monastero in cui viveva, solo perché la sua gente, la civiltà nella quale era cresciuto, era in grande pericolo. Non poteva più tirarsi indietro con un rifiuto: sbaragliò i nemici e regnò gloriosamente per trentotto anni. Non li deluse. Le rovine di Angkor, nascoste nella giungla e che ancora si possono ammirare nella loro potenza, sono state per buona parte opera sua, più che di quella di ogni altro sovrano khmer precedente e successivo. Fu per i khmer ciò che fu Ramses II per gli egizi.

Ora regnava felicemente e, grazie alla sua grande compassione e alla sua grande saggezza, il regno era rifiorito. Permise alle vecchie deità di continuare a essere adorate per evitare strappi traumatici con il passato, ma il suo più grande merito, la sua trovata più geniale, fu quella di aver adottato il buddismo Mahayana nella sua forma più umana, come religione di Stato e nell'aver identificato se stesso come la reincarnazione di Lokesvara, una manifestazione mistica dell'Illuminato.

Una stele aveva tramandato le sue parole; da questa si era saputo anche che aveva fatto costruire 102 ospedali e 121 alberghi per i pellegrini che giungevano da tutto il suo vasto impero. Molte delle statue del Budda avevano le sue fattezze e certe altre divinità quelle di sua madre, Jayarajacudamani e della sua prima moglie, Sri Jayarajadevi, morta prematuramente. Molti i monumenti che edificò: Preah Khan, Bantey Samrey e molti altri edifici colossali, ma la sua creazione più impressionante fu proprio il complesso di templi di Ta Prohm, un *mandala* di tre chilometri per lato che conteneva 39 santuari.

Era il più grande monarca khmer di tutti i tempi, il più potente e proprio in quel giorno sedeva al vertice della sua gloria: aveva sconfitto gli invasori e dato stabilità all'impero e nel 1200, nel centro di Angkor Thom, che loro credevano l'ombelico del mondo, aveva fatto erigere il Bayon, il suo capolavoro, forse l'edificio più strano e impressionante mai costruito dall'uomo. Una sorta di cattedrale d'arenaria a forma di fiore di loto: massiccia, ma che appariva leggera come una piuma.

Volle che quella fosse la copia del paradiso celeste, il castello eterno posto sulla terra, simile a quello celeste nel quale il Budda regna supremo.

Fu un paradiso che ebbe vita breve, perché il successore di suo figlio Indravarman II, l'iconoclasta Jayavarman VIII, sfigurò e distrusse molte di quelle immagini, riportando in auge il culto di Shiva. Quel sacrilegio fu l'inizio del declino e della rovina dei khmer per mano dei molti nemici che li volevano distruggere.

Ondeggiando leggermente, l'elefante si mosse proprio verso il Bayon, sfiorando con passo leggero le aiuole di cardamomo, di coriandolo e di cumino. Giuliano capì che quella che stava rivivendo era la cerimonia della sua inaugurazione; notò infatti che gli enormi volti scolpiti su quell'edificio, erano ancora senza espressione. L'elefante si fermò davanti a una grande terrazza, dove pochi metri più avanti si scorgevano dei bassorilievi scolpiti nella viva roccia e coperti di pigmenti variopinti: una vivida rappresentazione della vittoria dei khmer contro i cham. Vi si distinguevano anche alcune scene domestiche di vita serena e una grande battaglia navale.

Intanto, migliaia di monaci spargevano acqua santa e recitavano le litanie che stavano scritte nei sacri sutra. Scivolando dal pachiderma che si era docilmente inchinato, il vecchio monarca poggiò cautamente il piede a terra e salì su una grande piattaforma di pietra.

Dopo essersi concentrato per un attimo, alzò le magre braccia al cielo, mentre le labbra si muovevano, mormorando preghiere. Poi accennò con il capo a una donna che gli stava accanto. I suoi seni erano nudi e gonfi; in mezzo a quelli pendeva un amuleto massiccio a forma d'anello, infilato in una grossa catena d'oro. Non poteva avere più di cinquant'anni ed era bella come una dea celeste. Cinta alla vita portava una lunga gonna, voltata e rivolta in falde sovrapposte sul davanti: lo stesso abbigliamento delle *apsara* celesti. Pareva proprio Lakshmi, la moglie di Visnù. Quella era il suo primo ministro, alla quale spettava di dare l'ordine di completare quel monumento, ordine che lei diede prontamente, con le due palme delle mani rivolte al cielo.

Al suo segnale, un esercito di uomini, lesti come scimmie, s'arrampicarono sino alla sommità di quelle cinquantaquattro torri colossali e poi, calandosi con delle funi sui duecentosedici visi di pietra rappresentanti il Budda che stavano guardando verso i quattro punti cardinali, presero a lavorare freneticamente con gli scalpelli, rimuovendo dagli occhi e dalle ciglia tutta la creta che vi era stata impastata sopra, per celarne le divine fattezze.

Dopo meno di mezz'ora l'opera era completata e quei volti sacri sbocciarono come fiori di loto: dalla folla si alzarono grida di meraviglia, battimani e canti di gioia: ora tutti vedevano, anche a grande distanza, i visi del Budda che sorrideva placidamente al suo popolo. Era come se la sua profonda benevolenza si stesse diffondendo, a ondate, sul mondo intero. Il monaco imperatore si voltò e ora sorrideva anche lui, proprio come quei visi di pietra per i quali era stato il modello. Mostrò le palme delle mani, tenendo gli avambracci sollevati a quarantacinque gradi dal corpo. Quella era la posizione nota come *abhaya* e tutti i presenti capirono quel che significava. Quel gesto voleva dire: «Per divina intercessione io vi libero dalla morte, io vi libero dalla paura, io vi libero dal dolore».

Proprio in quel momento squillò il BlackBerry che Giuliano aveva lasciato acceso nella tasca del gilet da cacciatore che indossava. Questo bastò a riscuoterlo da quella profonda *rêverie*. Una mano misteriosa girò la manopola del volume e i rumori e i profumi del mercato lo assalirono nuovamente.

«Buongiorno, professor Sovramora. Può parlare o la disturbo? Mi chiamo Anacleto Piazza, sono un gesuita.»

«Buongiorno a lei. No, no, non mi disturba. Mi dica pure.»

«La sto chiamando da Roma. Mi hanno detto di sentirla per un problema con il CERN. Lei non mi conosce, ma io ho letto qualche sua pubblicazione. Sto lavorando, come lei, a questo affare, ma, come dire... da un'angolazione diversa dalla sua. Ecco, vorrei scambiare alcune idee. Lei ha forse in programma un viaggio in Italia a breve termine?»

«Certo, torneremo a Milano per Natale. Ma come ha avuto il mio numero di telefono?»

«Carlo Toti.»

«Ah, capisco, allora è tutto chiaro. Ci potremo incontrare fra qualche giorno. Vedrò di passare per Roma.»

«Ci conto molto. Le ho appena mandato una mail con tutti i miei dati, la troverà nella sua casella di posta elettronica. Appena le sarà possibile, ci faccia avere i suoi piani di volo. Se vuole le possiamo prenotare noi un buon albergo qui vicino. Allora, grazie e l'aspetto a Roma. Stia bene e arrivederci.»

Capitolo Undicesimo

Gesuiti

Giuliano ed Eleonora atterrarono a Roma prima dell'alba, con un volo no-stop della Cathay Pacific da Hong Kong e, appena sbarcati e passata la dogana, chiesero al tassista di portarli all'albergo Columbus, dove avevano prenotato una camera per la notte. Appena sistemati nella loro stanza, si fecero una doccia veloce, si cambiarono d'abito e corsero subito fuori per non far tardi all'appuntamento che avevano già fissato prima della partenza.

Era una bellissima giornata invernale, fredda, ma con un gran sole che brillava in un cielo di un profondissimo azzurro che, inondandoli di luce, conferiva una grande profondità a tutti i gloriosi edifici della Città Eterna. Quello era il magnifico sole di Roma, unico in tutto il mondo e che per millenni aveva fatto innamorare di questa città schiere di artisti e di statisti provenienti dai cinque continenti.

Prima fecero sosta in un bar, per prendere un cappuccino con una brioche: un rito che ripetevano sempre, appena arrivati in Italia. Poi, proseguendo a piedi, imboccarono via dei Cavalieri del Santo Sepolcro. Svoltarono poi in via Borgo Santo Spirito, dove al numero 4, sempre nello stesso posto, da secoli, sorge il quartiere generale dei gesuiti. Giuliano varcò con decisione il portone della Curia Generalizia: al terzo piano, lo stava aspettando padre Anacleto Piazza s.j.

Eleonora, invece, proseguì la sua passeggiata sino a raggiungere via Veneto, per dare un'occhiata agli addobbi natalizi. Giuliano le disse che, appena finito l'incontro, l'avrebbe chiamata sul telefonino e così sarebbero potuti andare a pranzo insieme, a Trastevere.

L'ordine dei gesuiti era stato fondato da Iñigo de Loyola (italianizzato poi in Ignazio), un basco nato nel 1491 in una famiglia d'uomini d'arme. L'infanzia del futuro santo era stata segnata da due grandi avvenimenti che avevano cambiato il corso del mondo e aperto gli occhi a chi li aveva per vedere e l'intelligenza per capire. Il primo, per importanza, era stato la scoperta dell'America. Il secondo, la caduta di Costantinopoli, avvenuta nel 1453, che aveva messo fine per sempre a ciò che restava dell'impero romano, colmando di doloroso stupore tutto il mondo occidentale. Da mettere in relazione con la caduta di Costantinopoli fu una storia che Ignazio, da bambino, sentì spesso raccontare in termini epici: la cacciata dei mori dalla Spagna. Infatti, proprio nell'anno della sua nascita, l'ultimo dei re arabi, Boabdil, che i musulmani conoscevano con il soprannome di el Zogaybi lo sfortunato, abbandonò Granada. Alla liberazione di quella città aveva partecipato tutta la famiglia di Ignazio, appartenente alla piccola nobiltà spagnola.

Furono questi epici racconti, raccolti dai suoi parenti che, forse, contribuirono a dargli quella visione globale e tanto moderna della vita, che tanti altri suoi contemporanei non ebbero. Capì che il mondo aveva svoltato l'angolo e che si doveva guardare avanti. E guardando avanti, vide noi uomini moderni.

Poche persone seppero elevarsi al di sopra dei propri tempi e proiettare con chiarezza nel futuro la propria missione, come fece quel giovane *hidalgo* nel corso della sua travagliata vita.

Durante la sua prima giovinezza si era votato alla carriera delle armi, tutto sommato una decisione prevedibile, dato che molti fra coloro che avevano avuto modo di conoscerlo, lo descrivono come un uomo di pochi scrupoli d'ordine morale, un bugiardo, un arrogante e un attaccabrighe.

Una volta venne addirittura arrestato e ammonito da un tribunale per via del suo comportamento rissoso e indisciplinato.

Nel 1517, all'età di ventisette anni, era a Pamplona nell'esercito del viceré di Navarra, il duca di Najera, dove gli venne comandato di difendere una posizione che divenne presto indifendibile sotto agli assalti francesi. Il 20 maggio 1520 una palla di cannone gli passò fra le gambe, spaccandogli quella destra e ferendo la sinistra. Un chirurgo francese gli fissò in qualche modo le ossa che si erano rotte e, fortunatamente, riuscì a bloccare la setticemia. Ignazio si riprese, ma a causa di quel colpo restò claudicante per tutto il resto della sua vita.

Durante i mesi della convalescenza, come lui stesso poi raccontò, venne illuminato dalla Grazia Divina, gli si rafforzò la volontà ed ebbe una chiara immagine del proprio futuro. Meditò, studiò, ebbe visioni mistiche.

Si dice che scoprì la radice del misticismo cristiano ed esplorò le misteriose beatitudini riservate agli eletti: niente desiderava più ardentemente che incontrare il Cristo risorto, adorarlo e venerarlo. Salì, come San Paolo e come Santa Caterina, sino al Terzo Cielo per contemplare la Santissima Trinità e riuscì, si dice, a comprendere il nesso esistente fra lo spirito e la materia. Ebbe un'illuminazione e poi, da quell'istante in poi, non ebbe più dubbi su come sposare il misticismo ascetico al quale anelava e l'azione mondana.

Ormai non gli importava più nulla delle glorie terrene e non voleva più riconoscere nel re di Spagna il suo signore.

Nel 1523, andò in pellegrinaggio a Gerusalemme e al suo ritorno decise di farsi prete; per questo motivo, nel 1527, andò a studiare teologia alla Sorbona di Parigi.

Nel 1535, una volta raggiunto il suo scopo e laureato, lasciò la capitale francese con un gruppo di seguaci che gli si erano fatti attorno, studenti come lui che erano rimasti rapiti dalla profondità della sua fede e dalla determinazione che metteva in tutto ciò che faceva, anche nelle minuzie quotidiane.

Qualche secolo dopo, Lenin sarebbe arrivato a commentare che, se anche lui avesse potuto contare su dei discepoli come quelli che circondavano Ignazio di Loyola, così tenaci e fedeli, anche il comunismo avrebbe conquistato il mondo.

Ignazio, durante i suoi rapimenti estatici, arrivò a vedere anche il volto del suo vero nemico, colui che egli definì «assassinio primigenio». Era Lucifero. Era lui solo il capo di tutti i criminali più spietati, colui che con un cenno può radunare eserciti di demoni e poi distribuirli per il mondo per imprigionare l'umanità con catene di ferro, i cui anelli sono fatti di ignoranza, violenza e orgoglio.

Non aveva il tempo, né l'interesse, per combattere tutti gli scismi che dividevano la Santa Chiesa, né per la lotta agli infedeli: la vera guerra da combattere era, secondo lui, quella contro Lucifero, il capo degli angeli caduti, che intendeva distruggere il mondo, utilizzando armi quali la guerra, la miseria e la falsità.

La sua missione terrena divenne: disarmare Satana.

Intuì che, dato che quella guerra era universale, l'ordine doveva prepararsi a combatterla universalmente. Il suo motto divenne *Quo universalius eo divinius*. Ovvero quanto più universale sarà la tua azione, tanto più essa sarà divina. Adesso la chiamano globalizzazione: erano idee nuovissime per quell'epoca e mai nessun uomo, prima di lui, le aveva formulate con tanta chiarezza.

Basta guardare alla storia di questo ordine religioso e alla sua pacifica espansione per capire che ciò che viene definita «Civiltà occidentale» è stata una creazione di quel tipo di cristianesimo, tollerante e umile.

Uno dei principiali bastioni dell'ordine gesuitico fu l'obbedienza assoluta al Sommo Pontefice *come il bastone che segue il suo vecchio padrone* o, per usare un'altra espressione ignaziana, divenuta poi proverbiale: *perinde ac cadaver*, ossia obbedire come farebbe un cadavere, senza opporre alcuna resistenza.

La mattina del 27 settembre 1540, papa Paolo III riconobbe ufficialmente il nuovo ordine religioso, approvando il documento intitolato *Regimini Militantis Ecclesiae* e, già a partire dal 1542, Ignazio viveva a Roma, in una casupola proprio in via Borgo Santo Spirito, dove stava entrando

Giuliano, e che venne in seguito ampliata e ingrandita. Da lì l'ordine si era diffuso in tutto il mondo e le migliori menti dell'epoca corsero ad arruolarsi sotto alle sue bandiere, partendo per i Paesi più remoti.

Centinaia di volontari si erano dedicati all'evangelizzazione della Cina, del Giappone, del Tibet, dell'India e delle Americhe. Le loro tombe stanno ancora sparse per tutto il mondo e molte fra queste loro sepolture sono tuttora venerate dagli abitanti di quelle terre.

I gesuiti ebbero una battuta d'arresto solo quando il loro ordine fu sciolto, nel 1773, in seguito a un decreto papale promulgato *motu proprio* da papa Clemente XIV, anche se mai nessuno seppe spiegarne i motivi. Forse a fargli prendere quella fatidica decisione furono le pressioni che aveva ricevuto dalla Spagna, a causa della costante opposizione gesuitica alle loro violenze in America Latina, dalla quale erano già stati espulsi in precedenza.

Solo dopo gli eccessi della Rivoluzione francese, il papato capì di aver commesso un grave errore e, nel 1814, l'ordine venne rifondato.

Giuliano salì per degli scaloni marmorei e, dopo aver chiesto in giro, gli venne indicata la porta dello studio di Anacleto Piazza. Lo stava attendendo e, dopo avergli dato il benvenuto, lo fece accomodare.

«Vede, noi gesuiti abbiamo sempre cercato di mantenere un approccio scientifico nei confronti del mondo e della natura: sì, anche per quanto riguarda la nostra fede. Come disse il nostro vecchio allievo Talleyrand: *toujours cette note de raison*. Non sia dunque stupito dalla nostra preparazione anche su questi argomenti, o dal fatto che ci vogliamo mantenere aggiornati» gli disse Anacleto Piazza, sistemandosi nella sua poltrona di cuoio nero.

Lo studio era piccolo e colmo di carte raccolte in fascicoli, di libri ammucchiati, anche sul pavimento, dato che gli scaffali erano stracolmi.

Notando che Giuliano si stava guardava intorno, un po' perso in quella confusione, lui gli disse: «Guardi che ho messo a posto qui, sapendo che sarebbe venuto a trovarmi».

«E meno male!» esclamò Giuliano, facendolo scoppiare in una fragorosa risata.

«Sa qual è il pregio più grande di questo ufficio, a parte il fatto che ci sto io?»

«Sentiamo, quale sarebbe il suo maggior pregio, a parte l'ordine che qui regna sovrano?»

«La finestra. È meglio d'un quadro di Gaspare Vanvitelli. Venga qua, che le faccio vedere. Possiamo gettare un'occhiata su San Pietro.»

S'alzò, schiuse le due gelosie della grande finestra e, dopo aver scostato le tendine, lo invitò a guardare fuori. Aveva ragione: la vista era davvero pittoresca. Ammirarono il paesaggio per un istante, poi il gesuita tornò a sedersi dietro la sua scrivania. Questa era di frassino, massiccia e doveva avere servito molti altri illustri prelati prima di lui.

Giuliano lo osservò con attenzione. Poteva avere al massimo una cinquantina d'anni, indossava il clergyman e portava i capelli, che cominciavano a imbiancarsi sopra le tempie, rasati corti. Un forte accento tradiva le origini milanesi. Sembrava il figlio prediletto di una coppia di contadini lombardi: tarchiato, con la barba rasata cortissima sulle guance, nello stile reso celebre dal presidente della Regione Lombardia, Roberto Formigoni. Gli occhi, buoni, erano del colore delle castagne e brillavano sotto alle folte sopracciglia.

Il viso era quadrato e il setto nasale gli era stato schiacciato, chissà in quale occasione: forse in una scazzottata fra monelli o in un vero e proprio scontro di pugilato. Gli guardò le mani, erano corte, ma parevano pesanti come mazze. Aveva l'aspetto d'un gladiatore, una sorta di leone del deserto, non del pretino esangue che invece si era aspettato di trovare. Non poteva fare a meno di notare che aveva l'aria da uomo risoluto, una roccia alla quale aggrapparsi per non farsi trascinare via dallo tsunami.

«Questo mena come un matto, come dicono a Roma!» pensò Giuliano, divertito, alla conclusione del suo esame.

Gli fece venire in mente una certa divinità taoista cinese, Zhong Kui il distruttore di demoni, la cui immagine a Hong Kong si poteva vedere appesa sulle porte delle case. I demoni, però, cominciava a vederli e poi a tagliarli a pezzi con la sua scimitarra solo dopo che s'era sbronzato.

«Ero a conoscenza degli interessi dei gesuiti in campo archeologico e biblico, ma non nella fisica delle particelle.»

«Abbiamo gente molto preparata qui, che segue anche quel settore. Le posso garantire che ormai abbiamo superato il complesso di Galileo, che poi non è mai esistito, essendo quella storia tutta un'invenzione ottocentesca. Del resto, con i progressi della fisica delle particelle, come lei mi insegna, ci avviciniamo alla conferma di certi dogmi cristiani che venivano ridicolizzati sino a qualche decennio fa...»

«A cosa sta alludendo?»

«Ma... per esempio il dogma della Immacolata Concezione, ritenuto impossibile a livello atomico. Eppure ormai il *nulla si crea e nulla si distrugge* di Lavoisier non ha più molto valore, a livello della fisica subatomica. Non crede? Anche in questo caso, come in tanti altri casi concernenti la fede, possiamo affermare che non siamo certi che sia andata così, ma siamo certi che potrebbe essere andata così. Si allarga l'ammissibile e si restringe il certo. Non crede?»

«Ah, ho capito. Lei sta alludendo alla tesi di Torrance e Pannenberg, che la fisica più avanzata, a differenza di quella classica, possiede una rilevanza teologica. E questo vale anche per certe religioni orientali, non solo per il cristianesimo.»

«Certamente, ma non solo per quanto riguarda la Madonna, alludo anche alla teoria del Big Bang che *in nuce* venne ammessa dal Concilio Laterano IV. Esattamente nel mese di novembre del 1215, regnante papa Innocenzo III.

«Stabilirono certe cose che la scienza non ammise sino al 1920, perché tutti credevano a un Universo stazionario e immutabile. Origene, con le sue teorie della priorità di Dio sullo spazio-tempo, lo disse ancor prima e molto chiaramente: il tempo è nella creazione e la creazione non è nel tempo.»

«Interessante, la prego continui...»

«Ah, stia attento che potrei parlare per giorni, senza prender fiato. Vede, credo che i nostri ultimi papi abbiano mostrato troppa disponibilità a trovare un compromesso scientifico su questi punti riguardanti, per esempio, la Genesi. Forse avrebbero dovuto tenere duro ancora per un po', come hanno fatto i nostri fratelli musulmani e, alla fine, la scienza gli avrebbe dato ragione! Come dice Robert Jastrow, un ottimo astronomo, lei lo conosce? ...Aspetti, l'avevo scritta qui, una sua citazione che mi sembrava molto bella. Per questo me l'ero annotata su un foglio, aspetti un attimo.»

Cominciò a rovistare fra le carte che aveva buttato sul tavolo e scovò un foglietto con poche righe scritte a caratteri minuscoli.

«Un attimo, eccola, eccola, ascolti un po' che gliela leggo, allora:

Ora vediamo come l'evidenza astronomica ci porta a una visione biblica dell'origine del mondo. I dettagli sono diversi, ma gli elementi essenziali nella narrazione biblica e astronomica contenuti nella Genesi sono gli stessi: la serie di eventi che portano all'uomo cominciarono repentinamente in un momento definito nel tempo, con un flash di luce ed energia... Per lo scienziato che è vissuto nella fede della potenza della ragione, la storia finisce come in un incubo. Ha scalato le montagne dell'ignoranza; sta per conquistare il picco più elevato; ma ecco che quando s'innalza sul più alto spuntone, viene accolto da una banda di teologi che stanno seduti lì da secoli.

«Una banda di teologi! Ah, ah! Mi pare di vederli mentre gli tendono una mano per tirarlo su!» E scoppiò in una risata fragorosa, rovesciando indietro la sua grossa testa.

«Bene, ma ora mi dica, cos'era quell'accenno al fatto che la Chiesa ha superato il complesso di Galileo e che è una invenzione ottocentesca la condanna che gli era stata inflitta? Confesso che questa mi giunge nuova.»

«Ah, Galileo! Ma sì, ma sì... oggi possiamo ammettere tranquillamente che la terra si muove e il sole sta fermo. Be', per niente fermo. Comunque, per la cronaca, noi gesuiti lo sapevamo già che Copernico aveva ragione sull'eliocentrismo, ma torto sulle orbite sferiche. Sapevamo che

Tycho Brahe, con le sue orbite ellittiche era nel giusto. L'avevamo capito subito.»

«E allora perché lo avete condannato?»

«No, vede, il problema è un altro, diverso da quel che si crede comunemente. Galileo sosteneva nel suo *Dialogo sopra i due Massimi Sistemi* che solo quanto è scientificamente dimostrabile è vero e che tutto il resto è falso. Si mise contro la tradizione di Sant'Agostino e di San Tommaso d'Aquino, accettata dalla Chiesa Cattolica, ma alla fine non riuscì a dimostrare che Copernico aveva ragione. Credo che la sua ritrattazione sia stata sincera, non venne mai minacciato di tortura e la storia dell'*eppur si muove* è, appunto, solo una storia. Aggiungiamo anche che in un Paese protestante non se la sarebbe cavata così bene e per gli stessi motivi di cui stiamo parlando, che del resto poco avevano a che vedere con la scienza. Comunque non sono io l'esperto di queste cose, io mi limito a coordinare gli esperti. Ora, posso offrirle un sigaro?» Aprì una scatola di Havana che teneva nel cassetto e la spinse verso Giuliano.

Le sue dita ingiallite dalla nicotina erano il segno evidente che fumava molto.

Giuliano non fumava, ma assentì e prese uno dei quei lunghi sigari che gli venivano offerti, per non dispiacere al suo interlocutore e anche perché gli piaceva il loro profumo e la loro forma.

Sul viso di Piazza lesse subito un forte senso di sollievo e vide che le labbra avevano avuto un leggero movimento inconscio: pregustava già la foglia di tabacco e lo shock della nicotina sul suo sistema nervoso. Evidentemente aveva bisogno di fumare e, forse, aveva temuto di doversi astenere, per riguardo all'ospite.

Si alzò dalla poltrona e andò a schiudere leggermente la finestra per far uscire il fumo e, dopo aver accuratamente tagliato le estremità dei due sigari, con un aggeggio d'argento studiato apposta, ognuno s'accese il proprio.

«Se conosce Toti e gode della sua fiducia, mi potrò fidare anche io di lei» gli disse Giuliano, sbuffando una nuvola di fumo bianco.

«Può fidarsi, può fidarsi. Ho visto Toti pochi giorni fa e

mi sembrava molto turbato da quanto stanno per fare a Ginevra. Mi ha detto che lei è già stato informato quando vi siete incontrati a Macao, quindi capisce quanto le sto dicendo, non servono tanti giri di parole. Ah, più tardi incontreremo altri padri e anche il nostro generale, sua eminenza Peter Maybach e potremo riprendere questo discorso. Per cortesia gli faccia una sintesi veloce del problema, non più di mezz'ora, mi raccomando, perché ho paura che si perderà. Oltretutto, Toti ci ha già intrattenuti con una delle sue conferenze fiume, che è andata avanti per due ore, senza neppure una pausa per il caffè o per il sigaro.»

«Non è solo Toti a essere turbato.»

«Ah, quindi anche lei è giunto alle medesime conclusioni?» chiese Piazza, fissandolo.

«Sì, credo che il pericolo esista, che sia reale. Oltretutto mi sono successe delle cose strane che mi hanno, come dire, alquanto disturbato.»

«Quali cose?»

«Be', i gesuiti passano per essere preti illuminati, spero non riderà di me per questo. Apparizioni, strani messaggi dall'aldilà, incubi.»

«Interessante. Ma sa, per quanto possiamo essere illuminati noi gesuiti, essendo preti, come può ben capire, anche noi, in qualche piccolo caso, ammettiamo l'esistenza di un sorta, come dire... di un aldilà» e qui scoppiò nuovamente a ridere, con la sua forte voce baritonale.

La conversazione andò avanti ancora per mezz'ora e quando i sigari furono consumati quasi a metà, arrivò una telefonata. Piazza, con uno scatto felino, alzò il ricevitore e dopo aver ascoltato in silenzio per cinque secondi, disse: «Arriviamo subito!».

Rivolto a Giuliano, disse: «Andiamo, Maybach ci aspetta».

Salirono d'un piano sino all'ufficio del generale dei gesuiti. Di fianco al suo studio e a questo collegata, s'apriva una spartana sala per le riunioni, intonacata di calce bianca e con un tavolo rotondo, al quale stavano già seduti sei sacerdoti, alcuni giovani e altri anziani, fra i quali spiccava il viso inconfondibile di Maybach. Era lui il papa nero, come viene soprannominato il generale dei gesuiti. Giuliano aveva visto alcune sue foto pubblicate su di un rotocalco, un fatto poco comune, dato che su di lui si legge pochissimo perché cerca sempre di mantenere un basso profilo.

Il suo potere è enorme, se non altro perché ha sotto al suo diretto comando un esercito di uomini di primissimo ordine, tutti dedicati a lui e al papa. Maybach stesso soleva definire i suoi preti *le mie quattro legioni.*

Questo potere, in teoria, è a disposizione del papa, anche se negli ultimi decenni, su questo delicato argomento, v'era stata un po' di confusione, per usare un eufemismo.

Era un uomo di media statura, prossimo agli ottanta, minuto, dai capelli bianchi e dall'aria stanca. Portava occhiali metallici sul naso e un pizzetto da professore di archeologia sulla punta del mento. Reggeva l'ordine dei gesuiti da quando il suo controverso predecessore, Pedro Arrupe, aveva avuto un ictus e nel 1991 era salito in cielo a incontrare il suo Creatore. Papa Wojtyla aveva prima nominato padre Dezza come reggente *pro tempore* e poi aveva fatto in modo che venisse eletto lui, invece di O'Keefe o di Calvez, gli assistenti di Arrupe, che si aspettavano quella posizione.

Il nuovo papa, Benedetto XVI, accogliendo la sua richiesta, gli aveva concesso di poter andare in pensione, ma non prima della prossima Congregazione Generale che si doveva tenere poche settimane dopo il loro incontro, nel gennaio del 2008.

Tutti i prelati s'alzarono in piedi per salutarlo, gli strinsero la mano e poi lo fecero accomodare fra di loro. Il tavolo, le sedie, le decorazioni, erano molto poveri, quasi volutamente dimessi: sembrava il refettorio d'un ospizio per anziani, più che l'ufficio di una così eccelsa personalità.

«Grazie per essere venuto, gliene siamo molto grati e per questo le facciamo tanti auguri di Buon Natale e la benediciamo» disse Maybach.

«Grazie a tutti voi. È un grande onore per me essere qui fra di voi.»

Maybach aveva fretta e volle arrivare subito al punto.

«Solo qualche giorno fa, Toti ci ha intrattenuto con le sue formule e i suoi calcoli. Io le confesso che non ci ho capito nulla, ma qualcuno dei nostri ricercatori, qui presenti, mi assicura d'aver capito e mi conferma che dovremmo preoccuparci. Posso conoscere il suo parere?»

«Eminenza, credo che Toti abbia ragione da un punto di vista teorico, ma se poi a livello pratico si verificherà una catastrofe, be', questo è un altro discorso.»

«E non sarebbe possibile, per una volta, far sposare la teoria con la pratica e avere una risposta sicura? Anche in considerazione del fatto che oramai, tutti noi, viviamo in un mondo dominato dalle certezze scientifiche» obiettò Maybach, con grande prontezza di spirito.

«Certezze scientifiche erronee, eminenza. Guardi tutto quello che è stato stampato in questi giorni sul genoma umano, sul DNA, anche se ne sappiamo ancora così poco» disse uno dei gesuiti presenti.

«In che senso?» gli chiese Giuliano, incuriosito.

«Voglio dire che quando parliamo di cromosomi stiamo parlando di una sorta di hard disk pieno di informazioni, ma solo il 10 per cento contiene codici conosciuti e il resto è vuoto o, meglio, occupato da fattori che ci sono sconosciuti. Le istruzioni per la produzione di proteine occupano solo la decima parte della sequenza cromosomiale, la funzione dell'altro 90 per cento è sconosciuta. Non si replica, ma può influenzare vari fattori che non vediamo. Quel che i darwinisti chiamano il serbatoio delle mutazioni future...»

«Per cortesia, la smetta padre Rinaldi! Siamo qui per parlare di fisica delle particelle non per goderci le sue tirate contro quel povero diavolo di Charles Darwin» lo zittì Maybach, con molta severità.

«Ha ragione, eminenza. Le chiedo scusa» rispose, con umiltà, padre Rinaldi.

Giuliano riprese il filo del discorso: «Siamo un po' nella posizione di Cristoforo Colombo, quando stava salpando con le sue caravelle e non aveva idea di cosa vi fosse al di là delle colonne d'Ercole. Era *terra incognita*: tante congetture, ma nessuna mappa. Molte delle cose che diamo per scontate non son altro che *Gedanken Physics*, fisica mentale. Draghi e chimere. Forse. Oppure realtà».

«*Gedanken Physics*. Capisco quel che vuol dire. Cosa possiamo fare, allora? Aspettare, agire?»

Giuliano parlò per una quindicina di minuti, esponendo le proprie deduzioni, dopo le discussioni avute a Macao e, alla fine, usò queste parole per concludere: «Sono d'accordo con Toti. Dentro al nuovo acceleratore si potranno creare dei microscopici buchi neri. Questa è una ipotesi che negli ambienti scientifici gira da vari anni, ne aveva già parlato Hawking negli anni Settanta. Niente di nuovo in questo. Ma l'opinione di Toti, che trovo fondata, è che per tutta una serie di ragioni che hanno a che fare con certi aspetti della meccanica quantistica, questi buchi non svaniranno, come previsto, in una frazione di secondo, emettendo energia, bensì tenderanno ad aggregarsi. Anche se nessuno ha mai seriamente investigato questo concetto prima di lui».

«Quali potrebbero essere le più immediate conseguenze di tale fenomeno?» chiese uno dei preti che aveva già dimostrato pochi minuti prima di avere ben studiato l'argomento.

«Ci tengo a ripeterlo, siamo nel campo delle pure speculazioni, manca ancora una verifica. Ma devo ammettere che esiste la concreta possibilità che possano crescere di massa, attraendo materia e alzandosi di temperatura sino a un certo livello. Da un certo punto di vista, nell'attimo in cui ci trovassimo davanti a un buco nero, avremmo dimostrato l'esistenza di altre dimensioni spaziali, che non potevamo vedere prima. Se invece le dimensioni sono solo quelle che già conosciamo, allora non potremo ottenere questi buchi neri. Ma se sono di più, come già sospettiamo, allora nella nostra dimensione resterebbe un disco, l'orizzonte del buco, mentre la sua sacca, chiamiamola così, si sposterà in un'altra dimensione e comincerà a emettere grosse quantità di raggi X e radiazioni ultraviolette. Un processo di conversione dell'energia altamente efficiente, se pensiamo che il 50 per cento della materia che assorbirà verrà rapidamente convertito in energia, mentre nel caso della fusione nucleare l'energia convertita è bassissima, solo una piccola percentuale. Osservando il comportamento di questi buchi neri, ci dicono gli scienziati – e questo spiega tutta la loro eccitazione – sarà come tornare al primo secondo di esistenza dell'Universo, tornare all'inizio del Big Bang.

«È noto che le leggi della fisica convenzionale funzionano solo con tempi uguali o superiori a dieci alla dodicesima di secondo dopo il Big Bang: prima di quel momento le energie delle particelle elementari erano troppo elevate per poterle riprodurre nei nostri acceleratori.

«Sarà come guardare sopra alla spalla di Dio, mentre allunga la sua mano e dice: *Fiat lux* e vedere la luce e la materia che nascono insieme. Sappiamo che la luce che sta nell'Universo è solo lo 0,5 per cento di ciò che esiste e quel che non brilla è solo il 6 per cento del totale, il resto lo possiamo dedurre per induzione.»

«Molto suggestivo» lo interruppe Maybach. «Ma non siamo degni di esserci e di guardare sopra alla spalla di Dio.»

Scosse il capo e poi continuò a parlare: «Sembra una nuova torre di Babele. Lo aveva già capito Sant'Agostino che non ci potremo mai arrivare... che è impossibile. *Numquam et semper*, mai e sempre... Siamo come dei bambini che entrano in una grande biblioteca colma di volumi scritti da qualcuno in un linguaggio misterioso. Pur non sapendo dove siamo, dove ci troviamo, che cosa sta scritto in quelle opere... pensiamo di poter indovinare tutto ciò che contengono.»

Quando Maybach ebbe finito tutti lo fissarono, ciascuno perso nei propri pensieri, poi lui si fece il segno della croce e disse che potevano andare.

A questo punto, intervenne Piazza: «Eminenza, il professor Sovramora mi ha parlato poco fa di strane apparizioni...».

«Oh, anche lei? Come Toti, come altri. Pare vi sia una rinascita dello spiritismo, ma ormai siamo a corto di esorcisti. Li abbiamo mandati tutti in pensione e neppure noi ci crediamo più sino in fondo. Forse proprio questo è il segno che Belzebù è vicino al suo scopo. Baudelaire, che pure era un ateo, forse aveva ragione: la maggiore astuzia del diavolo è stata di averci convinti che non esiste. La solida visione di ciò che è male e di ciò che è bene, che ci hanno tramandato i nostri padri e le nostre madri, è fuori moda. La nostra convinzione, ormai radicatissima in noi, è che possiamo perdere la nostra *humanitas*, eppure essere ancora *homines*. Viviamo in un mondo dove tutto, pubblicità, sistemi e archetipi, ci comunicano essenzialmente un solo messaggio: siete immortali!»

«Non sono completamente d'accordo su questo punto» lo interruppe Giuliano.

«Oh, su cosa non è d'accordo?»

«Sul fatto che Baudelaire fosse ateo.»

«Ah... può essere, le confesso che non me ne intendo di letteratura francese» gli disse Maybach con un ampio sorriso. «Ma ho sempre pensato che il diavolo è certamente restio a palesarsi, perché la sua esistenza ci dimostrerebbe che esiste anche il Cristo. Preferisce colpire nell'ombra, senza darlo troppo a vedere» disse Maybach, allargando le braccia. Guardò fuori dalla finestra e poi, rivolto agli altri gesuiti che sedevano attorno al tavolo, disse: «Abbiamo capito tutti? Il nostro professore ci sta confermando che quanto Toti ci ha spiegato è un rischio plausibile, almeno a livello teorico. Possiamo dire così, professor Sovramora?».

«Possiamo dire così, eminenza.»

«Dunque, cosa facciamo? Dobbiamo informare il Santo Padre? Ma se rendiamo pubblico tutto questo, penseranno che siamo diventati matti. Che siamo i soliti oscurantisti contrari al progresso della scienza. Che abbiamo scaricato definitivamente il nostro Teilhard de Chardin e gli altri nostri amici. Lei ci stava dicendo poco fa che, forse, la notizia è già pervenuta al capo dello Stato cinese, non è così?»

«Sicuramente a livello del ministro della Difesa.»

«Che è poi il vero presidente della Cina, come ben sappiamo.»

«Come potranno risolvere i nostri problemi, questi comunisti?» chiese uno dei sacerdoti presenti.

Maybach gli sorrise con grande candore e quello capì subito di aver perso una buona occasione per tacere e si morse la lingua. Poi s'alzò in piedi e fece un gesto di benedizione con le due mani aperte, quel lento gesto di fraternità che era tipico di papa Paolo VI, ma Anacleto Piazza lo bloccò di nuovo.

«Aspetti, eminenza. Abbiamo un altro problema da discutere, ricorda?»

«Ah, certo. Gli indemoniati di Ginevra... ne ha già parlato con il nostro Giuliano?»

Piazza scosse leggermente il capo.

«Caro Giuliano. Posso chiamarla così? Sembra che lei non sia l'unico ad aver ricevuto messaggeri dall'aldilà. Ci hanno segnalato tre casi contemporanei di possessione demoniaca a Ginevra. Due di questi casi riguardano persone di fede calvinista e quindi noi ne dobbiamo restare fuori. Ma un caso riguarda la giovane figlia d'un ricercatore milanese del CERN, che è cattolico. Come si chiama? Piazza, mi aiuti.»

«Martini, dottor Massimo Martini.»

Giuliano trasalì: era il suo vecchio compagno d'università.

«Martini, appunto. La giovane figlia di questo scienziato ha avuto dei gravi disturbi psichici, ma gli psichiatri non riescono a trovarle nulla di fuori posto, anche se, apparentemente, la sua vita si va facendo sempre più miserabile. Come le dicevo prima e non scherzavo, siamo a corto di esorcisti. Quindi abbiamo grosse difficoltà per trovare qualcuno che possa seguire questo caso con il dovuto tatto. Lei mi capisce? La nostra fede c'impone di combattere il demonio, perché siamo gesuiti, ma d'altro canto se lo dichiariamo pubblicamente ci faremo criticare dall'opinione pubblica più liberale, anche dai cattolici più moderni. Se la ragazza, Dio non lo voglia, dovesse morire durante l'esorcismo, rischieremmo una denuncia, con tutto quel che seguirà: giornali, televisione, nuove richieste di scioglimento del nostro ordine.

«Lei, Piazza, ha potuto individuare un sacerdote adatto a questa battaglia? Un uomo di profonda fede, un cavaliere della Santa Chiesa eterna, senza macchia e senza paura?»

«No, non ancora, eminenza.»

«Io, invece, sono più bravo di lei, perché l'ho già trovato. E sta qui proprio di fronte a me in questo momento. Sì, proprio lei, Piazza. Si prepari, perché sarà dura. Del resto la sua ricerca su Karl Marx ci era sembrata ben fatta.»

«Io? Ma non sono all'altezza. Quella ricerca era tutta un'altra cosa! Non so come si fa.»

«Lei crede che possa esistere una vera preparazione per questo genere di cose? L'uomo coraggioso ha sempre paura quando incontra il leone: la prima, la seconda e anche la terza volta che lo vede, la sua paura non viene mai meno, altrimenti non potrà essere detto coraggioso. La sua fede è salda, la sua salute è buona. A parte i sigari che fuma continuamente e che le profumano i vestiti, per la delizia olfattiva di noi tutti! A parte questo, non vedo altri vizi e debolezze in lei. Allora, che ci dice?»

Tutti gli altri sacerdoti ridacchiarono, vedendolo imbarazzato.

«Dico... che va bene, eminenza. Che dovrei dire? Va bene...» e allargò le braccia in segno di rassegnazione, *perinde ac cadaver*...

Erano al termine dell'incontro. Si alzarono e Giuliano riaccompagnò Piazza giù nel suo ufficio.

«Piazza, lei è molto preoccupato?»

«No, non sono preoccupato. Sono terrorizzato e confuso. Non ho idea da dove cominciare, ma è meglio che mi procuri dei testi e vada a vedere il nostro vecchio padre Bolla, che sta all'ospizio e mi faccia dare alla svelta qualche consiglio. Era stato amico e anche assistente di Malachi Martin, s.j., un grande scrittore e un grande esorcista, anche se alla fine lo avevamo, ingiustamente, allontanato. Ha mai letto i suoi libri?»

«No. Ma era certamente irlandese, a giudicare dal nome.»

«Certo. Un grand'uomo, il suo *Hostage to the Devil* è un classico, ancora ristampato in America. Dovrebbe leggerlo.»

«Se io fossi il diavolo, sarei spaventato all'idea di doverla affrontare... dico davvero!» cercò di consolarlo Giuliano.

Piazza rise di nuovo.

«Molto gentile, ma questo non mi aiuta molto, dato che lei non è certamente il diavolo, come ben sappiamo. Spero solo che il cuore mi reggerà. Ad ogni modo, sia detto a mia parziale consolazione, se lei e Toti avete ragione, sarà comunque dura per il nostro vecchio pianeta. Quindi, tanto vale prendere il diavolo per le corna. O no?»

«Giustissimo, ma io le posso essere d'aiuto?»

«Dice davvero? Vuole aiutarmi?»

«Per quanto possibile. In ogni caso devo andare a Ginevra nei prossimi giorni. Ci potremmo andare insieme e incontrare il mio vecchio compagno, Martini. Che ne dice?»

«Certo. Ottima idea! Ci possiamo vedere a Milano il 27 dicembre e poi guidare sino in Svizzera.»

«Sicuro. Lei guida?»

«Certo che guido, avrei dovuto fare il pilota invece che il prete. Mio padre aveva un garage per riparare auto da corsa ad Arconate, vicino a Milano. Ho conosciuto molti grandi piloti: Clark, Jim Clack, Lauda, Fittipaldi e compagnia briscola.»

«Bene. Allora ci vediamo a Milano il 27. Nei prossimi giorni sentiamoci al telefono, ci terremo informati su come evolvono le cose. Ora esco a cercare mia moglie. A Milano, dunque.»

«A Milano. Io intanto vado nella nostra cappella a pregare: ne ho molto bisogno. Prima però le voglio offrire qualcosa di speciale.»

Prese il mozzicone di sigaro che avevano spento prima, se lo riaccese e poi, da un altro vano segreto della sua scrivania, tirò fuori una bottiglia di liquore ambrato con due bicchierini di cristallo. Ne mise uno davanti a Giuliano e lo riempì sino all'orlo e poi gli disse: «Vede? È più forte di me. Odio il vizio, ma amo i viziosi come me!».

Dall'etichetta posta sulla bottiglia si vedeva che era una bevanda speciale: un puro malto prodotto in qualche piccolo borgo scozzese. Centellinarono in silenzio quella bevanda e poi Piazza, fissandolo negli occhi, concluse: «Per fortuna il whisky non profuma i vestiti».

Capitolo Dodicesimo

Tenebre

«Piazza, quando eravamo a Roma l'altra settimana avevo dimenticato di chiederle cosa voleva dire Maybach con quel suo accenno alla sua ricerca su Karl Marx. Lei è uno studioso marxista?»

Erano ancora per strada, ma non mancava molto per arrivare a destinazione. Avevano incontrato bel tempo durante tutto il viaggio e anche poco traffico. Eleonora aveva preferito restare a tener compagnia a sua madre, a Milano, invece di seguirli in quella lunga escursione. Una volta lasciato il capoluogo lombardo, alle prime luci dell'alba, avevano imboccato l'autostrada per Aosta e, subito dopo aver traversato il tunnel del Monte Bianco, s'erano diretti verso Saint-Genis, uscendo a Meyrin, prima di raggiungere il confine francese.

«Ora le racconto. Qualche anno fa, per conto di Giovanni Paolo II, mi commissionarono una ricerca, riservata e interna al Vaticano, che mi era costata molta fatica. Sa com'è, le opere del fondatore del comunismo sono state raccolte in cinquanta volumi!»

«Oh, quindi, come usavano dire i compagni, lei ora ha le *palle quadre* di marxismo. Ma che genere di studio poteva mai interessare alla Chiesa?»

«*Palle quadre*? Bella espressione, ma non mi pare. Lo scopo della mia ricerca era mirato alla vecchia storia che Marx fece parte d'una setta segreta di adoratori di Satana.

Ne ha mai sentito parlare? Una sua poesia giovanile... il suo nome rituale, Oulanem. Più o meno nel periodo in cui cominciò a comportarsi da assatanato. Da studente modello si trasformò in un ubriacone, in un rissoso spregiatore dell'autorità, soprattutto quella rappresentata dal padre e dalla madre. Questa era una storia che aveva interessato molto Eugenio Pacelli quando era stato nunzio apostolico in Germania, prima dell'ultima guerra.»

«No, non lo sapevo, ma mi pare interessante. E che cosa ha scoperto?»

«Nulla di concreto dal punto di vista della possessione diabolica, ma ho incontrato un Karl Marx diverso da quello che siamo abituati a vedere, dopo decenni di martellante propaganda, sia comunista che anticomunista. Pelando la cipolla, ho intravisto il Karl Marx uomo come noi. Un uomo allo stesso tempo feroce e dolcissimo, pieno di contraddizioni ed estremamente intelligente. Parlava di rivoluzione mondiale e arrossiva per una battuta sul sesso. Una personalità divisa e che soffrì moltissimo. Una sorta di dottor Jeckyll e di mister Hyde. Prometeo e accattone. Achille e Tersite. Mi capisce?»

«No. Non sono certo di capire, in che senso?»

«Da un lato abbiamo il serio intellettuale tedesco e dall'altro l'uomo che approfitta d'una assenza della moglie, che lo adorava, per ingravidare la domestica. Il piccolo borghese che aspira a essere socialmente accettato, ad avere una bella casa, begli abiti, felice per una letterina generica che Charles Darwin gli scrive dopo aver ricevuto il primo volume di *Das Kapital*, ma che neppure lesse. Di questo ne sono certo perché andai a controllare la copia che sta nella sua libreria e risulta che solo le prime pagine erano state tagliate. Dall'altro lato abbiamo l'iconoclasta, il dispregiatore delle convenzioni borghesi, il propugnatore di rivoluzioni radicali, per arrivare alle quali tutto va sacrificato, con un cinismo intellettuale agghiacciante. Questo è un uomo che non paga il conto del medico, che vive spremendo continuamente soldi al suo amico Engels per finanziare uno stile di vita al di sopra delle sue possibilità, che gioisce quando gli muoiono la madre e lo zio, o la suocera, perché può finalmente ereditare dei soldi. L'uomo che scrive libri oscuri, polemici e senza un apparente senso, ma poi, in una pagina, riesce a vedere nel futuro con una chiarezza che ti mette i brividi, come se qualcuno ce lo avesse portato in volo, sopra una scopa.

«Credo che il capolavoro del diavolo, se il diavolo c'entra davvero, sia stato quello d'averlo fatto morire prima che potesse completare la sua opera. Infatti, il seguito del primo volume del suo *magnus opus* venne dato alle stampe da Engels, che era uno scrittore molto più facile e leggibile di lui. Sapeva scrivere in maniera chiara, senza essere un'aquila a livello intellettuale. Questo giovò sia alla sua diffusione, che a tutti i fraintendimenti che ha poi generato. Mentre visse, Marx disprezzò tutti gli altri rivoluzionari comunisti: da Bakunin, a Babeuf, a Lassalle. Vedeva in se stesso una sorta di Mosè, che fra l'altro biologicamente deve essere stato un suo antenato, che sale sul Monte Sinai e una volta sceso non accetta discussioni o modifiche alle tavole delle leggi che egli stesso ha scolpito.

«Che si vedesse come un grande profeta mi pare evidente da una storiella poco conosciuta: decise di radersi la barba e i capelli quando capì che la sua lucidità, la sua originalità come pensatore, lo stavano abbandonando a causa dell'età e della cattiva salute. Prima, però, si fece scattare un'ultima foto, che è poi quella che vediamo riprodotta un po' ovunque. Che lo ha fissato nella mente di molti, come la famosa foto di Korda scattata a Che Guevara: tendiamo a immaginarcelo sempre così, con quello sguardo fisso, la chioma leonina, la barba lunga come quella d'un profeta.

«Una volta rimasto vedovo, nel 1881 e in cattiva salute, decise di passare gli ultimi mesi della sua vita come una sorta di patriarca pellegrino. Avrebbe voluto venire in Italia, ma seppe che a Milano avevano arrestato un uomo solo perché faceva Marx di cognome e ci rinunciò. Nel 1882 arrivò in Algeria, dove rimase per tre mesi. Poi un mese a Montecarlo, tre mesi in Francia, un mese in Svizzera. Ovunque andava, il tempo mutava dal bello all'orribile: lui cercava il caldo e il sole per curare la sua bronchite cronica, ma tempeste e pioggia lo seguivano ovunque. Nel 1883, morì sua figlia Jennychen e allora tornò a Londra per morire a sua volta, ma fu costretto ad aspettare due mesi per essere richiamato al Creatore e devono essere stati due mesi terribili.»

«Quanti anni aveva?»

«Oh, non molti. Ma non s'era mai riguardato e ne dimostrava molti di più. Vediamo. Era nato il 5 maggio 1818. Quindi, sessantaquattro anni e dieci mesi. Quando morì gli trovarono nel gilet una vecchia foto ingiallita di suo padre. Tutto sommato, fu una figura tragica e patetica e mi si stringe il cuore a parlarne. Spero che possa stare in Paradiso ora e di avervi trovato quella pace che cercava sulla terra.»

«Detto da un gesuita!»

«L'ho già detto che odio il peccato, ma amo i peccatori.»

«Per quale motivo prima parlava delle sue sofferenze?»

«C'era come una maledizione su tutti coloro che amava. Non solo vide morire sua moglie, la baronessa von Westphalen, ma anche quattro dei loro bambini e vari nipoti, tranne due figlie: Eleanor, che si suicidò qualche anno dopo la sua morte e Laura, che morì pure lei suicida assieme al marito. L'orazione funebre, per lei, venne recitata nel 1911 a Parigi da un certo Vladimir Ilych Lenin e, come si suole dire, il resto è storia...»

«Ammetto che non sapevo neppure questo.»

«Ah, pardon, ho dimenticato il suo figlio illegittimo, quello che ebbe dalla governante e che venne affidato a una famiglia di socialisti inglesi per coprire lo scandalo. Quella fu, forse, la prima grande censura comunista della storia, una delle tante censure richieste per poter far trionfare gli splendidi destini futuri del proletariato. Ma le menzogne non hanno mai portato ad altro che alla perpetuazione delle menzogne, anche se i fini ultimi paiono nobilissimi.»

«So che anche Einstein ebbe una figlia illegittima, ma non ne parlò mai con nessuno. Si chiamava Lieserl. Lo sapeva? Questo fatto emerse solo nel 1986, a trent'anni dalla sua morte. Infatti fu anche lui un uomo che ebbe molti problemi con i suoi simili e anche suo figlio, legittimo nel suo caso, fece dentro e fuori dagli ospedali psichiatrici.»

«Freddy Demuth si chiamava il figlio di Marx, morì a

Londra nel 1929 dopo una anonima vita da operaio, senza aver mai saputo chi era stato suo padre, anche se gli somigliava come un goccia d'acqua. Questa copertura, fatta per la grande causa socialista, durò sino al 1962 e ancor oggi esistono degli studiosi marxisti che rifiutano di crederci. E poi dicono che il marxismo non è una religione!»

Capitolo Tredicesimo

Raypoz

L'appartamento dove abitavano i coniugi Martini stava in Rue Sismondi e l'avevano trovato senza fare troppa fatica.

Giuliano aveva potuto rivedere il suo compagno d'università e conoscere sua moglie, che non aveva mai visto prima di persona. Era brasiliana e Massimo l'aveva sposata a San Paolo, dove vi aveva insegnato fisica per tre anni.

Da studente universitario, Giuliano era stato classificato fra i qualunquisti, mentre Massimo stava saldamente nella fazione dei rivoluzionari di sinistra, con tendenze anarchiche. Ricordava che, con grande zelo, partecipava a tutti gli assurdi scioperi e alle manifestazioni che scandirono il ritmo dei loro studi.

Dopo i primi dieci minuti di conversazione, capì subito che il suo ardore comunista s'era alquanto raffreddato sotto il peso delle responsabilità lavorative e familiari. Era evidente che s'era ormai trasformato in un piccolo borghese, anche se lui stesso non ne aveva coscienza e si sarebbe offeso moltissimo se glielo avesse fatto notare. Era la controprova vivente che, alla fine, i veri rivoluzionari sono sempre dei conservatori. Aveva perso quella scintilla d'originalità che si portava dentro a vent'anni, ma gli era certamente rimasta l'abilità di organizzatore e possedeva ancora grandi capacità analitiche. Al CERN era considerato un burocrate d'altissimo livello, attentissimo agli scatti d'anzianità, al prelievo fiscale nella busta paga, alla doppia tassazione con l'Italia e ad altre sciocchezze simili.

La casa dei Martini era grande e luminosa, con grandi vetrate e con i pavimenti in mogano africano; pochi mobili moderni all'interno e alcuni grandi quadri d'arte astratta appesi alle pareti: dipinti a olio con colori contrastanti, forse di Mastroianni o di qualche suo epigono e che contribuivano a diffondere un'atmosfera conturbante e fredda dentro a quella abitazione.

«Tornando a casa, di sera, uno vorrebbe trovare un ambiente rilassante e caldo, ma con quei mostri che fanno capolino dai muri, vien voglia di scappare via. Comunque, *de gustibus...*» pensò Giuliano fra sé e sé.

Si guardò intorno ed ebbe la sensazione che mancasse qualche cosa di importante, dopo un attimo capì cos'era: non c'era una libreria e non si vedeva neppure un volume sugli scaffali. Solo un enorme televisore a cristalli liquidi stava posato in un angolo e alcune sculture di ferro battuto e contorto, erano state poste negli angoli, come guardiani dei punti cardinali e avevano l'aria d'essere molto costose. Niente foto, niente umanità, solo impersonalità e il tentativo di stupire il visitatore con la loro ricchezza, con la loro modernità. Pareva un museo d'arte astratta disegnato da un architetto molto eccentrico e disumano.

Massimo e Clara erano molto preoccupati per quanto stava accadendo alla loro unica figlia. Gli raccontarono che era cominciato tutto improvvisamente, qualche settimana prima, con un forte malessere che l'aveva bloccata a letto e poi, quando si era rialzata, non sembrava più lei. L'avevano vista spesso parlare da sola, in un angolo. Quando le chiedevano se c'era qualcosa che non andava, lei scuoteva il capo e correva via. Quella apparente turba mentale s'era fatta sempre più forte con il passare dei giorni e alla fine l'avevano dovuta portare da uno psichiatra, il quale, dopo averla visitata, aveva escluso ogni forma d'infermità fisica e, anche dal punto di vista mentale, gli sembrava tutto a posto.

«Forse è stress per il troppo studio» aveva concluso.

Ma doveva essere qualche cosa di ben più grave del semplice stress, perché s'era chiusa sempre più in se stessa, rifiutava il cibo e di tanto in tanto urlava delle oscenità che mai avrebbero immaginato sulle labbra della loro bambina. Nel suo computer avevano trovato molte tracce di sue visite virtuali in siti di satanisti basati a New Orleans. Sua madre che, a differenza di Massimo, era una devota cattolica, aveva insistito per farla vedere a un prete. Un vecchio sacerdote svizzero era arrivato a casa loro, ma era stato accolto da Carla con un torrente d'insulti, di sputi. Addirittura, a un certo punto, lei gli si era buttata contro per strappargli il crocifisso di legno che portava appeso al collo. Era stato quel prete a convincere sua madre che, forse, era veramente posseduta dal demonio. Aveva informato dell'accaduto il suo giovane vescovo il quale, controvoglia, aveva fatto arrivare quelle informazioni sino a Roma, allegando una sua nota di scetticismo.

Piazza s'era tolto il pastrano nero e s'era seduto al tavolo a bere una tazza di caffè americano, accompagnandolo con una fetta di torta al cioccolato che gli avevano offerto. Gli chiesero quando intendeva iniziare l'esorcismo. Rispose: «Subito, se possibile. Più tempo passa e più diventa difficile per la vittima esercitare la propria libera volontà. Ma solo se voi siete d'accordo e vorrei che firmaste una dichiarazione, che ho fatto preparare dai nostri legali, con cui mi liberate da ogni responsabilità civile e penale. Potete leggerla, eccola qui!».

La padrona di casa annuì e firmò subito la carta, senza neppure leggere ciò che vi stava scritto sopra.

«Giuliano sarà il mio assistente, ma mi servono due uomini che la possano tenere ferma, nel caso si ribelli. C'è qualche vostro conoscente che possa venire ad aiutarci?»

«Posso chiamare due miei colleghi che abitano a cento metri da qui» disse Martini.

«Sono cattolici?»

«Sono mormoni, americani. Le vanno bene lo stesso?» disse lui, con un sorriso sarcastico.

«Church of Jesus Christ of Latter-day Saints. Certo, sono più saldi di tanti cattolici nella loro fede e implacabili nella lotta al demonio. Vanno benissimo!» disse Piazza.

I due ricercatori di Salt Lake City, chiamati al telefono, dissero che sarebbero arrivati nel giro di mezz'ora: intuirono cosa stavano per tentare ed erano felici d'essere stati invitati.

Nel frattempo, Giuliano e Massimo uscirono sullo spazioso balcone di casa e sedettero attorno a un tavolino di metallo, per prendere una boccata d'aria fresca, in attesa del loro arrivo. S'erano già parlati al telefono il giorno prima, per quanto riguardava i problemi sollevati da Toti.

«Giuliano, le tesi del professor Toti non hanno nulla di scientifico, sono soltanto ipotesi, buone come tante altre. È impossibile che un buco nero creato nell'acceleratore possa provocare tutti questi problemi di cui parla. Se veramente si formeranno, evaporeranno immediatamente con scariche di particelle e di antiparticelle, di Higgs e di raggi gamma. Ricordati che saranno un milione di volte più piccoli d'un atomo.»

«Già, *evaporeranno come un fiocco di neve all'inferno* per usare l'espressione di Hawking.»

«Solo un esempio, non ci crede all'inferno, Hawking: lui è uno scienziato serio.»

«Ah, certo, è uno scienziato! Eppure si crede la reincarnazione di Galileo, solo perché è nato esattamente trecento anni dopo la sua morte. Questo lo racconta lui, non io» commentò Giuliano, con un sorriso ironico e poi continuò: «Ma se avesse torto su entrambi i fronti? La sua ipotesi sull'evaporazione è puramente speculativa. Secondo lui, emetteranno radiazioni, perdendo massa, ma più grande è la massa e più le radiazioni cresceranno; nessuno può fare questi calcoli di meccanica quantistica sulla curvatura dello spazio. Se i buchi neri riusciranno ad assorbire nuova massa e a produrre sempre più energia, cosa succederà? Questo è il punto chiave dell'ipotesi di Toti: ammettendo che emetteranno energia, questa sarà comunque inferiore alla massa che assorbiranno. L'entropia di un sistema chiuso sale con il tempo, quindi se un mini-buco nero riesce a chiudersi, saranno grossi guai. A livello teorico potrebbero trasformarsi in pile ad altissima efficienza. Se raggiungeranno una massa critica, dato che l'emissione sarà proporzionale al cubo

Non è vero: non mostra un carattere asintotico.

della massa, impiegheranno miliardi di anni per evaporare. Tutta quella massa potrebbe essere concentrata in uno spazio d'un milionesimo di centimetro. In compenso acquisiranno una temperatura elevatissima, simile a quella del sole e un'attrazione di 1g, già alla distanza di due metri. Ma il grosso problema sarà la loro temperatura, più che l'attrazione: creeranno una sorta di *China syndrome*, sprofondando sotto terra, perforandola sino a raggiungere il centro e non è detto che sarà finita lì, visto che la loro temperatura sarà nettamente superiore a quella del centro del nostro pianeta. Quindi potrebbero anche assorbire la terra intera, trasformandola in un corpo grande come un chicco di riso, che verrà spinto verso il cono di singolarità e tutto quello che cadrà oltre il suo orizzonte raggiungerà un punto di densità infinita e la fine del tempo. Oppure, se l'emissione di radiazioni aumenterà in misura maggiore all'assorbimento della massa, c'è il pericolo di un'esplosione, pari a milioni di bombe atomiche».

«Ma non scherziamo! Non è possibile, Giuliano, questa è tutta fantascienza! Quello che fa il LHC accade già in natura, con il bombardamento cosmico dell'atmosfera. Eppure, dato che non succede in natura, non succederà neppure nel LHC. Mi spiace per te e per Toti: *a beautiful theory slained by an ugly fact!*»

«Che non succeda in natura ormai possiamo darlo per certo. No? Shapere e Feng, dopo quattro anni di ricerche presso l'osservatorio Pierre Auger in Argentina non hanno trovato nulla. Non li hanno ancora trovati i buchi neri, in natura; quindi là non ci sono. Mentre nel LHC è possibile che li si possa produrre, come ammettete anche voi. Nel caso del LHC abbiamo particelle che corrono in direzioni opposte. Si creerebbero micro-buchi neri a bassa velocità che potrebbero restare fermi, ma potrebbero anche sviluppare la capacità di attrarre migliaia di nucleoni ogni ora. Potrebbe innescarsi una reazione a catena di assorbimento, come in una bomba a fusione. La grossa differenza fra i buchi neri teorici in natura e i buchi neri dentro al LHC sta nel fatto che se ne potrebbe formare un numero grandissimo in uno spazio ristrettissimo e, invece che evaporare, potrebbero unirsi per formarne uno di massa critica capace di autoalimentarsi per gravità. Questo fenomeno lo conosciamo bene a livello astronomico. Voi invece siete arrivati a studi di pericolo zero, quando in realtà, anche aggiungendo il pericolo della formazione di *monopoles* e dei *strangelets*, siamo a un livello di rischio del 20 per cento, che è altissimo, se pensiamo alle possibili conseguenze!»

«So cosa sono i *monopoles*, ma non gli *strangelets*. Un'altra fantasia di uno scrittore di fantascienza?»

«E il CERN non era fantascienza sino a cinquant'anni fa? Gli *strangelets* sono dei noduli strani. Qualcuno sostiene che le stelle di neutroni siano fatte di *strangelets*. Bodmer e Witten hanno fatto degli studi e sostengono che in un acceleratore di sufficiente potenza li si possa creare. Il pericolo è che quando entrano in contatto con normale materia, di cui è composto il nostro pianeta, possono innescare una reazione di catalisi a catena, trasformandola in una montagna di *strangelets*. Strano che non hai mai sentito parlare di questa ipotesi, perché ne avevano accennato tutti i giornali del mondo per via degli esperimenti di Brookhaven con il RHIC, l'acceleratore relativistico a ioni. Avevano fatto una inchiesta interna e la loro conclusione era stata che accade già in natura, quindi non c'è pericolo. Il che dovrebbe metterci tutti tranquilli. Il tuo stesso argomento, ma che ne dici, dobbiamo davvero stare tranquilli?»

«Shapere e Feng non l'hanno ancora completato il loro esperimento, sono solo a metà. Li stanno ancora cercando in natura...»

«Massimo, se la massa delle particelle che si scontrerà sarà maggiore della scala di Planck, e lo sappiamo già che potremo arrivare a 14 TeV e i parametri d'impatto saranno inferiori al raggio di Schwarzschild, per forza di cose si produrranno dei buchi neri. Studiosi del calibro di Steve Giddings e Scott Thomas pensano che ci potrete arrivare.»

«È impossibile che creeranno problemi, questa non è scienza!»

«Ricordati di Alfred Wegener: quando, nel 1924, pubblicò il suo libro in cui ipotizzava la deriva dei continenti, quelle teorie vennero accolte dalla comunità scientifica come il delirare d'un pazzo. Prima non era scienza, eppure oggi lo è! Oggi anche i bambini che aprono un atlante geografico capiscono che deve essere successo proprio quello. Ora, io capisco che per voi sarà come trovare l'Eldorado, e che vi aspettate una dozzina di Nobel da queste ricerche. Infatti, l'attribuzione del Nobel a Mather e Smoot per i loro studi sul Big Bang punta in questa direzione. Per questo motivo non vorrete mai ammettere che vi siano dei rischi, ma almeno dovreste esaminare seriamente e senza preconcetti le ipotesi di Toti, non ti pare?»

«Non è detto che sia un Eldorado per la ricerca: la creazione di buchi neri potrebbe segnare la morte della ricerca tradizionale sulle particelle. L'orizzonte del buco nasconderà tutto, quindi bisognerà cercare in un altro modo. Tutti si butteranno sulle ricerche riguardanti le undici dimensioni, i tarli, i buchi neri rotanti, i gravitoni e via dicendo. Anche io dovrei reinventarmi un lavoro. Senti, Giuliano, va bene, ti prometto che chiederò a qualche mio collega, più forte di me in questo campo specifico, di fare una ricerca. Serve un esperto di fisica e un matematico d'altissimo livello, che possano mettere insieme i propri dati e cercare di vederci meglio. Io, nella mia carriera, ho fatto solo ricerche di applicazioni elettromeccaniche. Ammetto che questa storia va al di là delle mie capacità di comprensione. Ora, se non ti spiace, terminiamo qui questa discussione e rientriamo in casa. Vediamo cosa possiamo fare per questo buco nero che mi si è aperto in casa. Anche se, per dirti la verità fino in fondo, mi sembra tutta una perdita di tempo; ma mia moglie ha insistito tanto che non ho potuto far altro che accettare di aprire questa finestra sul Medioevo. Abbiamo avuto delle forti liti e alla fine ho dovuto cedere, ma qui serve uno psichiatra in gamba, non un gesuita» e concluse le sue parole con una smorfia di disgusto dipinta sul viso.

I due mormoni entrarono in casa proprio in quel momento. Erano due ragazzi dal fisico atletico, pieni di buone intenzioni, di ottimismo e sembravano lieti di rendersi utili nella lotta contro il Maligno. Piazza aveva preparato sul tavolo tutto quel che gli serviva. Era molto poco: un crocifisso, una Bibbia, una stola e una telecamera per evitare poi accuse e denunce nel caso di un qualche incidente. Volle dare alcune istruzioni, prima di entrare nella camera della ragazza: «Sarò io a condurre l'esorcismo. Giuliano dovrà starmi vicino, ma senza intervenire. Voglio dirvi che se funzionerà non sarà per merito mio o nostro, ma sarà stato solo grazie all'infinito amore che Gesù Cristo nutre per noi e al suo desiderio di operare questo miracolo per il nostro indegno tramite. Un uomo solo contro Lucifero non può nulla, ma un uomo che ha fede nell'aiuto del nostro Salvatore può tutto. Spero solo che la nostra fede sarà abbastanza salda da proteggerci da tutto il male che sta per investirci».

Salirono gli scalini che portavano alla camera di Carla e sua madre spinse lentamente la porta, facendoli entrare. La temperatura all'interno era stranamente bassa, come se il riscaldamento non stesse funzionando bene, eppure i termosifoni erano al massimo della potenza. La ragazza dormiva sotto alle coperte e si poteva udire e anche osservare il ritmo del suo respiro, piazzarono la telecamera su di un cavalletto e l'accesero.

«Svegliamola!» disse Piazza rivolto alla madre. Lei accennò con il capo e si avvicinò per toccarle una spalla, ma prima che le sue dita la sfiorassero, lei si girò di scatto e li squadrò per bene. Evidentemente non era vero che stava dormendo, oppure, come dicono gli esorcisti: era stata avvisata dai suoi guardiani. Guardò il gesuita e il viso le si contorse in un sorriso beffardo. «Eccone qua un altro!» esclamò.

«Carla. Siamo qui per aiutarti. Se accetterai di pregare con noi per dieci minuti siamo certi che dopo ti sentirai meglio. Allora, vuoi pregare con noi?» le chiese Piazza.

«Non mi interessano le preghiere, sono troppo grande per queste stronzate. Papà, tu che sei un uomo ragionevole, uno scienziato, come puoi permettere che si organizzino queste carnevalate in casa nostra? Non ti riconosco più. Mi sento bene, ora. È vero, sono sicura di rimettermi presto in forma.»

«Non le risponda» disse Piazza rivolto a Massimo. Alzò il crocifisso verso di lei: «Siamo qui per pregare con te, perché Gesù, il figlio di Dio...».

«Vai in culo, maiale bastardo, tu e la tua croce schifosa!» gli urlò lei con una voce acutissima, da rompere i timpani, e con il viso contorto dall'ira.

«Tenetela!» ordinò il sacerdote e i due uomini si lanciarono in avanti per tenerla ferma sul letto, prima che potesse saltare giù. Nonostante fossero tutti e due molto forti, fecero fatica a bloccarla. Il suo viso era mutato con una rapidità incredibile, assumendo quelle sembianze sataniche che sono ben note a tutti gli esorcisti di lungo corso: gli occhi e i tratti del viso s'erano allungati, facendola assomigliare a un grosso serpente cobra. In particolare, gli occhi erano affondati dentro le orbite in una maniera impressionante: ora, pieni d'odio e di malevolenza, fulminavano i presenti. Più tardi, però, osservando il film che avevano girato, avrebbero scoperto che l'espressione del suo viso non era stata registrata, come se fosse stata solo una loro suggestione.

«Nel nome di Gesù, il Cristo, chiedo il tuo nome, sporco demonio che ti nascondi nel corpo purissimo di questa creatura. Esci fuori bestia lurida e dicci chi sei. Rivelati e svelaci il tuo nome!»

Dalla gola della ragazza arrivò una sorta di gorgoglio e poi un rantolo che, crescendo in intensità, si rivelò essere l'unione di tre distinte voci che parlavano all'unisono.

«Parla! Nel nome di Gesù Cristo, il nostro Signore, chi sei?»

«E a te che te ne frega, pretaccio dalle palle scorticate? Che ci fai qui a casa mia? Questo non è il tuo posto. Il tuo posto è a Roma, a guardare il deretano delle turiste che passeggiano in Piazza San Pietro. Quelle con i jeans bassi sono le tue preferite, non è vero? Quello soltanto sai fare. Non c'è pane per i tuoi denti qui, un fallito come te non può esorcizzare neppure una gallina e tu lo sai bene. Per questo hai paura!»

«Io che pure sono un povero peccatore, appartengo a Dio, il Creatore dell'Universo, sono una sua creatura e attraverso suo figlio, Gesù Cristo, morto in croce per redimerci dai nostri peccati, ho il potere di rigettarti all'inferno. Dimmi il tuo nome!»

«Ma dai, che neppure tu ci credi, sei anche tu un uomo di scienza più che di fede. Quale Creatore dell'Universo? Se l'Universo avesse un inizio, allora ci sarebbe bisogno d'un Creatore. Ma poiché non ha avuto mai un inizio ed è sempre esistito, senza confini o bordo, allora non c'è nessun bisogno d'un Creatore. Non è stato mai creato, *Big Bang* e poi *Big Crunch.* Buchi neri che rigenerano la materia. Gli amici di mio padre stanno per dimostrarlo che le cose stanno così. Basta con questo vecchio dalla barba bianca che vola in cielo e di suo figlio, crocifisso come uno schiavo. Dobbiamo guardare al futuro, basta con questi inutili miti medioevali. Avanti verso la liberazione del genere umano dalla schiavitù e dalle superstizioni!»

«Non ci interessano le tue disquisizioni da ignorante, spirito maligno, vogliamo il tuo nome.»

«Va bene. Per tornare alla tua stupida, nonché inutile, domanda ti dirò che non ho un nome, siamo in molti qui. C'è anche il vostro caro Pedro, il grande papa nero. Gli avevamo dato una mano, eliminando Giovanni Paolo I che lo voleva cacciare e da allora ci è sempre stato molto devoto. C'è anche il tuo amico Karl Marx qui... ups, ops! S*orry, so sorry, but no salvation* per lui, come tu, anima buona e gentile, speravi. E c'è anche tua madre. Vuoi parlarle? Aspetta un po'... Signora, signora, signora! venga un po' qui» lo stava prendendo in giro pesantemente, per provocarlo.

La voce della ragazza cambiò di tono e si trasformò nella voce lamentosa d'una vecchia: «Ciao, Ninin, ti vedo, sai, ti vedo bene. Ma come ti sei ingrassato, Ninin! Sei sempre stato un ragazzaccio disobbediente, ma avrei dovuto dartene di più quando eri piccolo, per tirarti su meglio. Che grossa delusione sei stato per me, per la tua povera mamma. Sono almeno tre anni che non vieni a portar fiori sulla tomba mia e del papà. Non sei un buon figlio, tutti gli impegni che dici d'avere a Roma, non sono altro che una finzione. La tua ambizione e la tua lussuria ti faranno perdere l'anima, come l'ho persa io...» e la sentì piagnucolare.

Piazza sentì una fitta fortissima al cuore, ma si fece forza riprendendosi dallo stupore e strinse la Bibbia che aveva in mano.

«Basta con questa commedia! Il tuo nome, spirito bugiardo!»

«Te lo dicevo che siamo in tanti qui. Spiegami soltanto perché vuoi che ti diciamo il nostro nome e ti accontenteremo. Siamo gente logica, amante delle matematiche, non delle superstizioni!»

Piazza si sentì debole, come svuotato da tutte le sue energie, non sapeva più che strada imboccare, ma si fece forza recitando una preghiera. Giuliano gli pose una mano sulla spalla per fargli forza e recitò con lui un *Ave Maria*. Questo bastò per far riprendere fiato al povero sacerdote, che aveva decisamente accusato quell'uppercut tiratogli a tradimento.

«Non ti credo. Se siete davvero in tanti, nel nome del nostro Salvatore, mandateci chi vi comanda!»

Seguirono altri dieci minuti di borbottii, grugniti di animali e voci strazianti. Poi l'espressione della ragazza si fece ancora più inquietante e maligna di quanto lo era stata prima, carica d'un odio infinito e implacabile. E alla fine esclamò: «Eccomi!».

«Chi sei?»

«Sei pronto, pretaccio? Sicuro che non te la farai nelle mutande dallo spavento?»

«Dicci il tuo nome e lascia questa creatura innocente!» e pose la Bibbia ai piedi del letto. Gli occhi di lei la fissarono pieni di ribrezzo, e poi gli urlò: «Toglila via di lì!».

Piazza sollevò il crocifisso e recitò una preghiera in latino: «Pater venit hora, clarifica filium tuum, ut filius tuus clarificet te. Sicut dedisti ei potestatem omnis carnis, ut omne, quod dedisti ei, dat eis vitam aeternum...».

«Basta, pretaccio puzzolente. Ci hai rotto i coglioni!» Carla era rossa in viso a forza di urlare e suo padre cominciava a temere che avrebbe avuto un collasso.

«Haec est autem vita aeterna: ut cognoscat te, solum Deum verum et quem misisti Iesum Cristum... Ut notum feci eis nomen tuum et notum faciam: ut dilectio, qua dilexisti me, in ipsis sit, et ego in ipsis.»

«Va bene, vuoi il mio nome? Il mio nome è Gog e Magog o per meglio dire... Raypoz! o forse mi conosci meglio con il nome di Anticristo?»

La voce le uscì come un sibilo e sui visi di tutti i presenti, quasi per magia, s'allentò una parte della tensione che s'era tanto elevata nella mezz'ora precedente.

«Raypoz. Con l'autorità che ci ha dato Gesù ti comandiamo d'abbandonare questa creatura e di tornare all'inferno, dal quale sei uscito e al quale appartieni!»

«Come volete. Non starò certo dove non sono gradito. Ma presto, molto presto, ci rivedremo!»

«Un momento, dimmi per che motivo hai attaccato mia figlia...» era stato Massimo Martini a parlare, visibilmente sconvolto da quanto aveva visto e sentito, prendendo tutti in contropiede. Non avrebbe dovuto interrompere quell'esercizio. Era stato un grave errore. Aveva spezzato il cerchio magico che si era stabilito fra l'esorcista e l'esorcizzato.

L'espressione di Carla si rifece nuovamente maligna e lentamente inquadrò suo padre dentro i suoi occhi di ghiaccio.

«Oh, ma chi abbiamo qui? Il povero papà, un altro fallito, marxista fallito, carrierista fallito, scienziato fallito. A letto è un impotente, ma a parlare per ore di cose che non capisce neppure lui, non lo batte nessuno. Ora staremo un po' allegri, mentre vi racconto qualche suo altro sporco segretuccio. Evviva, evviva!» Da maligna, la sua espressione s'era fatta mostruosamente beffarda.

Massimo, come colpito frontalmente da un autobus era arretrato e stava per scoppiare a piangere, mentre l'entità che guidava sua figlia si stava preparando a rincarare la dose e finirlo con altre mazzate.

Ma Piazza le si buttò davanti e tuonò: «Raypoz, nel nome di Gesù Cristo, Dio e Signore e per intercessione della Immacolata Vergine, madre di Dio. Il santo Michele Arcangelo. Gli Apostoli benedetti, Pietro e Paolo e tutti i Santi e con la Santa Autorità del nostro ufficio, stiamo per espellerti. Possessione diabolica, vattene! Possa Iddio innalzarsi e possano i suoi nemici essere sconfitti.

«Vi esorcizziamo spiriti sozzi e servi di Satana. Questa

ragazza sarà libera da ogni congregazione satanica, da ogni setta satanica! Non osare più, serpente malefico, di ingannare la razza umana, di attaccare la Chiesa di Dio, di colpire e poi scuotere le tue vittime. Iddio te lo ordina, colui che nella tua immensa presunzione hai voluto imitare, e che vuole tutti gli uomini salvi e liberi nella Verità. Nel nome di Dio Padre, Dio il Figlio, Dio lo Spirito Santo, ti comando di tornare all'inferno, nel suo fondo più oscuro, parti Raypoz. Il più disprezzato fra tutti i demoni. L'amore divino ti ha sconfitto. Parti, ora!». E spruzzò un po' di acqua santa che teneva in una bottiglietta di plastica che aveva tolto dalla tasca. Era acqua che sua sorella aveva raccolto, pochi mesi prima, alla fontana di Lourdes e gli aveva portato in dono.

I muscoli di Carla s'allentarono improvvisamente e dopo un po' si lasciò andare nelle braccia della madre, piangendo a dirotto. Era d'un tratto tornata la bambina che conoscevano.

«Preghiamo. Ringraziamo il Signore per la sua immensa generosità!» disse Piazza. «Dio del Cielo. Dio della Terra. Dio degli angeli, non permettere più che questa tua serva, Carla Martini, venga posseduta dal Demonio, ma che egli fugga lontano e non ritorni più. Fai che la bontà e la pace del nostro Signore Gesù Cristo entri in lei. Grazie a Gesù siamo stati risparmiati e fa che non abbiamo a temere nessun male, perché il Signore è con noi. Lui che vive e regna come Dio con te nell'unità dello Spirito Santo, nei secoli dei secoli.»

«Amen!» esclamarono tutti.

Capitolo Quattordicesimo

Ritorno

L'esorcismo era durato solo due ore e, quando cominciarono a scendere le prime ombre della sera, Giuliano e Anacleto Piazza decisero di ritornare a Milano. Erano esausti, ma Giuliano disse che avrebbe potuto guidare l'auto senza grossi problemi, mentre all'andata il pilota era stato il sacerdote.

Piazza s'era sistemato sul sedile posteriore per potersi riposare un po'. Dopo che ebbero ripassato il traforo del Monte Bianco, Giuliano guardò nello specchietto retrovisore e vide il sacerdote che guardava il paesaggio che scorreva via veloce, fuori dal finestrino.

«Piazza. Lei non dorme più? A che sta pensando?»

«No. Non è facile dormire dopo quanto abbiamo visto oggi. Lo sa bene che non sono un professionista di questi... affari.»

«Maybach aveva ragione, lei è stato molto bravo, non ha sbagliato nulla.»

«Dice? Non mi pare. E, comunque, questa vittoria è stata troppo facile, non ci credo. Ha sentito cosa ci ha detto il nostro caro Raypoz? Che ci rivedremo presto.»

«E pensa che sia una minaccia alla quale dovremmo prestar fede?»

«Credo di sì. Troppo facile, è stato troppo facile...»

«Dove andrà questa notte a dormire, vuole stare a casa nostra? Abbiamo una cameretta per gli ospiti.»

«Passerò da mia sorella, a Buscate e poi domani pregherò sulla tomba di mio padre e di mia madre. È un po' che non ci vado. Tre anni, come ha giustamente notato l'amico Raypoz.»

«Allora ce la porto io, ci dobbiamo comunque passare. Basta prendere l'uscita per Arluno, sulla Torino-Milano. Su con il morale! Non era sua madre che parlava, era un'ottima imitazione di sua madre. Quella vera sta certamente in Paradiso. Erano parole create apposta per colpirla, per ferirla, un ultimo colpo con il quale ha tentato il knock-out.»

«C'è quasi riuscito. Sono certo che mia madre sta in Paradiso, perché se non ci sta lei, allora non vedo che ci può stare. Un posto deserto, questo Paradiso?»

«Ha fame? Vuole che ci fermiamo a mangiare qualche cosa?»

«No, per me va bene così. Un po' di digiuno non può farmi male. Ma se lei ha fame le terrò volentieri compagnia.»

«No. Anche io non sento appetito. Aspetti...» Giuliano aprì la borsa che teneva poggiata sul sedile e ne trasse una piccola fiasca d'acciaio rivestita di pelle, di quelle che si tengono nella tasca della giacca.

«Vuole un cordiale? Io non ne bevo, perché sto guidando, è tutto suo.»

«Cos'è?»

«Whisky, naturalmente. Un nome difficile da ricordare, l'ho travasato dalla bottiglia ieri sera, apposta per lei.»

«Ricorda com'è fatta la bottiglia?»

«Sì. Nera, con una marinaio al timone, berretto scozzese in testa, che porta la mano alla fronte per vedere lontano...»

«Ho capito. *Bunnahabhain* che significa "foce del fiume", in gaelico. Il fiume Margadale. Distillato a Islay, venduto dopo dodici anni d'invecchiamento. Fresco e acquoso come una grande onda marina, anche se viene spesso usato per tagliare altri marchi più commerciali, tipo il Cutty Sark e la Famous Grouse. Sotto a quel marinaio c'è scritto *Westering home*.»

«Può essere, ma che vuol dire?»

«Oh, è il titolo di una bella canzone scozzese, la storia di un marinaio che torna dalla Cina e vede quanto è bella la sua terra. Quando vado a trovare il mio fratello gesuita in Scozia la cantiamo con i suoi allievi, di sera, attorno a un falò. Ora gliela faccio sentire:

Westering home and a song in the air
Light in eye and it's goodbye to care
Laughter o' love and a welcoming there
Isle of my heart my own one

Tell me o' land of the Orient gay
Speak o' the riches and joys of Cathay
Ay but it's grand to be wakin' at day
To find yourself nearer to Isla

Where are the folk like the folk o' the west
Canty and conthy and kindly the best
There I would hie me and there I would rest
At home wi' my ain folk on Isla.»

Piazza aveva proprio una bella voce da baritono e quella melodia era colma di dolcezza.

«Bravo!» gridò Giuliano e aggiunse: «Lei è un pozzo di scienza... alcolica».

«Mi consenta, mi consenta, mi consenta... ebbene sì, mi piace il mondo del whisky e la sua cultura antica. Immagini di stare sulle selvagge Highlands scozzesi: torrenti, montagne, malghe. La vita era durissima per i nativi, ma un giorno, in uno dei monasteri, arrivarono dei fraticelli irlandesi che portavano con sé un segreto: era *aquae vitis*, l'acqua di vita. Sapevano già produrre birra, ma giungere a questo miracolo è stato incredibile.»

«Il bourbon non le piace?»

«Il bourbon americano lo metto nel serbatoio dell'automobile!»

«Scherzavo, scherzavo!»

«Ah, la sua era solo una provocazione. No, non bevo neppure i *blended*, solo puro malto. Il mio preferito, che è poi quello che le ho fatto assaggiare l'altro giorno a Roma, è *The Edradour*, dieci anni d'invecchiamento, prodotto a mano a Speyside, sulle Highlands, con un leggero fondo speziato. Un vecchio padre gesuita non me lo fa mai mancare: ci va una volta al mese a fare il pieno e io in cambio gli mando prosciutti e insaccati romani.»

Portò la fiasca al naso e inalò il profumo.

«Ah, fiori, mandorle, vento di maestrale.»

Tirò un primo sorso, breve e poi due più lunghi.

«Ah, che bello stare al mondo! Ah, ottimo, ottimo. Sento un profumo di fumo, legno di cedro, una punta di caffè. Ci voleva proprio!» disse, facendo schioccare in maniera teatrale le labbra in segno di apprezzamento. Tutti e due scoppiarono a ridere, senza nessun particolare motivo. Forse la tensione che li aveva attanagliati era improvvisamente svanita e l'immagine di loro nella posizione in cui si trovavano, su quell'auto lanciata nella notte, divenne irresistibilmente comica.

Il riso andò avanti per una decina di minuti, finché la pancia e le guance non fecero male a tutti e due. Si sentivano la testa piena d'una inspiegabile euforia. Alla fine, Piazza si asciugò le lacrime che gli scendevano copiose dagli occhi e chiese, ancora scosso da qualche sussulto: «Be', e lei che fa? Voglio dire nei prossimi giorni. Con il problema di Toti».

«Mah, Massimo Martini mi ha detto che riunirà una piccola commissione di esperti al CERN per una verifica, poi ci farà sapere.»

«Lo farà davvero?»

«Sì, ma solo per dimostrare che non c'è pericolo. Sono troppo interessati a quegli esperimenti.»

«Bisognerebbe mandargli Raypoz, a spiegargli un paio di cose.»

In quel momento entrambi vennero come investiti da un sinistro presagio, che li gelò perché avevano avuto la stessa intuizione. Infatti, Piazza disse: «Certo, ci sarà sicuramente Raypoz. Per questo ha detto che ci rivedremo. Forse per questo è stato così facile».

CAPITOLO QUINDICESIMO

ISPRA

«Carlo, se non ti avessi sentito raccontare con le mie orecchie quello che mi hai appena raccontato, non lo avrei mai creduto. Che proprio tu, uno scienziato di fama mondiale, un Nobel, possa arrivare a credere a queste cose! Il Diavolo, la fallacità della scienza moderna! Ma scusa, non ti rendi conto d'essere ridicolo?» chiese, retoricamente, Luigi Zichini.

«Non temo il ridicolo, dopo aver sperimentato il sublime!» rispose Toti. «Ho un'età che mi permette d'infischiarmene di queste piccole convenzioni borghesi. Newton cosa fece negli ultimi anni della sua vita? Continuò i suoi studi scientifici, oppure si diede all'astrologia e alla Kabbalah? Sai come vorrei morire? Come Tolstoj, abbandonato sulla panchina di una stazione ferroviaria. Tanto basti per il ridicolo!»

«Molto interessante. Comunque continuo a non capire che ti è successo, ancora un po' e diventerai un creazionista, contrario anche a Darwin. Dimmi un po', secondo te noi e gli animali siamo imparentati? Oppure le similitudini genetiche sono casuali? No, tanto per sapere, perché ormai non mi sorprenderesti più di nulla!»

«Non siamo noi a essere simili agli animali, sono gli animali che ci vogliono rassomigliare...»

«Ah, ma che bella battuta! Quindi nessuna parentela con le scimmie?»

«Be', qualcuno con le scimmie è più imparentato di altri, ma visto che mi tiri fuori Darwin, sappi che anche lui negli ultimi anni della sua vita, aveva espresso dei dubbi sulle proprie teorie. Si era reso conto che non aveva dato abbastanza importanza a certi fattori, come invece avevano fatto Lamarck e Cuvier.»

«In parole povere, credi anche tu che la terra sia stata creata il 23 ottobre 4004 prima di Cristo, alle 9 di mattina, come scrisse il dottor Lightfoot?»

«Fai poco il saputello. Comunque non è detto che la terra abbia 4.6 miliardi di anni come ci raccontano i neodarwinisti.»

«Ah, sì, e da cosa lo deduci?»

«Non so, forse puoi spiegarmelo tu, con il tuo genio poliedrico che ti ha portato così in alto. Per esempio, siamo d'accordo sul fatto che ogni anno cadono 14 milioni di tonnellate di polvere cosmica. Se il nostro pianeta è davvero così vecchio avremmo a che fare con 63 milioni di miliardi di tonnellate della stessa: 90 metri di polvere cosmica. Dove la vedi tu?»

«Portata via dalla pioggia, nell'oceano!»

«Non c'è abbastanza nickel sulla terra. La polvere cosmica è ricchissima in nickel. Due a zero, palla al centro!»

«Sulla luna, però, c'è n'è tanta da giustificare la sua età stimata...»

«Per niente. È vero il contrario. Ricordi che quando atterrò Apollo 11 avevano paura che gli astronauti sarebbe finiti nelle sabbie mobili e invece ne trovarono solo pochi centimetri? La presenza di immensi depositi di sale, che sono spiegabili solo con la precipitazione cataclismatica e non con l'evaporazione dell'acqua marina. Da nessuna parte oggi si osserva la formazione di depositi di sale per evaporazione, di una così grande purezza, senza poi la presenza di fossili. Tutte le scienze, anche quelle esatte, sono inesatte. Più cerco e più mi accorgo che anche la matematica non esiste in sé: pare una sorta di anguilla che si adatta ai nostri desideri. Eugene Wigner la definì *la irragionevole efficacia delle matematiche.* Quando sorge l'esigenza di una nuova prova matematica, oplà ecco la formula saltare fuori da non si sa dove. Credo che anche la matematica sia solo un nostro stato d'animo. Il teorema di Gödel sull'insolvibilità lo dimostra chiaramente.»

«Ma lascia perdere Gödel!»

«Perché dovrei lasciarlo perdere? Il teorema di Kurt Gödel mostra chiaramente come la nostra conoscenza può essere limitata a un sistema particolare, come nel caso dell'Universo, giacché noi stessi ne facciamo parte.»

«Altre perle filosofiche da offrirci, Carlo?» lo provocò l'altro, con più d'una punta di sarcasmo.

«Non ti basta ancora? Io ho i miei dubbi, ma un futuro Nobel come te vedo che ne ha pochi. Credi anche tu, come scriveva Darwin, che gli orsi possano essere trasformati in balene con il passare del tempo? O, come arrivò a scrivere nel suo libro *Variations of Animals and Plants under Domestication*, che una vacca che perse le corna per via di una malattia diede poi alla luce tre vitellini con una piccola protuberanza invece che delle vere corna? Conosci il libro di Immanuel Velikovsky *Worlds in Collision?*»

«No, e questo significa che non vale nulla. Ma di che parla?»

«Era un fraterno amico di Einstein. Quel libro venne pubblicato nel 1950 da Dubleday, dopo che il mondo accademico americano si era opposto alle sue teorie, arrivando a costringere il suo editore, McMillan, a rifiutare il manoscritto. Parlava della possibilità di comete in collisione con la terra come causa dell'estinzione dei dinosauri e di altri fenomeni geologici che altrimenti risulterebbero inspiegabili con le solite teorie neodarwiniane dell'evoluzione lenta. Cinque anni dopo, uscì con un seguito in cui provava alcune delle sue ipotesi, si intitolava *Earth in Upheaval.* Certi suoi argomenti non avevano nulla di scientifico, eppure, oggi tutti accettiamo alcune di queste possibilità non ortodosse senza troppi problemi. Anche il concetto di era glaciale, con Europa e Nord America sepolti sotto decine di metri di ghiaccio, formulato dallo svizzero Louis Agassiz nei primi anni dell'Ottocento non era stato ben accettato dai primi darwinisti, benché le prove fossero sparse ovunque. Vuoi che continui? Sino a qualche decennio fa la scomparsa dei dinosauri veniva presentata come un qualcosa di graduale, avvenuta per mancanza di cibo. Ma sappiamo benissimo che il cibo è sempre stato abbondante, ovunque. Questi stupendi animali hanno dominato la terra per 150 milioni di anni e poi, improvvisamente, puff... si estinguono. Senescenza razziale. Cromosomi stanchi di dividersi. Balle! Oggi tutti ammettono un'influenza esterna.»

«Ah, sei un furbone! Ma lo sapevamo... Lo sapevamo, trovi da ridire anche su Darwin. E allora dimmi che dovremmo insegnare ai nostri ragazzi nelle scuole? La storia naturale come ce la spiega la Bibbia?»

«Dovremmo spiegare che anche ciò che definiamo darwinismo è la dimostrazione palese della potenza divina, che agisce anche a livello infinitesimale, non solo negli sviluppi macroscopici. Non può esistere un ostacolo all'onnipotenza di Dio, altrimenti non sarebbe Dio, sarebbe... uno Zichini. Quanto al fatto che l'uomo sia imparentato con le scimmie, come dite voi, questo non esclude l'intervento divino, anzi lo fortifica, ce lo rende più pervasivo e sottile.

«Dovremmo insegnare a scuola che il darwinismo è una grande teoria scientifica, ma che non può spiegare tutto e soprattutto non è un dogma religioso, come credono alcuni scienziati atei. Come poteva avvenire una selezione naturale all'inizio, quando eravamo solo dei batteri? Dove sono tutti gli anelli mancanti? La paleontologia non ha mai trovato tutte queste varietà, che dovrebbero essere invece comunissime. Le prove che l'evoluzione sia avvenuta compiutamente come sostengono i neodarwinisti d'assalto, alla Monod, sono troppo frammentarie. Io compro un computer alla Toshiba e vi inserisco le foto di mia moglie e dei miei figli, le lettere che mi hanno scritto, con i loro pensieri, poi me ne vado a casa lasciandolo sul tavolo. Il giorno dopo un mio collega lo apre e vi trova quei dati. Che deve pensare? Che i computer della Toshiba si stanno evolvendo naturalmente, creando immagini e sentimenti umani? Lettere d'amore, esperienze personali? Ce lo spiega Darwin questo?

«Le cosiddette "leggi della natura" non ci possono spiegare tutti i fenomeni naturali. Come diceva Wittgenstein, questa è solo un'illusione che pervade il nostro mondo. Una delle tante. Penso che alla fine si dimostrerà che, anche in questo caso, ciò che chiamiamo evoluzione non sia altro che fisica delle particelle. Siamo fatti di polvere di stelle anche noi, come gli alberi e le foche, ma l'evoluzione opera come una interazione a livello quantico, non a livello di DNA. Tutto ciò che esiste, incluso noi stessi, è fatto di protoni che sono immortali, dato che nessuno è mai riuscito a vederne morire uno. Ne parlavo proprio qualche settimana fa con degli scienziati giapponesi che lavorano al Super-Kamiokande e anche loro mi hanno confermato che non hanno ancora visto nulla: nessun protone morente.

«Eppoi non si può seguire ciecamente degli uomini arroganti, dei protonazisti che credevano alla superiorità dell'uomo bianco e ai vantaggi dell'eugenetica, come Huxley, Lombroso e Darwin! Fatto salvo il loro contributo scientifico, non posso fare a meno di pensare che se non fossero mai esistiti sarebbe stato molto meglio per tutti.»

«Il problema, caro il mio Carlo, è che ti sei fatto così cocciuto nelle tue idee, che non sei più disposto a discuterle serenamente: estremizzi tutto, come stai facendo adesso, nazisti, razzisti e così via. Non ti accorgi che le tue opinioni sulla fisica subatomica non hanno alcun merito matematico?»

«Questa è bella! Ora sarei io che non sono disposto a rivedere le mie idee! Penso che dobbiate mettervi uno specchio davanti, prima di raccontarmi queste cazzate! Che poi un politicante zazzeruto come te venga a parlare di meriti matematici, scusa, ma mi fa un po' ridere!»

«Carlo! Una volta eri famoso per la tua mente analitica, per le tue capacità di valutare con freddezza varie ipotesi contrastanti» qui fece con il braccio destro un gesto ampio nell'aria per sottolineare il concetto. «Ti hanno dato il Nobel proprio per questo e non mi pare poco. Ora sei diventato senile, un vecchio cocciuto che non ha più l'energia, né la voglia di rimettersi in discussione! Non è così, Martini? O sto forse dicendo delle cazzate, come suggerisce il nostro amico?»

Luigi Zichini, direttore generale del CERN, che stava alla guida della sua Jaguar, allungò il collo e guardò sul sedile posteriore, dove stava rannicchiato Massimo Martini. Tutti e tre erano diretti al CCR, il Centro Comune di Ricerca di Ispra, in provincia di Varese.

«Certo, dottor Zichini. Del resto abbiamo esposto a Toti le nostre idee e discusso le sue, ma non siamo riusciti a convincerlo. Che altro aggiungere?»

«Eppure, Carlo, tu lo vedi che vogliamo seguirti sino in fondo? Non ti abbandoniamo alla corrente, nonostante tu ci stia creando un grosso imbarazzo. Mi diceva Martini che sei stato pure a Roma, dai gesuiti, a parlare di fisica delle particelle. Bellissimo, boom! boom! Ma che speri di ottenere da tutto questo polverone che stai sollevando? Io, lo giuro, non ti capisco!»

«Sto cercando gente che abbia gli occhi aperti, dato che voi siete due ciechi. Parafrasando Diogene, sto cercando lo scienziato.»

«Dopo tutti i fondi che sono stati spesi per il LHC tu credi davvero che ci possiamo rassegnare a non avviarlo, perché ti sono venute queste idee balzane in testa? Trovami un altro scienziato di valore che condivida le tue opinioni e ti darò retta. Ne hai uno? E non parlarmi di quell'insegnante di Hong Kong, che conosce Martini, o di quei due sfigati cinesi. Quelli non fanno testo, non contano nulla, zero! Parlo di scienziati seri, con pubblicazioni scientifiche di peso su questi argomenti specifici.»

«Francesco Calogero dell'Università di Roma ha scritto un saggio sui rischi insiti in certa scienza e sulla necessità di creare commissioni bianche e nere per valutare il pericolo di certi tipi di esperimenti. Non ti pare una richiesta ragionevole?»

«Il fatto che un grande studioso del cosmo come Martin Rees, professore a Cambridge, ci dica che in questo secolo le probabilità di distruzione del nostro pianeta stanno al 50 per cento, non ti inquieta? No, vedo di no.»

Avevano lasciato l'autostrada a Gallarate e si erano poi diretti verso Sesto Calende e Angera. Ispra si trova sul Lago Maggiore, sulla riva opposta a Belgirate. Vi esiste un centro europeo con un programma di ricerche in campo nucleare per la non proliferazione e per il trattamento di scorie radioattive. Da quando l'Italia, con un referendum tenuto sull'onda emotiva di Chernobyl, aveva deciso di bloccare le proprie centrali atomiche, era diventata una mela fuori dal canestro, nonostante mantenga un ciclotrone e un muro di reazione.

Toti aveva organizzato una piccola conferenza all'interno del Centro, estesa a tutti i ricercatori, per illustrare i suoi timori relativi all'avviamento del LHC di Ginevra.

Contava sulla presenza di più di duecento scienziati, che avevano già dato la propria adesione, provenienti da tutto il mondo e di molti giornalisti.

Zichini e Martini avevano tentato in tutti i modi di dissuaderlo dal tenerla, ma senza successo e non potendo bloccarlo, con la minaccia di togliergli tutte le consulenze che aveva e di proibirgli l'entrata al CERN, gli avevano imposto di dargli un taglio strettamente scientifico e non polemico. Avevano insistito anche per restargli al fianco, per rispondere alle domande, certamente allarmate, che si sarebbero sollevate nel corso del dibattito, che avrebbe fatto seguito alla sua esposizione. In pratica, volevano esserci per fornire la versione ufficiale del CERN e rassicurare tutti sul fatto che non esistevano pericoli di alcun genere.

La conferenza sarebbe iniziata alle due del pomeriggio ed erano in anticipo. Appena entrati nel territorio del comune di Ispra decisero di fermarsi davanti al tempietto della famiglia Castelbarco, tanto per sgranchirsi un po' le gambe. Era un edificio immerso nel verde, costruito con la pietra bianca e nera di Baveno.

Fecero due passi lì davanti e Toti camminò un po' da solo, salendo verso quella piccola tomba dalle forme classicheggianti e le girò intorno, passeggiando fra le querce che le stavano dietro. Con la coda dell'occhio vide i suoi due accompagnatori che parevano estremamente agitati: confabulavano fra di loro e poi guardavano nella sua direzione. Era certo che avevano qualche cosa di spiacevole in mente, anche se non capiva bene di cosa si trattasse, ma era un po' preoccupato. Zichini era solo un raccomandato e un intrigante: appariva sempre in trasmissioni televisive e sgomitava per farsi intervistare, ma non era un vero scienziato. Era però bravissimo ad atteggiarsi a grande ricercatore; per questo motivo non era mai corso buon sangue fra loro due. Chissà, forse volevano interromperlo prima che iniziasse a parlare, denunciandolo come un povero pazzo paranoico? Non gli era piaciuta affatto la loro insistenza nel volerlo accompagnare, ma non era riuscito a levarseli dai piedi.

Sentì un forte bisogno di urinare e, portandosi in un angolo appartato dietro alla vecchia cappella mortuaria, la fece contro un albero. Aveva problemi di prostata e quindi gli ci volle un po' di tempo per svuotare tutta la vescica. Ricordò d'essere un vecchio, se ne ricordava sempre in questi momenti: aveva settantatré anni e, chissà, forse sarebbe presto finito come la contessa Antonietta Castelbarco Albani, che stava dormendo il suo sonno eterno dietro a quel muro. Quando ebbe finito di urinare, tornò indietro e, camminando verso l'automobile, vide che i due erano già ai loro posti: aspettavano solo lui per partire.

«Caro Carlo, ci hai messo un bel po'. Cominciavamo a preoccuparci.»

«Sono commosso per la vostra attenzione nei miei riguardi. Stavo pregando...»

«Ah, che spirito profondamente religioso possiedi, eppure ricordo qualcuno che tirava dei terribili moccoli sino a qualche anno fa, ma non potevi certamente essere tu, forse qualcun altro che ti somiglia molto! Pregavi per la salvezza delle nostre anime? Oppure per la pace nel mondo? Pendiamo dalle tue labbra...»

«No, pregavo per me. Chiedo sempre a Dio di farmi diventare migliore di quanto lo sono stato ieri.»

«Interessante, molto interessante. E senti, ritornando alla cose terrene, ti va bene se andiamo allo Schuman per pranzo?»

«Per me va benissimo, se va bene anche a Martini allora siamo a posto. A proposito, Martini, ho saputo che avete avuto visite a casa, subito dopo Natale.»

«Un problema con mia figlia, che abbiamo risolto» disse Martini, un po' imbarazzato.

«Risolto, eh? Sta bene la bambina?»

«Un po' scossa, ma sta bene. Mia moglie ha strane idee sulla religione, simili alle sue. Se mi consente il paragone.»

«Simili alle mie? Bene, almeno siamo in tre, includendo il papa!»

Parcheggiarono l'auto dietro alla chiesa di San Martino e raggiunsero a piedi via Piave, dove stava quel rinomato ristorante. Ordinarono dell'acqua minerale e Toti andò alla toilette per lavarsi le mani. Fece prestissimo, cosa che li colse di sorpresa, poiché erano a conoscenza dei suoi problemi prostatici. Non ne era certo, ma gli pareva quasi d'aver visto che Zichini gli stava versando qualche cosa nel bicchiere e lo vide leggermente imbarazzato mentre tornava a sedersi al tavolo. Prese il bicchiere in mano, ma prima di portarlo alla bocca chiamò il cameriere e gli disse che sembrava sporco e che per cortesia glielo cambiasse.

«Lei è sempre molto attento a quel che beve!» celiò Martini.

«Certo, con i tempi che corrono. Non vorrei prendere la febbre dai polli...»

«Febbre dei polli, vuole dire?»

«Ah, sì, certo. Febbre dei polli.»

Mangiarono un secondo di lavarello, dopo che il cameriere assicurò che erano stati appena pescati nel lago. Poi saltarono il dessert e ordinarono tre espressi. Mentre li servivano, il portatile di Toti squillò. Era sua figlia che voleva sapere se tutto andava bene. Si alzò per non disturbare nessuno e fu così che non s'accorse che, di nuovo, gli versavano quel liquido nella tazzina.

Finita la telefonata bevve d'un sorso il caffè, senza zucchero, né latte.

Le gocce che gli avevano somministrato erano un estratto di digitale purpurea.

La digitale è una bella pianta da giardino. Giovanni Pascoli, in una sua poesia giovanile, la chiama *fior di morte* e il suo estratto, in piccole dosi, è un cardiotonico, ma in forti dosi può essere mortale.

A Zichini, questa idea era venuta solo qualche giorno prima, quando quella poesia aveva preso a ronzargli per la mente, dopo tanti anni di oblio. Aveva sognato la sua vecchia maestra della quinta elementare: l'aveva rivista mentre entrava in classe, con il suo grembiule nero. Si chiamava maestra Massignan e, ormai anziana, spesso s'addormentava sulla sedia nel pomeriggio; era lei che gliela aveva fatta mandare a memoria. Nel sogno, l'aveva chiamato per nome e l'aveva fatto uscire dal suo banco per recitarla davanti ai suoi compagni di classe e, con sua grande sorpresa, era stato in grado di ripeterla dall'inizio alla fine. Le due strofe centrali, in particolare, le ricordava ancora perfettamente:

«Morte: sì, cara». «Ed era vero? Tanto
io ci credeva che non mai, Rachele,
sarei passata al triste fiore accanto.

Ché si diceva: il fiore ha come un miele
che inebria l'aria; un suo vapor che bagna
l'anima d'un oblìo dolce e crudele.

Non era stato difficile procurarsela in un'erboristeria.

«Bene, è fatta!» disse Zichini sottovoce a Martini, mentre Toti stava lontano.

«Sentirà affanno, come se stesse per avere un infarto. E anche se lo avrà davvero, peggio per lui. Questo bastardo ciò che poteva dare alla scienza lo ha già dato. Siamo tutti sostituibili, non è vero? Oggi si sentirà come un cavallo dopato.»

«Non c'è pericolo che ci scoprano, voglio dire... se schiatta?»

«No. In quel caso gli faranno l'autopsia e vedranno che è stato un infarto. Caso chiuso, non andranno a fare un esame specifico per stabilire la causa dell'infarto. È il veleno perfetto. Anche se far fuori un premio Nobel è un po' come far fuori il papa. Be', spero che il cuore gli reggerà.»

Il veleno cominciò a fare effetto dopo pochi minuti.

«Credo di non aver ben digerito il pesce» esclamò Toti, mentre passavano dal cancello del CCR. Nel piazzale videro tante facce note che li salutarono mentre posteggiavano.

«Pure noi. Quel pesce non era fresco» disse Martini.

Toti diede la mano ai partecipanti che conosceva, ma,

proprio mentre entrava nella sala dove avevano organizzato la conferenza, sbiancò di colpo in viso e sentì delle gocce di sudore formarsi sulla fronte e dietro al collo. Chiese un bicchiere d'acqua calda a uno dei commessi, mentre sedeva sul palco.

«Non mi sento bene» disse e dalla vacuità dello sguardo dei suoi accompagnatori capì che la cosa non li sorprendeva affatto.

S'accasciò su una sedia. Con un brusio, i presenti s'alzarono e gli si fecero intorno; una ragazza che sedeva in prima fila lanciò un grido d'allarme.

Sentiva Zichini che diceva sopra di lui: «Sta avendo un malore. Qualcuno chiami un'ambulanza!». Ma era una voce molto lontana, che gli parve arrivare da un altro pianeta. Poi vide apparire la contessa Castelbarco, giovane, bella e vestita di merletti neri, che gli veniva incontro con un sorriso meraviglioso dipinto sul volto e con un bel mazzo di margherite in mano. Erano in un campo, una malga alpina, che saliva su fino a un'alta montagna innevata.

La contessa gli fece cenno di seguirla, con la sua mano inanellata. Toti ebbe un attimo di esitazione, ma poi, convinto dalla sua gentilezza e dal sole che faceva capolino fra i suoi riccioli neri, mosse il primo passo e le andò incontro. Il suo cuore non resse e morì, senza più riprendere conoscenza, all'ospedale di Arona, dove lo avevano ricoverato.

Il giorno dopo, tutti i giornali e le televisioni parlavano della sua tragica fine, riportando il necrologio.

Giuliano ed Eleonora lo vennero a sapere da Piazza, che era stato subito chiamato dalla figlia di Toti e che con lei si era precipitato ad Arona, per correre al suo capezzale. Erano arrivati troppo tardi per parlargli.

«Caro Piazza, della morte di Toti cosa dice? Averlo perso proprio nel momento più difficile, quando più sarebbe servita la sua autorità e il suo prestigio! Questo è un grosso colpo del destino. Ora sarà più difficile convincere gli scettici del pericolo che stiamo correndo.»

«Forse non è stato il destino» disse Piazza, con la sua voce grave.

«Cosa vuol dire?»

«Sua figlia mi ha raccontato che suo padre le aveva parlato qualche minuto prima di sentirsi male. Le aveva detto che non si sentiva tranquillo con i suoi due accompagnatori.»

«Capisco. Era preoccupato.»

«Temeva che gli volessero tirare un brutto tiro. Ma i medici dicono che si è trattato di un normale arresto cardiaco e che il suo cuore era molto malandato. L'affanno, l'emozione. Quindi ci dobbiamo credere.»

Decisero di rivedersi a Roma prima del loro rientro a Hong Kong, previsto per la settimana successiva.

Capitolo Sedicesimo

Libri

Quando arrivò il momento di rientrare a Hong Kong, rifecero il percorso inverso: partirono dall'aeroporto di Linate, diretti a Roma e poi tornarono ad alloggiare nello stesso albergo che avevano occupato al loro arrivo in Italia. Riebbero addirittura la stessa camera che avevano avuto qualche settimana prima. Proprio mentre si preparavano a uscire, arrivò una telefonata sul portatile di Giuliano: era il padre di Harry, che gli diede delle buone notizie. Il loro ragazzo si era pienamente ripreso dalla crisi ed era ritornato in università con gli altri. Glielo passò al telefono e si parlarono brevemente, ma Giuliano ebbe l'impressione che non fosse più la stessa persona che aveva conosciuto, forse era ancora sotto shock. Forse non aveva ancora superato pienamente la sua brutta avventura.

«Sono felice di ritornare a Hong Kong» disse a Eleonora. «Dopo questo ciclone attraverso cui siamo passati, c'è bisogno di raccogliere i pensieri e di trovare un nuovo equilibrio. Non credi?»

«Certo, abbiamo bisogno di un po' di tranquillità. Oltretutto non siamo più abituati al freddo che c'è in Italia.»

Avevano fissato una cena con Anacleto Piazza in un ristorante di via Veneto, ma per qualche ora potevano andarsene in giro e decisero di passare prima a salutare Marco, un loro amico di Verbania che faceva il deputato a Montecitorio. Poi sarebbero passati a curiosare in una delle loro librerie antiquarie preferite. Quella che si trova nel sottopassaggio di piazza Colonna.

Appena vi entrarono, Eleonora cominciò a sfogliare alcune vecchie riviste di moda francesi degli anni Trenta e Giuliano andò verso la sezione dei libri antichi. In quella libreria, a volte, riuscivano a trovare dei bei testi ancora a prezzi ragionevoli, anche se si trattava per lo più di edizioni economiche di prima della guerra.

Giuliano faceva scorrere rapidamente lo sguardo sui dorsi dei volumi, stringendo gli occhi per correggere la miopia, che neppure le lenti degli occhiali riuscivano ad aggiustare completamente.

«Ecco dei Bodoni. Ma, oramai, con l'introduzione dell'euro sono diventati costosissimi.» Si riferiva alle opere dello stampatore Giambattista Bodoni, che aveva aperto bottega a Parma e i cui libri venivano apprezzati soprattutto per la bellezza tipografica, più che per la rarità dei testi o per la cura messa nella loro collazione. Ne tolse qualcuno dai ripiani per controllarli meglio.

«*Poesie campestri del cavalier Pindemonte* del 1788. 300 euro, un po' troppo caro, li varrà anche, ma forse li spendo meglio in un altro libro» si disse. «*Conseils d'un père a son fils* del 1801. No, questo non m'interessa. *Omelia recitata al popolo da Monsignore Adeodato Turchi vescovo di Parma*. Novembre 1788. Un folio piccolo, rilegatura nuova, appena 17 pagine su carta forte. Quanto viene? 100 euro, non male!»

Prese a leggerne l'apertura e notò che era ben scritta: era una predica sincera rivolta da quell'uomo di chiesa ai suoi fedeli, forse scossi dalle nuove idee rivoluzionarie che arrivavano dalla Francia; infatti si era a pochi mesi dalla presa della Bastiglia e il sangue avrebbe presto cominciato a scorrere a fiumi. Chissà se era stata corretta dopo la sua lettura. Gli venne in mente Milone, che scriveva a Cicerone dopo che l'aveva malamente difeso, dicendogli che se quelle fossero state davvero le sue parole nell'aula del senato, non avrebbe mangiato le triglie di Marsiglia, dove l'avevano esiliato. Lesse:

Non sono entrato in quest'ovile per forza, non per arte, non per umana passione. Iddio, il Sovrano, i vostri voti me ne hanno aperto l'ingresso. E Iddio appunto, il Sovrano, e voi stessi siete il motivo del mio conforto... Mi fido di Dio... Veglierà dì e notte su le mura di Gerusalemme per allontanare i nemici, che la minacciano... La sanità, l'onore, la vita, tutto si perda, purché voi siate salvi.

Pensò che quell'uomo era sincero e parlava una lingua, tutto sommato, moderna e raffinata. Gli ricordava lo spirito che sta in certe canzoni di Edith Piaf! Anche se ammise che il suo paragone era un po' bizzarro.

Lo mise da parte per acquistarlo. Poi proseguì nella ricerca, saltando gli altri Bodoni che stavano lì ben allineati, forse provenienti da un'unica collezione privata, ceduta a quel libraio dagli eredi di chi li aveva raccolti.

«De la Blaterie, *Vie de l'empereur Julien*. Gerolamo Cardano *Proxoneta* edizione degli Elzeviri, ah, questo l'ho già! Spinulae... Spinulae?»

Spinola: una vecchia famiglia nobile genovese. Era alla ricerca da anni dell'opera di Publio Francesco Spinola, considerato un eretico, che venne condannato a morte a Venezia nel 1567. L'aveva incuriosito la sua vicenda, perché Venezia fu sempre molto tollerante in materia di religione, ma quel letterato riuscì a farsi condannare a morte. Una sentenza che venne eseguita nel modo raccapricciante usato presso la Serenissima e anche nel sud della Cina: buttato in un canale con mani e i piedi legati. Aprì la prima pagina ed ecco, era proprio il libro che aveva a lungo cercato e mai trovato. Lo sapeva, quello era il suo giorno fortunato.

P. Francisci Spinulae Mediolanensis Opera, stampato da Zileti a Venezia nel 1563, e dedicato a Massimiliano d'Austria. Lo Spinola aveva avuto dei guai con l'Inquisizione a Milano e proprio per questo motivo si era trasferito a Brescia per insegnarvi il latino sotto la protezione della famiglia Martinengo. Poi, nel 1561, era andato a Venezia come precettore dei Mocenigo. L'anno successivo alla stampa di quell'opera venne accusato di luteranesimo e rinchiuso in carcere ma, come altri eretici dell'epoca, rifiutò l'abiura, anzi cercò di fare proseliti mentre stava incatenato nei Piombi.

Costava trecento euro e all'interno della copertina aveva un *ex libris* della biblioteca di un certo barone De Margherita. Un prezzo buono per un'opera così rara e in così buono stato.

Prese i due libri e andò alla cassa per pagare. Avrebbe usato la carta di credito e, mentre si avviava, fece un cenno a Eleonora per dirle che lui aveva finito e che, se voleva, potevano muoversi. Lei aggiunse due riviste ai suoi libri, perché le pagasse insieme. Mentre stavano per uscire dal negozio, l'occhio di Giuliano cadde nuovamente sugli scaffali di una vetrinetta che stava dietro al commesso, chiusa a chiave. Vide un piccolo volume in trentaseiesimo rilegato con pelle bruna, con il titolo scritto in minute lettere d'oro sul dorso. *Nostradamus*. Chiese di poterlo vedere e, appena lo ebbe fra le mani, lo aprì e diede un'occhiata al frontespizio. Il titolo declamava: *Les vrayes centuries et Propheties de Maistre Michel Nostradamus.* Sotto a questo stava una xilografia di una esecuzione capitale, sembrava la decapitazione di un uomo che era stato posto sopra un palco. Centinaia di spettatori stavano assiepati lì davanti. In primo piano si scorgeva una donna che sveniva mentre il boia alzava una testa sanguinante, che era stata appena spiccata dal corpo. In lontananza c'era una città, che, senza una particolare ragione, gli fece venire in mente Ginevra, un fiume o un lago, un ponte coperto e alte fiamme che si alzavano all'orizzonte. Era stato stampato ad Amsterdam nel 1668; un libro poco comune, ma non rarissimo, perché Michel Nostradamus fu famoso sia in vita che dopo la sua morte e per questo motivo vennero stampate una miriade di copie delle sue profezie, dato che si vendevano benissimo; ma, per forza di cose, erano tutte edizioni pirata.

Aprì quel libretto minuto su una pagina, a caso, per esaminare i caratteri e una parola gli venne incontro come un pugno sul viso: *Raypoz*. Rimase intontito per un paio di secondi; guardò di nuovo temendo che fosse solo un'allucinazione, ma non lo era. Quel nome stava scritto proprio lì, sotto i suoi occhi: nona centuria, versetto quarantaquattro.

Seicento euro costava, quel libricino. Ripassò alla cassa e comprò anche quello, poi se lo mise in tasca perché lo voleva mostrare a Piazza. Il significato di quella quartina pareva ovvio ora, dopo tutto quanto era successo. Lo mostrò subito a Eleonora e, dopo averne discusso brevemente, da largo Chigi camminarono verso piazza Barberini, da dove avrebbero imboccato via Veneto.

Anacleto Piazza era già seduto al ristorante e li stava aspettando. Si alzò e andò loro incontro, stringendo la mano a Eleonora e abbracciando con affetto Giuliano. Poi, forse sentendosi un po' imbarazzato per la propria esuberanza, sedette nuovamente a tavola.

Giuliano gli mostrò subito il libretto scritto dal visionario provenzale; Piazza lesse quella quartina, per due volte, traducendola in italiano.

Fuggite, fuggite tutti da Ginevra
Saturno l'oro in ferro cambierà,
Il contro Raypoz sterminerà tutti
Prima dell'avvento il Cielo manderà dei segni.

Scosse il capo e poi disse: «Il Cielo manderà dei segni... impressionante! Ma anch'io ho letto un libro che, forse, è altrettanto profetico, su un piano diverso; l'ho portato con me, perché ve lo voglio mostrare».

Lo tirò fuori dalla borsa e lo appoggiò sul tavolo. Era piccolo e anche quello scritto in francese, con la carta della copertina molto ingiallita; l'autore si chiamava Eugene Huzar, il titolo era *La Fin du Monde par la Science* ed era stato stampato a Parigi nel 1855. Sulla copertina stava uno strano simbolo: un serpente che si mordeva la coda attorno alla terra, con queste parole scritte sopra: *Ce qui a été sera.*

«Di che tratta?» gli chiese Eleonora.

«Viene dalla libreria vaticana, un mio collega me ne aveva suggerito la lettura e l'ho trovato geniale, logico e conturbante. Ciò che più stupisce è che questo scrittore, che si dichiara uno scienziato operante nel campo chimico, abbia potuto vedere così lontano. Il suo tema di fondo è che l'orgoglio e il desiderio di potenza degli scienziati provocherà una catastrofe irreparabile che distruggerà la nostra civiltà e che, forse, questo è già successo in passato, ma ne abbiamo perso la memoria. Il progresso delle nostre conoscenze non attenuerà i pericoli, bensì aumenterà la magnitudine del disastro. Ho sottolineato con una matita leggera alcuni passi che vi vorrei mostrare, ecco, qui per esempio scrive che: *l'infinie liberté, consequence d'une science exagérée, aboutit nécessairement à l'infinie fatalité.* La libertà infinita, conseguenza di una scienza estrema, porterà necessariamente a una catastrofe estrema.»

«Quasi incredibile che ne stesse parlando così tanto tempo fa. In fondo è stato un nostro precursore. Accenna, forse, a quale potrà essere la sorgente di questa disgrazia?» chiese Giuliano.

«Ecco qui... *Une toute petite cause à condition que sa force virtuelle latente soit infinie; car il n'y a pas de petite causes, et l'infini, qui est l'essence de Dieu même, se trouve être tout aussi bien dans l'atôme imperceptible que dans l'univers lui-même.* Una causa piccola a condizione che la sua forza virtuale e latente sia infinita. Poiché non vi sono cause per sé piccole e l'infinito che è l'essenza di Dio stesso, si trova ovunque. Dall'atomo impercettibile all'Universo stesso.»

«Una catastrofe nucleare?»

«Certo. E ce lo spiega con maggiori dettagli dicendo che sono queste forze latenti che creano i minerali, le piante e l'elettricità. Dice che le forze latenti sono la volontà divina.»

«Che altro?»

«Mi sembra molto interessante anche il fatto che consideri il progresso come una accelerazione costante, dovuto a una continua diffusione della conoscenza e che non potrà più essere fermato sino alla distruzione finale e alla rinascita di un nuovo mondo, che dimenticherà il precedente. Vede i segnali di questa diffusione culturale, quasi divinando Internet: prima una marcia trionfale verso una sorta di pace generalizzata, seguita da diffusione di libri e giornali, di viaggi sempre più veloci e facili, treni e navi, ecco: *la diffusion des lumières nous viendra encore par les moyens de communications devenues plus rapides; aujourd'hui l'éther, le vapoeur, le vide; demain l'électricité, les ballons, puis... Tout le monde voyage aujourd'hui, ce sera bien mieux dans cent ans; mais voyager c'est voir, c'est observer, c'est vouloir, et de vouloir à produire il n'y a qu'un pas.* Gli basta notare l'enorme progresso che vi è stato dal 1810 ai suoi giorni. Altro fattore sarà l'unità della lingua verso cui ci si muove, una lingua franca che si va formando e che potrebbe essere l'inglese, che oggi conosciamo tutti. Dice che: *il giorno in cui la lingua sarà uniformata il progresso incrementerà a una velocità di cento volte superiore all'attuale.*

«*Viaggiare è vedere, vedere è volere.*

«Ci ricorda come la Bibbia dice che, per tentare l'uomo, il demonio si travestì da angelo della conoscenza. Parla poi del ruolo del serpente, simbolo sia di conoscenza che di perdizione, in molti miti e in molte religioni.»

«Un serpente che si morde la coda, come un anello di Saturno. Come dice anche Nostradamus, capace di mutare l'oro in ferro, non il contrario.»

«Certo, era questa l'immagine che mi aveva colpito.»

«Non mancano i segni e i presagi, dunque» concluse Eleonora, con un sospiro.

«Ah, scrisse anche un secondo volume, pubblicato nel 1857 che si intitola: *L'arbre de la Science.* Eccolo qui. In cui sviluppa ancora più a fondo le idee che avevano provocato una tempesta.»

«Segno anche che aveva creato interesse.»

«Certo. C'è tutto un capitolo di risposta alle stroncature che gli erano piovute addosso. Inizia dicendo di aver mandato una copia del suo primo libro a Lamartine, il quale non solo non lo ringraziò...»

«Ma lo plagiò.»

«Esatto. Ne ha copiato le idee in un suo libro *Cours familier de litérature.*»

«Succede spesso, non solo in ambito letterario. Dice qualche cosa di nuovo nel secondo volume?»

«Non mi pare. Cerca di meglio argomentare le proprie intuizioni e di rispondere alle critiche. Tutto qui. Non poteva spingersi oltre, perché avrebbe dovuto far uso di una scienza che non era ancora nata.»

«Non ci si può aspettare di più, ne sapeva ancora meno di noi, che già ne sappiamo pochissimo; ma perlomeno ora abbiamo coscienza di chi sia Raypoz e questo ci deve essere da sprone a impegnarci maggiormente nelle nostre preparazioni.»

«Io ed Eleonora torneremo a Hong Kong domani. Ma ci terremo in contatto per studiare le prossime mosse.»

«Sì, caro Giuliano e cara Eleonora, dobbiamo pensare a cosa fare e a come muoverci nei prossimi mesi. Ora, però, ordiniamo qualche cosa da mangiare e, soprattutto, da bere.»

Capitolo Diciassettesimo

Armageddon

«Desiderate altro? Un dessert, un caffè?»

«Eleonora, che dici, vuoi altro?» chiese Giuliano, mentre il cameriere attendeva.

«Per me un cappuccino e una *pear charlotte*. E tu?»

«Va bene. Facciamo due. Allora.»

Il cameriere s'allontanò a gran velocità per passare l'ordine in cucina. Di domenica pranzavano spesso al FCC, il leggendario circolo dei corrispondenti esteri, in Ice House Street a Hong Kong. Alle pareti stanno appese le famose foto della guerra in Vietnam e, in fondo alla sala, sta fissata al muro la targa d'ottone originale che era stata tolta dall'ufficio della Reuter di Saigon, poco prima della fatidica evacuazione. Clare Hollingworth, la celebre corrispondente del «Daily Telegraph» che aveva annunciato l'inizio della Seconda guerra mondiale mentre si trovava in Polonia, era seduta al suo solito tavolo, vicino all'entrata. Una filippina l'assisteva costantemente, perché a causa dell'età avanzata ormai vedeva e sentiva poco.

Dopo aver finito di pranzare, avevano in programma una passeggiata a Repulse Bay e poi di camminare per un paio d'ore sulla riva del mare. Ma non troppo presto, più tardi, quando l'afa sarebbe stata spazzata via dal maestrale.

Con Piazza si sentivano su Skype per fare il punto sulla situazione. Giuliano aveva preparato uno studio scientifico in dieci pagine, raccogliendo le conclusioni di Toti e lo aveva inviato a vari giornali scientifici in America e in Gran Bretagna, ma gli avevano risposto che, data la delicatezza dell'argomento, avrebbero dovuto fare qualche domanda in giro prima di pubblicare. Ma da allora non si erano più fatti risentire, segno che alle loro domande erano seguite risposte poco incoraggianti. Ne aveva inviato una copia anche a Stephen Hawking e la sua segretaria aveva risposto con un biglietto, prestampato. Ringraziava dell'invio e assicurava che il professore avrebbe esaminato il suo scritto appena possibile. Lo studio era stato tradotto in cinese e poi pubblicato sul giornale dell'associazione degli ingegneri; da lì, qualcuno lo aveva postato in Internet, dove aveva già superato il traguardo delle diecimila letture. Aveva destato un certo scalpore, ma nulla più e forse in pochi ne avevano capito tutte le implicazioni.

Veniva visto solo come una ipotesi brillante e curiosa, ma niente di più e chi lo aveva letto l'aveva preso per una sorta di: *okay, ora sediamoci sulla terrazza e stiamo a vedere se ci sarà lo spettacolo di fuochi artificiali, oppure no.*

Non c'era stato nessun panico, che solo un accenno su un grande giornale a circolazione internazionale o in televisione avrebbe potuto scatenare. Ma nessun giornale aveva ripreso quella storia. Giuliano non aveva i titoli accademici in ordine per essere preso sul serio: era la sua opinione contro mille altre più qualificate della sua e chi ne aveva sentito parlare aveva scrollato le spalle e poi si era chiesto perché mai lui doveva essere nel giusto e gli altri nel torto. Non seguire l'opinione comune costa fatica, meglio continuare a belare con il gregge.

I suoi due amici cinesi erano riusciti ad arrivare sino al presidente Hu Jintao che, avendo una laurea in ingegneria meccanica, aveva afferrato quanto gli stavano dicendo e, dopo aver preso l'agenda, si era annotato di dire al proprio ministro degli Esteri di convocare gli ambasciatori di Svizzera e di Francia e di informarli delle preoccupazioni cinesi. Una rara occasione per girare il tavolo e di far la predica a loro e non di subirla, come gli succedeva spesso.

I due diplomatici, una volta conosciuta la causa della convocazione erano trasecolati per quell'insolita richiesta, avevano trattenuto un sorriso e poi avevano promesso che avrebbero fatto avere una risposta, dopo aver consultato i rispettivi governi. Mai si sarebbero aspettati una richiesta simile dai cinesi.

Come era immaginabile non sapevano di cosa si stesse parlando. Ma mantennero la loro promessa, perché in meno di due settimane arrivò una risposta congiunta. Questa, prevedibilmente, fu che, dopo aver consultato il CERN e altri scienziati indipendenti, avevano concluso che «le probabilità che si possano aggregare dei buchi neri autoalimentanti nel LHC sono prossime a zero».

Assicurarono che avrebbero continuato a monitorare lo svolgimento degli esperimenti, ma al momento attuale non parevano esistere controindicazioni a livello teorico, né pratico. I lavori per l'avviamento dell'acceleratore, al quale anche la Cina partecipava, erano già a buon punto e si prevedeva la sua accensione appena l'ultimo magnete del progetto Atlas fosse stato sistemato, verso il mese di settembre.

Arrivarono i dolci con il cappuccino.

«Stai pensando ancora al LHC?» gli chiese Eleonora.

«Non ho mai smesso di pensarci per un secondo. Tu che ne dici?»

«Sembra che non ci resti altro da fare che aspettare e tenerci pronti, sperando sia stata solo una nostra svista. Da quando è morto Toti pare che le porte dell'oltretomba si siano richiuse. Non è così? Tutto è tornato normale, non ci sono più stati strani fenomeni, niente più apparizioni, incubi notturni.»

«Non credo che ci siamo sbagliati. Sono sempre più convinto che siano loro a sbagliarsi.»

«Giuliano, ma perché allora nessuno se ne accorge?»

«Forse perché pensano di sapere già troppo. Ricordi la mia collezione di pezzi di ceramica Tang?»

«Vuoi dire tutti quei vasi che sono risultati falsi all'esame della termoluminescenza?»

«Non tutti. Ricordi che ho ripreso le casse dal magazzino nei nuovi territori e li ho fatti esaminare da quel vecchietto mio amico?»

«Il signor Tze?»

«Sì, ed era risultato che sino a un certo punto li avevo presi buoni, ma da un certo punto in poi erano falsi. Questo è stato un esempio pratico di *dissonanza cognitiva*, come la definiva Leon Festinger. I primi pezzi trovati erano buoni; poi, a un certo punto, mi ero imbattuto in una serie di falsi, con un pezzo autentico messo lì in mezzo. Avevo fatto testare proprio quello genuino ed era risultato, appunto, genuino. Questo mi aveva indotto ad acquistare un bel po' di falsi. Non vedevo più le luci rosse che lampeggiavano. Questo stato di cose è finito solo quando un nuovo test mi ha confermato ciò che dentro di me già sapevo: quelli che parevano falsi erano falsi. Allora sono tornato a riesaminare tutto e il risultato, prevedibile, era che anche senza il test si vedeva che erano falsi. Avevo abboccato all'amo come un principiante, nonostante i primi pezzi buoni stiano lì a dimostrare che non sono un principiante.»

«Ti sei evoluto in un principiante!»

«Esatto. Dissonanza involutiva nelle mie capacità critiche. Credo che questa sia la sindrome che sta colpendo molti scienziati di valore. La storia è piena di questo genere di esempi. Per esempio, nel Novecento, la convinzione scientifica che le razze dalla pelle colorata fossero geneticamente inferiori alla razza bianca. Oppure, come sosteneva il nostro Cesare Lombroso, che i criminali avessero certe caratteristiche somatiche tipiche e facilmente riconoscibili.

«Una volta accettate queste teorie, vengono trovate nuove prove scientifiche per corroborarle. Tipo il fatto che gli aborigeni australiani siano uno scalino inferiore del processo evolutivo degli *Homo sapiens* o il fatto che Darwin pensava che i neri fossero più di noi vicini alle scimmie. Un cittadino romano al tempo di Cesare, che pure vedeva dei neri in giro, non avrebbe mai pensato una cosa simile. Infatti, gli storici romani non ci lasciano indicazioni somatiche su questo o quel generale o imperatore. Avanzando, siamo arretrati!»

«Tutto vero. Ma ora non vorrei che questa fosse soltanto la calma che precede la tempesta. Dovremmo approfittare al massimo di questa calma.»

«Ecco, forse dovremmo approfittare di questa calma per

prepararci alla tempesta. Dobbiamo preparare uno studio per affrontare l'emergenza peggiore. Voglio dire: non siamo riusciti a bloccare o a far rivedere l'esperimento, possiamo forse preparare un *Contingency Plan* nel caso che veramente si verificasse quello che temiamo? Il piano A è sfumato, abbiamo pronto un piano B da un mese, ora dobbiamo preparare il piano C. Ne parlerò con Pechino e con Piazza questa sera, poi allerteremo gli apoti del Cenacolo perché si cominci subito.»

Quello degli apoti era un gruppo di dodici scienziati che amavano definirsi eretici o, come diceva il nome greco che si erano dati, *coloro che non la bevono.*

Erano sparsi sui cinque continenti e si scambiavano gli aggiornamenti delle proprie ricerche una volta alla settimana, con un collegamento via Internet.

Finito il dessert, uscirono e scesero giù da Zetland Road sino all'Hong Kong Club dove presero il bus 260 che li lasciò davanti al vecchio Repulse Bay Hotel. Da lì imboccarono il sentiero che, nella loro passeggiata, li avrebbe portati sino all'Ocean Park. Il vento che spirava da nord era già arrivato, smorzando il caldo del pomeriggio.

«Cara Eleonora, pensavo ancora a quanto ci siamo detti prima e temo non esista altra alternativa: dobbiamo buttarci sul piano C, sperando che non sia già troppo tardi. Con il piano B, che abbiamo chiamato Armageddon, abbiamo studiato il modo di spegnere il *black hole* nel caso se ne aprisse uno sulla terra. Questa, in fondo, è l'unica cosa logica che possiamo fare in questo momento. Non ci resta altro. Se scoppierà il fuoco, come potremo spegnerlo? Se ci troveremo fra le mani un buco nero, come potremo riempirlo? Non è facile dare una risposta, ma poco è meglio di niente. Ora, però, concentriamoci sul piano C. E come lo vogliamo chiamare?»

«Apocalisse.»

«Apocalisse, ahimè, mi sembra un nome molto indicato. Ho pensato alla stessa cosa, hai ragione. Dovremo sbrigarci ora. Mandiamo un sms ai componenti del Cenacolo: questa notte, verso le due, andremo tutti in linea.»

Capitolo Diciottesimo

Apoti

Si infilarono in testa gli speciali scafandri di plastica che coprivano gli occhi, la bocca e le orecchie e stabilirono il collegamento in Internet, che poco aveva in comune con quello normalmente usato in case e uffici. Grazie a quegli apparecchi riuscivano a entrare in un mondo virtuale, non solo a osservarlo dagli schermi dei propri computer. Bastava decidere il punto di incontro, con Google Earth e in pochi secondi potevano trovarsi attorno a un fuoco nel deserto del Texas, oppure dentro un monastero buddista sospeso sopra un alto picco vicino a Thimpu, la capitale del Bhutan, per parlarsi tutti, a faccia a faccia. Il casco avrebbe fornito la visione tridimensionale, i rumori di sottofondo e anche i profumi della zona selezionata. Per quel giorno avevano fissato un incontro sull'Everest, sopra a un lastrone di roccia dove solitamente gli scalatori sostano prima dell'ultimo sforzo che li porta sulla cima più alta. Per fortuna, loro non avvertivano la temperatura di 50 gradi sotto zero che i termometri segnavano in quel momento.

Avevano da poco stabilito il contatto video e voce tramite la rete con tutti i membri del loro gruppo sparsi per il mondo.

«In quanti siamo, oggi?»

«Eccoci qui, siamo in dodici. Questa sera è proprio un pienone!»

Era notte sulla montagna, ma una grande luna piena, che

appariva e scompariva fra le tempeste di vento e di neve, illuminava i loro volti.

Giuliano sorrise e prese subito la parola: «Bellissimo essere qui, con così poca fatica e senza sentire il freddo. Ora dobbiamo parlare di un'idea che ci pare importante e che ci è venuta oggi. La dobbiamo sviluppare tutti insieme e alla svelta».

«Un momento... aspettate, c'è un servizio sul CERN che viene trasmesso proprio ora alla BBC. Siete già sintonizzati?» Era Mary, da New York, una ricercatrice del Fermilab.

Chi non aveva il televisore già sintonizzato su quel programma corse ad accenderlo, cosa che fece anche Eleonora usando il telecomando; poi diresse lo schermo verso il loro collegamento Internet. Sospeso nell'aria, a pochi metri da terra, apparve un grande schermo che illuminandosi coprì una delle montagne sorelle dell'Everest: era la loro televisione a cristalli liquidi che stava appesa sulla parete del salotto e che era stata posta in rete. Cominciarono a scorrere le immagini che mostravano Ginevra e poi i laboratori di Meyrin.

«Ragazzi e ragazze, diamo un'occhiata a quello che dicono e poi riprendiamo la nostra riunione» disse Mary.

Tutte le teste si volsero in quella direzione.

In previsione dell'imminente avviamento di quella gigantesca macchina, accadeva sempre più spesso di leggere articoli sui giornali o di vedere quel tipo di immagini televisive, ma quella volta avevano fatto tutto per bene, nello stile della migliore BBC: prima diedero una panoramica generale, ma accurata, di quanto si era fatto e poi di ciò che restava ancora da fare. Spiegarono i motivi dei ritardi nei lavori, fecero parlare alcuni ingegneri che avevano seguito i vari settori della costruzione e passarono a intervistare gli scienziati che si sarebbero poi occupati del loro uso. Infine, nella parte finale, diedero particolare risalto al possibile ritrovamento di buchi neri. Inquadrarono prima Zichini, che, seduto alla sua scrivania, si stava dando un'aria assorta, con il telefono appoggiato all'orecchio, come se stesse impartendo importanti istruzioni. Dietro di lui si vedeva, appesa al muro e bene in risalto, una grande foto che lo mostrava in primo piano, mentre stringeva la mano al papa: era una immagine un po' ridicola perché pareva quasi che il vero papa fosse lui e l'uomo vestito di bianco, fosse solo una comparsa che passava casualmente di lì.

Dopo una breve introduzione, in cui spiegava al profano chi erano e cosa stavano facendo, il giornalista gli rivolse direttamente alcune domande, molto tecniche, alle quali egli rispose in maniera rapida e corretta, senza stare troppo a pensarci.

«Gli hanno preparato le risposte, questa è una truffa!» commentò con il suo solito sarcasmo Sebastian Adler da Ginevra.

Sebastian era nato nel 1950 a Zurigo, era di bassa statura e aveva pochi capelli già bianchi sulla testa. Era sposato con Mary Block, e avevano una sola figlia, di nome Eva.

Lo osservarono tutti, aveva occhiali con lenti ad alto spessore e un'aria mite e dolce che nascondeva la sua vera natura, molto polemica e combattiva. Aveva studiato fisica teorica al Max Planck Institute e poi si era occupato della pubblicazione della corposa corrispondenza di suo nonno con Albert Einstein, del quale era stato molto amico. Fra l'altro, da quelle lettere che aveva dato alle stampe, si deduceva la grossa parte da lui giocata nello sviluppo della teoria della relatività. Suo nonno era stato il celebre Friederich Adler, studioso di fisica, ma anche l'assassino del primo ministro dell'Austria-Ungheria, conte Karl von Sturgkh, il 21 ottobre 1916 mentre egli se ne stava tranquillamente seduto in un ristorante: 3 palle, come Bresci con Umberto I.

Condannato a morte, la sua sentenza era poi stata commutata in diciotto anni di carcere. Liberato nel 1918, era diventato un leader politico attivo nell'internazionale socialista. Fu proprio mentre stava in attesa della fucilazione che scambiò le sue lettere più interessanti con Einstein. Durante la Seconda guerra mondiale si rifugiò negli Usa, perché in Austria avrebbe certamente fatto una brutta fine, dato che era odiato dai nazisti.

«Ci ho lavorato, con quel pallone gonfiato di Zichini. Da solo non ci sarebbe potuto mai arrivare!» rincarò la dose Sebastian.

«Come sta andando il LHC, professore?»

«Lo stiamo sperimentando da tre settimane, a basso regime e dobbiamo ammettere che sta girando alla perfezione. Ora tutti i problemi che avevamo avuto con il sistema di raffreddamento sono stati risolti. Dopo aver completato tutti i test, contiamo di spingerlo al massimo nel giro di qualche giorno. Tutti noi ci aspettiamo moltissimo da questa macchina meravigliosa.»

«Quando raggiungerete il massimo della potenza, ce lo può dire con precisione?»

«Pensiamo di poterci provare fra due mesi: la cerimonia di inaugurazione è già stata fissata e avremo molti ospiti illustri. Dobbiamo mettercela tutta per fare bella figura. Quello sarà il momento della verità che abbiamo atteso per tanti anni. Forse potremo trovare quelle particelle che non erano mai state viste prima e di cui parlavamo poco fa e che ci potranno aprire le porte di mondi paralleli. Sarà un grande momento per tutta l'umanità. Una sorta di giorno del Giudizio vissuto in anticipo» e qui sorrise.

Eleonora e Giuliano si guardarono negli occhi e ripeterono le sue parole: «Giorno del Giudizio vissuto in anticipo, ma chi gli avrà mai messo in bocca questa espressione? Non l'ho mai sentita prima».

«Qualche speranza di creare un micro-buco nero?»

«Speriamo proprio di sì, sarebbe il coronamento di decenni di lavoro teorico e di migliaia di osservazioni scientifiche.»

Appena il programma ebbe termine, il grande schermo svanì nell'aria di quel mondo virtuale e tutti si concentrarono nuovamente su quanto Giuliano stava per dire. Erano seduti in circolo e i piedi avvertivano la neve farinosa sulla quale poggiavano, anche se era solo una sensazione virtuale.

«Mi ha fatto venire i brividi lungo la schiena questo asino parlante!» disse Lucius da Ottawa.

«Anche a noi!»

«Allora, Giuliano, cosa ci volevi dire?»

«Il piano Armageddon è terminato, lo abbiamo messo a punto, anche se non sappiamo se potrà funzionare. Ma se, nel frattempo, qualcuno arriva a una idea più brillante della nostra, per cortesia la tiri pure fuori. Nel caso Armageddon fallisca, che facciamo?»

«Non può fallire, accidenti!» esclamò Alfonso Bauer, da Vienna.

Quarantasei anni, capelli biondicci e occhi verdi. Stempiatura e occhiali. Appassionato d'alpinismo, di caccia, di moto e sempre molto sensibile al fascino esercitato dal gentil sesso. Era sposato con Stefania Paukovits, nata nel 1970, professoressa di letteratura moderna in un liceo di Vienna.

Alfonso, invece, si era laureato in fisica atomica presso l'Istituto di fisica nucleare dell'Università della Tecnologia di Vienna. Tesi sulla fluttuazione dei quanti e sulla stabilità abeliana. Aveva poi avuto un master dall'Università di Graz in fisica nucleare, premiato con il Theodor-Korner Research Award, Alexander von Humbolt fellowship all'Università di Tubinga ed era *visiting professor* alla Università di Notre Dame, Usa e di Uppsala, Svezia. Aveva già molte pubblicazioni al suo attivo ed era membro del consiglio della Società di fisica austriaca. Aveva lavorato anche lui al CERN per sei mesi, nel 2004.

«Ammettiamo che fallisca. Ripeto la domanda: che facciamo?»

Si sentì un silenzio profondo, mentre tutti pensavano e nessuno fiatava.

«Visto? Nessuno ci ha ancora pensato. Innanzi tutto abbiamo un nome, che è meglio di niente; lo ha trovato Eleonora oggi pomeriggio: Apocalisse.»

«Eccitante, come piano!» disse Sebastian. «Ma non porterà sfortuna? Non sarebbe meglio chiamarlo, che ne so, Nutella?»

«Dai che va bene, Apocalisse! Ci parliamo chiaro fra noi. Ma ti è mai riuscito di restare serio per più di due minuti, Sebastian?»

«Serio, io? Certo, caro Alfonso, quando tu mi racconti una delle tue barzellette.»

«Basta, ragazzi!» li interruppe Giuliano. «Un nome vale l'altro, ma, come ha detto Alfonso, questo non lascia adito a dubbi. Ebbene, ora aspetto una risposta da voi. Se fallisce il piano Armageddon, che facciamo? Io posso anticipare un paio di idee, mi aspetto che voi facciate lo stesso. Dobbiamo mettere assieme qualche cosa di plausibile in tempi molto rapidi, avete seguito tutti il programma alla BBC. Ormai ci siamo vicini! Prima di tutto, per questo motivo, ora non dobbiamo più considerarlo un *Contingency Plan* ma un qualcosa che saremo presto chiamati a mettere in atto, altrimenti non ci prenderemo abbastanza sul serio. E non solo, dovremo pensare alla realizzazione del piano Apocalisse.»

«Spiegatemi cosa vuol dire» chiese Alef dal Cairo.

«Alef, se non riusciremo a fermare il buco nero dovremo pensare a come fare per mettere in salvo quel che di terrestre può essere salvato. Se la terra e la nostra galassia verranno sbriciolati, cosa potremo fare per salvare il salvabile? Una capsula da spedire nello spazio con quanti più dati possibile della nostra civiltà? Microchip con foto, sequenze di nostro DNA, genomi, spore? Fatevi avanti con delle idee!»

«Questo è impossibile!» sbottò nuovamente Sebastian. «Non abbiamo la capacità, né le risorse, per organizzare una cosa simile.»

Capitolo Diciannovesimo

Accensione

Un forte temporale estivo, con lampi e tuoni, era arrivato sopra Ginevra nelle prime ore del mattino, mentre era ancora buio: una cascata d'acqua era piombata giù dal cielo. Le nubi, poi, volarono sopra le Alpi, verso l'Italia, lasciandosi dietro larghe pozzanghere e anche dopo l'alba il sole restò nascosto dietro a un cielo livido e bigio.

Era il grande giorno, che tutti avevano atteso per anni al CERN e, per l'occasione, erano state invitate personalità appartenenti sia al mondo politico che a quello scientifico. Cinquecento ospiti stavano già seduti dietro al vetro della grande sala di controllo. Fra gli spettatori si distinguevano un ex presidente francese, un ex presidente americano, l'ambasciatore americano in Svizzera, giornalisti, varie troupe televisive e un attore famoso sia per i suoi film che per la sua adesione a Scientology. Erano stati serviti litri di ottimo caffè, brioche e tramezzini, come colazione e rinfresco per tutte quelle persone importanti.

«Tutto pronto per il test, Martini?» chiese Zichini al suo fidato collaboratore.

«Tutto sotto controllo. I fasci li abbiamo fatti girare ieri a due terzi della potenza e ora siamo pronti per utilizzare tutti i 1746 criomagneti. Non abbiamo problemi di raffreddamento, né di energia, la tenuta del vuoto è perfetta. Anche i laser sono stati collaudati. Quando lo decidiamo, si potrà spingere al massimo.»

«Ottimo lavoro. Partiamo con protoni a 14 TeV e poi, nei giorni seguenti, proveremo con adroni più pesanti.»

«Va benissimo; quando abbiamo il vostro okay, cominciamo.»

«E, mi raccomando, al minimo problema interrompiamo. Tanto, tutte le persone che stanno qui non capiscono nulla di ciò che stiamo facendo. Basta che gli raccontiamo qualche bella storia, tipo che la macchina è arrivata al massimo e ci crederanno, andando a casa contenti. Gli esperimenti veri li faremo noi, nei prossimi mesi.»

«Certamente, direttore. Passo le istruzioni a Jean Marie, al centro di controllo.»

Nel frattempo venne acceso un grande schermo, simile a quello di uno dei loro computer, ma con dimensioni di otto metri per sei, sul quale vennero mostrate al pubblico, in maniera molto schematica, tutte le operazioni che stavano per compiere. Su un lato del megaschermo apparvero le indicazioni delle enormi energie che sarebbero state sprigionate, per quella prima prova a pieno regime. Si potevano vedere distintamente i due fasci di particelle verdi che, nel sottosuolo, correvano in direzioni fra loro opposte, ma senza scontrarsi, come due pugili che si stessero scaldando ai lati del ring.

Zichini volle prima parlare a tutti i presenti, preparandoli all'evento epocale a cui stavano per assistere.

«Signori e signore, benvenuti al CERN. Fra pochi minuti spingeremo al massimo il LHC, producendo scontri di particelle a livelli energetici mai toccati in passato. Settemila scienziati, provenienti da ottanta Paesi, hanno contribuito alla costruzione di questa complessa apparecchiatura, prodotta con una precisione e con una accuratezza mai raggiunti prima d'ora e, lasciatemelo dire, impensabili solo fino a qualche anno fa. Questo è il trionfo della scienza e della tecnica occidentali e, non se ne abbiano a male i molti collaboratori esterni, americani e asiatici, soprattutto della scienza europea.»

Piovvero applausi scroscianti e qualcuno gridò: «Bravi!».

«I nostri computer di controllo sono capaci di elaborare

dati pari a miliardi di enciclopedie britanniche al secondo. È costato ben cinque miliardi di euro e i Paesi che l'hanno finanziato, ora, molto comprensibilmente, si aspettano risultati tangibili da questo enorme investimento. Cosa potremo trovare e fin dove possiamo spingerci non lo possiamo ancora sapere. Quando nel 1930, a Berkeley, venne costruito il primo acceleratore di particelle, anche il suo creatore, Ernest Lawrence non aveva una chiara idea di ciò che avrebbero trovato. E lo stesso possiamo dire del super-sincrotrone protonico che costruimmo qui al CERN: non avevamo nessuna idea di ciò che avremmo trovato. Ma nel 1973, grazie a quello, fummo in grado di arrivare a verificare che le teorie delle forze deboli e sull'elettromagnetismo erano e sono ancora valide.

«La fisica teorica negli ultimi sessant'anni ha tentato vanamente di sposare la meccanica quantistica, che spiega la teoria delle forze deboli di Enrico Fermi, posta nella sua forma finale da Feynman e Gell-Mann, con la teoria della relatività generale, ma sino a ora questa unità ci è sfuggita. Ha eluso le migliori menti del nostro pianeta. Grazie al LHC tutta la comunità scientifica internazionale spera ora di poter osservare qualche cosa di nuovo, che ci porti ad aggiungere quel tassello che ancora ci manca per arrivare a sciogliere gli ultimi misteri dell'Universo.

«Signori e signore, ci siamo molto vicini, la verità sta dietro a quella collina che ostruisce la vista a un grande mare non ancora esplorato. Il genere umano sta per diventare maestro del proprio destino, sta per staccarsi da tutti gli anacronistici concetti che abbiamo ereditato dal nostro tenebroso passato.

«La grande novità insita in questa mirabile macchina è il fatto che raggiungerà energie oltre la soglia minima teorica indispensabile per generare, fra l'altro, dei microscopici buchi neri.

«I buchi neri, lo ricordiamo, sono il sottoprodotto della teoria generale della relatività, creata da Albert Einstein, e la loro esistenza proverebbe che, subito dopo il Big Bang, la gravità e i quanti erano un'unica cosa. Contrariamente ai loro cugini di grandi dimensioni, che stanno sparsi per l'Universo, questi micro-buchi non verranno generati dal collasso d'una stella, bensì dalla compressione d'una superficie subatomica. Appariranno e spariranno in una frazione di secondo, dopo aver emesso energia. In questo loro decadimento potranno lasciare delle impronte, chiamate radiazioni di Hawking, con uno spettro inconfondibile. Questo avviene nei campi che seguono lo *standard model*, dove sia i fermioni che i bosoni sono confinati in uno spazio a membrane su quattro dimensioni, come hanno dimostrato Antonino Flachi e Takahiro Tanaka. Quello sarà il primo segno dell'esistenza di singolarità nello spazio-tempo e di membrane aventi dimensioni pari a dieci alla meno trentacinquesima centimetri sulla scala di Planck. Se esistono, ebbene, i nostri sensibilissimi rilevatori li troveranno: siamo collegati in questo momento con più di cento laboratori sparsi in tutto il mondo, che ci aiuteranno in questa ricerca. In poche parole e per concludere, analizzando i nostri dati potremo cominciare a osservare gli effetti del campo quantico gravitazionale.

«Ora non voglio tediarvi ulteriormente con notazioni troppo tecniche e diamo inizio, senza altri indugi, al nostro esperimento che, ne siamo certi, avrà una risonanza storica. E state tutti tranquilli sul fatto che questi buchi neri, al contrario di quanto sostengono gli scrittori di fantascienza, sono assolutamente innocui, perché già si formano in natura, senza che li si possa osservare. Migliaia di scienziati hanno lavorato, spalla a spalla, in perfetta armonia, a questo progetto. Il nostro giudice oggi non sarà Dio, né nessuno Stato sovrano. Il nostro giudice sarà solo la natura, un giudice terribile che non esiterà a punirci per i nostri errori.

«Voglio regalarvi, ora, un ultimo concetto, che certamente vi riempirà di meraviglia. Questa è un'anteprima e spero che i colleghi che la seguono direttamente non me ne vorranno per aver svelato il loro segreto, ma la giornata è così solenne, che, difficilmente potremo trovarne una di pari importanza nell'immediato futuro.

«Qui al CERN non lavoriamo solo a progetti di fisica delle particelle e di ricerca matematica. Infatti, come già saprete, Internet arriva da qui. Perciò voglio dirvi che siamo prossimi a ottenere un qualche cosa che si è molto cercato nei millenni trascorsi. Signori e signore, siamo vicini all'immortalità!»

Tutti batterono nuovamente le mani, freneticamente, e il brusio che si levò dai presenti mostrò bene che l'eccitazione era davvero grande. L'interesse per quell'argomento non mancava.

«Sì, ci siamo vicini. E forse ci potremo arrivare prima del termine naturale della nostra esistenza. Ora ve lo spiego in due parole.

«Fino a oggi l'uomo ha concentrato i propri sforzi nel far in modo che il proprio corpo, con tutte le sue cellule che lo compongono, duri oltre il suo corso naturale. Questo è sempre stato il sogno di maghi, alchimisti e medici. Ma questa impresa è troppo ardua. Le cellule decadono, gli organi smettono di funzionare e si bloccano. Questa strada è impossibile da percorrere... Abbiamo pensato che, in fondo, la via più agevole è quella tentata dai preti: ovvero di abbandonare il corpo al suo destino e salvare l'anima, o meglio l'*animus.* In che modo possiamo fare questo? Semplice: estraendo tutto ciò che ci identifica. Ricordi, sensazioni, profumi, colori, sogni, visioni. Tutto quello che ci qualifica per ciò che siamo, dal giorno della nascita sino al giorno della nostra morte corporale. Il primo bacio, la prima paura, la prima poesia, la prima canzone udita. Tutto il nostro conscio e tutto il nostro inconscio verranno scaricati in una serie di potenti elaboratori elettronici, che estrarranno queste informazioni direttamente dalle cellule cerebrali e le trapianteranno in un nuovo corpo, che sarà stato cresciuto in laboratorio, partendo da embrioni umani coltivati *in vitro.* Un qualche cosa di simile all'estrarre il software da un vecchio computer e caricarlo in uno nuovo prima che quello si blocchi. Anni fa venne realizzato un film di fantascienza basato su questo concetto.

«Prepariamoci dunque a incontrare dei neonati che vedranno la luce già dotati di una sapienza millenaria. I nati due volte o tre volte, o mille volte. Un qualche cosa di simile al circolo delle rinascite dei buddisti, ma continuo, conscio, palese e aperto.

«Questa operazione, questo miracolo, potrà prendere pochi minuti dal momento della nostra morte fisica. Chiuderemo gli occhi per sempre e li riapriremo un minuto dopo, ecco compiuta la magia: i nostri occhi non saranno più quelli di un morente, ma quelli d'un nascituro, che vedrà, a pochi passi da lui, il cadavere nel quale abitava, un simulacro dal quale si è finalmente liberato, con tutti i suoi dolori e i suoi acciacchi, per riemergere nuovamente in un piccolo corpo elastico, vigoroso. Dovrà solo attendere il tempo per crescere, ma, intanto, potrà già riprendere il controllo sulle proprie attività, ascoltare il brano di Beethoven che più gli piaceva, dettare una lettera al figlio. Non è forse magnifico?»

Nella sala erano tutti ammutoliti e lo fissavano in silenzio, stavano pensando intensamente, come ipnotizzati, e solo dopo qualche istante vi fu chi si scosse e batté le mani. Stavano certamente tutti pensando a quella possibilità e i più ricchi fra di loro erano assolutamente decisi a investire fino all'ultimo soldo per poter arrivare a quel traguardo, che già sentivano alla propria portata.

«Ora chiudo anche questa parentesi e ritorniamo ai nostri atomi, perché ora l'esperimento sta per iniziare!»

Seguirono ancora applausi scroscianti. E, subito dopo, tutti si volsero nuovamente al megaschermo che prese a riempirsi di nuovi dati, tabelle e grafici, comprensibili solo ai tecnici presenti, ma che erano comunque molto coreografici.

I fasci verdi di particelle cambiarono lentamente di colore, diventando viola e poi magenta, a mano a mano che, acquistando energia, salivano di velocità. Nel frattempo, tutti quegli ingegneri erano affaccendati ai loro elaboratori. Contavano di raggiungere il massimo della velocità nel giro di tredici secondi.

I fasci erano ormai d'un colore rosso sangue e proprio in quel momento giunse il segnale di far convergere i treni di protoni.

Seguì un profondo silenzio, rotto solo dal frusciare delle stampanti e dai click dei mouse dei computer. In quell'istante sullo schermo apparvero vari punti luminosissimi, traiettorie simili a cristalli di ghiaccio su un vetro, seguiti, ai lati degli stessi, da curve ed equazioni generate dai cervelli elettronici. Gli operatori, con gli occhi fissi sugli schermi dei computer, continuavano a lavorare sulle tastiere, quasi fossero staccati dalla realtà che li circondava. Improvvisamente uno di loro alzò le spalle e chiese ad alcuni tecnici di avvicinarsi e guardare quel che lui stesso stava osservando sul video.

Anche Zichini s'avvicinò di corsa e scambiò alcune parole con lui: l'eccitazione nella sala era salita alle stelle.

Poi fu visto asciugarsi con un fazzoletto, estratto nervosamente dal taschino della giacca, il sudore che gli colava copioso sulla fronte e tutti notarono che era arrossito di colpo. Quel particolare operatore era in collegamento con la stazione di controllo dati al Fermilab di Batavia, Illinois, e tutta la sua eccitazione era dovuta al fatto che uno dei tecnici americani aveva segnalato la presenza di bosoni di Higgs, osservando il loro decadimento in muoni.

Dopo qualche secondo arrivò la conferma da parte d'un altro laboratorio, in Giappone, che a sua volta li aveva rilevati. A quel punto sia Zichini che il tecnico al computer gettarono le braccia in alto, come due pugili, e presero a ballare come pazzi in mezzo alla sala.

Gli ospiti intuirono di essere spettatori di un evento storico e batterono freneticamente le mani, ma senza capire il motivo di tutta quella gioia.

Dopo essersi ripreso dall'eccitazione, con il fiato lungo, Zichini corse a riprendere il microfono.

«Signori, non credevo... Non credevo che al primo smash avremmo ottenuto questo successo! Sono emozionatissimo, questo è il giorno più bello della mia vita! Non lo credevo possibile... Lo confesso, ma abbiamo rilevato la presenza di bosoni di Higgs, le particelle di Dio!»

Seguirono applausi scroscianti, fischi e un ohhh! lunghissimo.

«Grazie, grazie... Lo so che per i profani questo significa poco, ma per chi è addentro a queste cose come lo siamo noi, è un po' come aver visto Gesù Cristo uscire vivo e risorto dalla tomba!»

I giornalisti presenti stavano già chiamando freneticamente le rispettive redazioni per comunicare quella grande notizia. La gran parte di loro aveva già scritto, nei giorni precedenti, dei pezzi *quattro stagioni* e ora bastava che dicessero al redattore cosa togliere e cosa aggiungere, prima di mandarli in stampa.

Le telecamere inquadravano Zichini, non più la sala di controllo, e pendevano tutti dalle sue labbra.

«I bosoni di Higgs sono particelle associate con il campo a spin-0 e sono le migliori candidate per spiegare il campo invisibile che pervade l'Universo. La loro presenza dimostra che le altre particelle fondamentali derivano la loro massa da interazioni con il campo da loro stesse creato. Sino a pochi minuti fa questa era solo una teoria ardita, mentre ora è una certezza. Sono turbato e felice. Questa è la prova che tutto l'apparato teorico, sul quale si basa la moderna meccanica quantistica, è fondato. Abbiamo sicuramente creato dei micro-buchi neri!

«Per ora posso solo dirvi che nei giorni seguenti proseguiremo le ricerche, facendo scontrare particelle più pesanti. Sì, sì, abbiamo altre ricerche da compiere: la strada è ancora lunga. Bisogna cercare le particelle Susy, le supersimmetriche, calcolare la massa dei barioni e via dicendo, ma se questo è solo l'inizio, immaginate quali grosse scoperte ci aspettano nei giorni seguenti!»

Tutte le televisioni del mondo interruppero i programmi per annunciare quella grande scoperta: molte di queste, colte di sorpresa, erano alla disperata ricerca di esperti da portare in studio per essere intervistati: dovevano essere capaci di spiegare alla massaia e al ragioniere perché bisognava festeggiare e in che consisteva quella grande novità scientifica.

Capitolo Ventesimo

Eternità

Da più di un'ora Giuliano era in videoconferenza con altri sei componenti del Cenacolo. Questa volta si erano ritrovati sull'isola di Pasqua e, sopra una di quelle colossali maschere di pietra, stavano due schermi accesi: uno sintonizzato su CNN e uno su BBC. Avevano stabilito una priorità per l'ordine degli interventi, che non dovevano durare più di tre minuti ciascuno. Proprio a Giuliano avevano affidato il compito di fare da moderatore in quella chat molto particolare. In sottofondo si potevano sentire i servizi televisivi, per poter ricevere gli ultimi aggiornamenti sugli esperimenti e ascoltare i commenti degli scienziati sparsi per il mondo. Nessuno, fra questi, esprimeva alcuna preoccupazione per quanto poteva succedere nei giorni successivi: era un vero e proprio peana globale per esaltare il grande progresso compiuto in quella giornata indimenticabile. Più d'uno arrivò ad alludere al fatto che ormai l'umanità poteva sbarazzarsi dell'idea della Divinità, dato che tutto era stato spiegato e capito. Si stavano scandagliando gli ultimi angoli oscuri dell'Universo e, del Dio di Abramo e di Isacco, non era stata trovata alcuna traccia. Meglio dunque *mandarlo in pensione!*, come arrivò a bestemmiare in diretta un occhialuto ricercatore americano che indossava una ridicola camicia hawaiana. Ascoltarono tutti attentamente, sperando di udire una parola di prudenza uscire da tutte quelle bocche argute, ma non ne udirono nessuna.

A quell'incontro virtuale partecipavano anche Piazza e Chan da Pechino. Eleonora stava seduta sulla spiaggia, lontana da quei mascheroni di pietra, con una vestaglia di spugna azzurra buttata addosso; sorseggiava un bicchiere di latte caldo e miele, mentre ascoltava attentamente quel che si dicevano, ed era già intervenuta in un paio di occasioni.

L'umore dei membri del Cenacolo variava dall'eccitazione alla depressione, con alti e bassi fortissimi. Passò quasi in secondo piano un'altra grossa dimostrazione di quella che, sino a poco prima, era solo una ardita ipotesi teorica e che aveva trovato una conferma: le particelle previste da Kaluza-Klein erano state spedite in una quinta dimensione! Tutti gli amici del Cenacolo erano eccitati perché quanto era stato previsto per via teorica e matematica ora era stato replicato in maniera pratica; d'altro canto, però, ora dovevano affrontare la concreta possibilità di un incidente, perché anche quello diventava matematicamente probabile. Alla fine di tutti gli interventi, Giuliano prese la parola. «Se mi permettete una piccola immodestia, io non ho mai dubitato che a Meyrin avrebbero trovato quel che hanno trovato. Ma non è questo il punto, il punto è che ora dobbiamo occuparci di quanto ci riguarda più da vicino, ovvero l'attuazione del nostro *Contingency Plan* Armageddon e, subito dopo, di Apocalisse, di cui abbiamo già parlato, se il primo piano fallisse. Le nostre idee sono state brillanti, ma ora possiamo solo pregare il Dio di Abramo e di Isacco, che perdoni l'immodestia dei nostri colleghi e non ci metta nella terribile necessità di attuarli.

«Non sto dicendo che noi dovremo materialmente preparare questa capsula, ma preparare l'ossatura tecnica. La possibilità teorica, il software... In caso di pericolo, se ve ne sarà il tempo, potremo utilizzare le risorse di qualche entità statale o privata disposta a seguirci. So che sembra folle, ma, come dicono in Cina, *non aspettare di aver sete per scavare un pozzo*. Non so dire quando dovremo entrare in azione con il nostro piano, ma temo che accadrà presto.

«Non dobbiamo commettere l'errore di illuderci che tutto filerà liscio, forse non sarà domani o dopodomani, ma gli scontri efficaci aumenteranno dentro al LHC; verrà raggiunto il punto di non ritorno e s'innescherà una reazione a catena autoalimentante. Sappiamo tutti quanto stava accadendo a Los Alamos sessantacinque anni fa, quando i migliori scienziati del mondo costruivano la prima bomba atomica. Se non fosse stato per una semplice osservazione del giovane Emilio Segre, che si rese conto che stavano immagazzinando il materiale fossile senza prestare l'attenzione necessaria, avrebbero raggiunto la massa ipercritica e sarebbero saltati tutti in aria.»

«Meglio così, nessuna Hiroshima e Nagasaki!» commentò Sebastian.

«All'inizio neppure Segre venne preso sul serio, ma poi Oppenheimer e Feynman aprirono gli occhi e videro il pericolo che stavano correndo. Ricordiamoci anche di tutta la trascuratezza con la quale maneggiavano il materiale radioattivo senza rendersi conto delle sue proprietà cancerogene; infatti, poi la maggior parte di loro morì di tumore. Non immaginavano, non sapevano, non prendevano le precauzioni necessarie. Eppure erano i migliori cervelli dell'epoca!

«Stesso dicasi per il nostro caso presente: abbiamo ricercatori accecati dalla propria ambizione che stanno maneggiando un materiale che è mille volte più instabile dell'uranio e del plutonio, ma non si rendono conto della sua pericolosità intrinseca. Ora, scusate la filippica fuori programma, ma, come tutti voi, sono molto preoccupato.

«Abbiamo un piano, ma è una medicina amara da inghiottire. Vediamo di studiare qualche cosa di diverso, se esiste e se non siamo pienamente convinti delle nostre conclusioni, forse siamo ancora in tempo a cambiare.»

«Temo non esistano alternative a quel piano e il tempo rimasto potrebbe essere pochissimo. Ne abbiamo già parlato tante volte» lo interruppe Alfonso Bauer da Vienna.

«Ma dobbiamo rivedere tutte le possibilità: il nostro piano comporterà forse una catastrofe nella catastrofe. Dobbiamo esser certi che funzionerà, che verrà accettato, che non esistano altre strade» aggiunse Lucius dal Messico.

«Non facciamoci illusioni: non c'è altro. *Uncharted territory*, come ha detto quel fesso di Zichini» riprese Alfonso.

«Perché voi non ci state vicini, per questo parlate così! Ha ragione Giuliano, non dobbiamo smettere di cercare soluzioni alternative. Maledizione, voi la fate troppo facile!» disse Sebastian, con la voce rotta dalla rabbia.

«Non è questione di farla facile o difficile, Sebastian! Se il buco nero si autoalimenterà saremo tutti in pericolo, non solo tu che stai vicino a Ginevra, ma anche noi di Pechino» disse Chan.

Anche Alfonso si scaldò, alzando la voce mentre cercava di intervenire: «Ne abbiamo già parlato mille volte, Sebastian, che vuoi fare? Mettere il buco nero in orbita come dice Hawking? Fantastica idea! Ma chi ce lo porta in orbita?».

«Calma, calma!» intervenne Piazza, tirandosi in piedi e appoggiandosi a uno di quei misteriosi visi scolpiti nella roccia. «Non dobbiamo perdere la concentrazione e bisogna tenere la mente sgombra dalle emozioni. Va trovata una soluzione che neutralizzi questo grande pericolo e, allo stesso tempo, dobbiamo pensare a salvaguardare il nostro pianeta e le nostre anime. Comunque sia, Raypoz non deve prevalere. Voglio raccontarvi una cosa meravigliosa ora, mandandovi tutte le mie benedizioni prima di chiudere questo collegamento: in questo momento ho aperto la visiera del casco e sto guardando fuori dalla mia finestra e qui a Roma il sole sta tramontando. Roma è sempre bellissima e mi dà un'immensa gioia guardarla. È impagabile e irripetibile essere qui, in questo mondo, in questa dimensione. Sto aspettando l'autunno con impazienza, per tornare a fare le mie passeggiate vicino alla piramide Cestia. Sì, in questo momento, io sono l'uomo più felice del mondo, stando seduto qui ad aspettare l'autunno. E vorrei che anche l'anno venturo restasse così» concluse, con un profondo sospiro. «Anche quando io non ci sarò più.»

Capitolo Ventunesimo

Gloria

Al CERN, dopo i successi del mese precedente che dimostravano le tracce del decadimento d'un buco nero, erano tutti al colmo della frenesia. A quei primi esperimenti ne erano seguiti di nuovi, sempre più complessi e con scontri fra ioni di vario peso e con diverse velocità. Anche in quei casi i risultati erano stati straordinari: avevano fatto altre scoperte, che sarebbero state impensabili senza l'uso di quell'acceleratore. Nuove particelle e nuovi modelli per l'Universo stavano prendendo forma, come draghi mentali. Tutti i migliori cervelli del mondo stavano analizzando quelle ipotesi che uscivano dall'anello sotterraneo, aiutati dai loro elaboratori elettronici.

Si parlava già delle undici dimensioni parallele che si stavano esplorando. Ed era uno spettacolo magnifico vedere tutte quelle grandi menti concentrate su quegli scontri. Negli Stati Uniti, il Congresso decise uno stanziamento enorme per portare avanti un acceleratore ancora più potente del LHC e poter spingere ancora più in là i confini della conoscenza umana.

Quella notizia, ripresa da tutti i principali quotidiani del mondo, aveva un po' inquietato Zichini, ma poi aveva pensato che ci sarebbero voluti anni e, sino ad allora, il re incontrastato di quel reame sarebbe stato lui soltanto e un premio Nobel non glielo avrebbe tolto nessuno; si disse, comunque, che bisognava pigiare il piede sull'acceleratore.

Infatti, non aveva voluto smettere gli esperimenti neppure di domenica, per riguadagnare i mesi perduti nell'avviare quella macchina e tutti stavano lavorando su turni di ventiquattr'ore continue.

Certi giorni aveva l'impressione di essere seduto sul pinnacolo d'una montagna altissima e di vedere tutti gli altri uomini che si muovevano sotto di lui come formiche, molto in basso: tutti ai suoi piedi, affaccendati nelle loro vite banali e miserabili alle quali lui era completamente indifferente. Si sentiva una sorta di semidio e quella era una sensazione molto inebriante. Certi giorni gli pareva quasi che, se lo avesse voluto, si sarebbe potuto librare nell'aria come un angelo; gli pareva di potersi staccare dalla sua vile parte corporea e poi vedersi dal di fuori. Si sentiva come Sigfrido: aveva bevuto il sangue del drago e ora poteva intendere il canto degli uccelli.

Un'idea nuova gli era balenata nel cervello proprio quella mattina, mentre si stava radendo la barba davanti allo specchio, preparandosi ad andare al laboratorio. Era stata una strana esperienza extrasensoriale, che non aveva mai provato prima: gli era quasi arrivata dallo specchio, come se la propria immagine riflessa gliela avesse sussurrata sottovoce, convincendolo a raccoglierla e a farla pienamente sua. Pensò che quello strano accadimento fosse imputabile alla stanchezza, allo stress delle passate settimane, alla sua profonda concentrazione sul lavoro. Era davvero assorbito da quella attività, anche se dei risultati scientifici in sé non gli importava nulla. Era più interessato al ritorno in immagine personale, alla visibilità, che ne stava ricevendo. Per tutta la vita era stato un furbo *poseur*, un attore consumato che l'aveva sempre fatta franca; non per nulla suo nonno era stato un guitto. Da bambino, le zie glielo dicevano sempre che aveva preso tutto da lui!

Dopo quella idea, che gli era venuta davanti allo specchio, si era rivestito in fretta e furia, aveva preso l'auto dal garage e, pieno di eccitazione, aveva chiamato Martini sul telefono portatile, mentre guidava verso il CERN.

«È un'idea semplice e logica, quella che mi è venuta. Perché non provare scontri alla massima velocità di nuclei di plutonio 238, invece che limitarsi a far scontrare dei nuclei di piombo, come avevano già fatto anche al Fermilab? Con quelli di piombo abbiamo raggiunto i 1180 TeV, ma salendo con il peso atomico e mantenendo costante la velocità di scontro, raggiungeremmo dei livelli energetici impensabili. Il plutonio l'otteniamo riscaldando materiale altamente purificato, poi lo filtriamo e lo concentriamo dentro all'SPS, il super-sincrotrone protonico. Infine lo spariamo nel LHC.»

Apparentemente nessuno aveva pensato prima che questo sistema poteva essere usato anche per quell'isotopo radioattivo del plutonio: disponevano già di quel materiale, largamente utilizzato come fonte energetica per i satelliti.

«Una diabolica intuizione!» fu il commento del direttore del SPS, un inglese che era sempre stato un fiero critico della competenza scientifica di Zichini, dopo che ne ebbe discusso con Martini.

«Forse abbiamo tutti sottovalutato il suo genio scientifico. Non c'è che dire, brillante, brillante!»

Promise di organizzare tutto alla svelta e assicurò che avrebbero potuto cominciare l'esperimento nel giro di poche ore, forse già nel primo pomeriggio.

Capitolo Ventiduesimo

Washington

Il segretario di Stato americano, Corinne Frost, era passata in ufficio anche se era solo l'alba e nonostante fosse domenica. Aveva fatto un'eccezione e promise poi di fare una penitenza, per farsi perdonare quel piccolo peccato, ma doveva prepararsi al suo prossimo viaggio in Cina. Sua madre era stata una professoressa e il padre un predicatore e un amministratore scolastico: entrambi di stretta fede calvinista. Da bambina aveva voluto studiare da pianista, ma quella carriera era stata abbandonata quando si era resa conto che non poteva diventare abbastanza brava.

Aveva sofferto di discriminazione razziale a scuola e aveva visto un suo compagno di classe ucciso da una bomba messa da razzisti bianchi. Si era trasformata in una brillante insegnante di scienze politiche alla Stanford University, dove era considerata una grande specialista sull'Unione Sovietica nell'era di Gorbaciov.

Era entrata in ufficio alle sei e aveva esaminato tutta la corrispondenza che aveva scambiato con i leader cinesi negli ultimi mesi, per non farsi cogliere impreparata quando le avrebbero fatto qualche domanda fuori programma. Una cosa che amavano fare spesso. Uno sgambetto e poi sfruttare il momento di imbarazzo per avere una concessione in un altro settore, completamente diverso dal primo: *shadow boxing*, la loro specialità.

Chiese che le facessero arrivare il suo autista con la scorta sul retro dell'edificio, perché sarebbe scesa con l'ascensore nel giro di venti minuti e voleva tornare a casa per preparare la valigia personalmente prima di partire. Raccolse tutte le carte che intendeva portare con sé e che stavano ancora sparse sulla sua scrivania di legno di rosa; le divise in varie cartellette, a seconda dell'argomento.

Quando ebbe finito, tirò la catenella della lampada che aveva davanti, facendo scattare l'interruttore. Era di ottone e di cristallo verde e la teneva sempre accesa sul ripiano del tavolo, anche con il sole: era una vecchia *Banker's lamp* che le avevano regalato i suoi genitori come premio per un bel voto ottenuto a scuola. Suo padre, quel giorno, le aveva raccontato che quanta più luce illumina le carte, tanto prima avrebbe capito e memorizzato le parole che vi stavano scritte. Crescendo, non aveva mai messo in discussione quella asserzione, che le era rimasta stranamente impressa e che le ricordava sempre suo padre.

Afferrò la sua borsa di Prada in cuoio marrone con vistose borchie dorate, e vi tolse una scatola di seta damascata che conteneva il rossetto e la crema. Gliela aveva regalata il primo ministro della Thailandia, poco prima di essere deposto da un colpo di Stato organizzato dai propri generali. Dopo aver fatto la valigia pensava di passare alla Casa Bianca per salutare il presidente, ma prima voleva rimettersi un po' in ordine. Aprì lo specchietto e vi guardò dentro: questo si annerì riflettendo l'immagine del suo volto. Si passò un po' di crema leggera sulla pelle e rimodellò il profilo delle labbra con una matita color vinaccia: l'ultima moda di Parigi, secondo quanto le avevano raccontato da Chanel. Proprio nel momento in cui stava chiudendo a chiave i cassetti e si stava alzando dalla poltrona per uscire, squillò il telefono.

«Un nuovo aggiornamento dalla Svizzera, *madam*, dopo quello di pochi minuti fa. Credo che a questo punto sia necessario informare il presidente. Pare che non abbiamo ancora raggiunto livelli di massimo allarme, ma è meglio tenerlo informato» consigliò un assonnato Robert Crowther, il direttore della CIA, parlando sulla linea protetta.

Si erano già parlati poco prima e lui le aveva accennato

che si segnalavano dei piccoli problemi tecnici al CERN di Ginevra. Stavano tenendo sotto controllo la situazione, poi le aveva promesso che avrebbe passato altre informazioni appena possibile, se il problema non fosse rientrato da solo.

«Siete sicuri che sia davvero così urgente? Il presidente intende pranzare con la famiglia alla Casa Bianca, non voglio disturbarlo ora, prima del momento del nostro incontro, a meno che non sia assolutamente indispensabile. Con chi ne avete discusso?»

«Con il presidente della Confederazione Svizzera. Con Raab, il nostro ambasciatore. Paiono tutti piuttosto allarmati.»

«Ma tutto è successo in maniera così imprevista? Non capisco, non ci avevano pensato prima? Abbiamo un'idea di cosa abbia provocato questo strano fenomeno? E come possiamo intervenire per risolverlo? Come sapete bene, odio andare dal presidente portandogli dei problemi, senza avere già almeno una soluzione pronta da offrire. Capisce quel che voglio dire?»

«Capisco perfettamente, *madam*, ma non posso aiutarla, per ora, da questo punto di vista. Dobbiamo tener presente che esiste il pericolo che le stazioni televisive trasmettano questa notizia. Non possiamo farci trovare con le brache abbassate. Con tutto il rispetto che le è dovuto... quel che voglio dire è che non possiamo sperare di tenere la cosa segreta per molto. Le notizie sono ancora frammentarie, eppure...»

«Eppure?»

«Ecco, mi sembrano tutti nel panico e non credo abbiano una soluzione a questo problema. Neppure gli scienziati che se ne occupano. Figuriamoci se ce l'ho io, un povero poliziotto che brancola nelle tenebre.»

«Sono già stati segnalati dei morti?»

«No. Nessun morto, per ora.»

«Allora, va bene, restiamo d'accordo così. Devo comunque passare da casa mia e poi andrò alla Casa Bianca, ci andrò direttamente e la chiamerò prima di arrivarci. Potrò trovarla sempre su questa linea? Proporrò al presidente un incontro urgente da lui verso le cinque del pomeriggio, assieme al vicepresidente, per studiare la situazione. Ci possiamo vedere lì?»

«Va bene, *madam*, alle cinque. Ci sarò. Nel frattempo raccolgo quante più informazioni mi è possibile mettere insieme.»

Arrivata sotto al suo ufficio, venne affiancata da due agenti della scorta che salirono con lei nella limousine corazzata e partirono in direzione della Casa Bianca. C'era poco traffico e le strade erano sgombre. Davanti a loro due poliziotti in motocicletta aprivano il passaggio, azionando di tanto in tanto le sirene.

Dopo una mezz'ora richiamò Crowther per avere maggiori dettagli, ma lui le disse che, purtroppo, non ne aveva. Telefonò e fece annunciare il suo arrivo al presidente e gli spiegò brevemente quello che per ora si sapeva dell'incidente in Svizzera. Quando arrivarono alla Casa Bianca, il presidente l'attendeva in piedi nel suo studio, assieme ad Alice, sua moglie. Da quando era stato accusato d'essersi mosso con lentezza durante l'attacco dell'11 settembre voleva trasmettere a tutti, anche ai suoi più stretti collaboratori, un'immagine di efficienza e di rapidità napoleonica, anche in considerazione del fatto che quelli erano i suoi ultimi giorni da presidente.

«Allora, cos'è questo problema in Svizzera? È possibile che sia opera di terroristi? Cosa dice Crowther?»

«Sappiamo poco, ma da quel poco che sappiamo pare non si tratti d'un atto terroristico. Pensiamo piuttosto che si tratti di una sorta di esperimento andato male. Per una volta tanto, niente terroristi.»

«Ah, un'esplosione allora? Qualche cosa di chimico, gas velenosi?»

«Pare di no. Peggio. Una sorta di reazione nucleare spontanea che non si riesce a fermare, una *China syndrome* o una Chernobyl o qualche cosa del genere. Stiamo cercando di avere maggiori dettagli.»

«Fox e CNN lo sanno già?»

«Per ora no, ma Crowther mi diceva che il governo svizzero ha mandato un contingente militare NBC senza far troppo rumore e fra poco ci daranno un quadro aggiornato. Abbiamo organizzato un incontro in teleconferenza qui, verso le cinque.»

«Che novità abbiamo dall'Irak?»

«Nulla di nuovo rispetto a quanto ci eravamo detti ieri sera. La situazione si va normalizzando. L'Iran pare disponibile a un compromesso. Sarebbe il caso di organizzare una mia visita, subito dopo il mio tour di Pechino.»

«Speriamo bene, sarebbe proprio ora. Dopo tutto questo sangue versato. Speriamo di potercene presto tirare fuori!»

Per non perdere tempo, Corinne Frost aprì l'agenda e ridiscusse con il presidente tutto il programma per il vertice con il presidente cinese, toccando tutti gli argomenti che avrebbe discusso, punto per punto. Ci teneva a lasciare tutto in ordine per il suo successore.

Ripassò con lui tutto quello che doveva chiedere e quello che avrebbe potuto concedere; prese una penna e annotò, con la sua proverbiale diligenza, quanto lui e i consiglieri le facevano notare.

Le apparecchiature per la teleconferenza erano già state accese e tutto era pronto.

Alle cinque in punto, iniziò l'incontro tramite il satellite messo a disposizione dal Pentagono e vennero accesi i registratori. Il presidente chiese di parlare anche al neo eletto suo omologo francese. Pensò che era stato un bel colpo di fortuna essersi sbarazzati del precedente inquilino dell'Eliseo, perché con questo, ora, ci si poteva ragionare. Ma ci volle un po' per rintracciarlo, dato che era ospite in una fattoria di amici in campagna, vicino al confine belga. Si parlarono per tre minuti e neppure lui aveva idea di cosa stesse accadendo al CERN, nonostante una parte del problema riguardasse anche il territorio francese, ma pareva sicuro del fatto che i suoi uomini avrebbero messo tutto a posto, non aveva dubbi in proposito. Non pensava ci fossero motivi per un esagerato allarme.

«Un presidente innamorato è un guaio assicurato» scherzò la Frost.

«I francesi dicono sempre così. Non ha capito di cosa si sta parlando, ma è sicuro che i suoi uomini sistemeranno tutto! Ma chi li ha inventati i francesi?» sbottò Crowther, che nel frattempo era entrato nella sala e si era seduto al tavolo assieme agli altri partecipanti alla riunione.

«Il buon Dio; e forse si rese conto subito che qualche cosa non andava, ma avrà detto anche lui che non c'erano motivi d'allarme. Che li avrebbe sistemati il giorno dopo!» celiò il presidente, facendo scoppiare tutti a ridere.

La chiamata venne poi spostata al capo della Confederazione Elvetica, Moritz Malbergen e in quel caso, come aveva già anticipato Crowther, la musica cambiò radicalmente: quell'uomo era molto allarmato.

«Signor presidente, grazie per avermi chiamato, la vostra partecipazione ai nostri problemi mi tranquillizza un poco. Abbiamo mandato una squadra di tecnici e di militari al CERN e il loro feedback è molto negativo, molto... preoccupante.»

«Le hanno spiegato nel dettaglio cosa sta succedendo? Le confesso che io non ho ancora capito cosa stiamo affrontando e credo che anche i miei collaboratori, qui, non sappiano quali pesci pigliare.»

«Pare che abbiano creato un buco nero speciale, diverso da quelli che si erano formati nei mesi scorsi. Lei sa cos'è un buco nero? Glielo chiedo perché neppure io sapevo bene di cosa si trattasse sino a poche ore fa.»

«Un buco nero? Ma non stanno in cielo, non sono i distruttori di stelle? Un momento, ricordo di aver visto una trasmissione di astronomia in cui ne parlavano, proprio qualche giorno fa. Era in relazione al lavoro del CERN. E me ne parlava anche il responsabile dell'industria nel mio governo: pare che siano riusciti a crearne alcuni di dimensioni ridottissime lì da voi. Ma ne parlavano tutti come di un enorme successo, una finestra aperta sul passato e sul futuro del sistema solare e via dicendo. Ora cos'è tutta questa preoccupazione? Mi spiace di non essere meglio informato, ma con l'Irak e l'Afghanistan, mi resta ben poco tempo per pensare al resto. Sono due patate molto calde da tenere in mano, come può ben immaginare.»

«Signor presidente, temo che ora anche noi abbiamo una patata molto calda da tenere in mano. Questo particolare buco nero, a differenza degli altri, prodotti nei giorni precedenti, pare si stia autoalimentando. In parole povere, non vuole evaporare, non vuole sparire. Sta lì sospeso a mezz'aria e cresce rapidamente, come una sorta di tumore.»

«A mezz'aria... uh... E qual è il pericolo più immediato?»

«Non ne ho la più pallida idea. E quel che mi fa paura è che anche i miei scienziati, anche quelli che lavorano al CERN, non ne hanno nessuna idea. Non sanno che fare né che dire. Erano completamente impreparati a questo evento. Quali saranno le conseguenze immediate, mi chiedeva? Per il momento credo sia come un puntino rosso, ancora invisibile a occhio nudo, sospeso dentro a quel tunnel sotterraneo, ma starebbe crescendo di forza in maniera esponenziale. I miei collaboratori mi dicono che raddoppia la sua massa e il suo campo gravitazionale ogni due ore. Signor presidente» si schiarì la voce e continuò: «la nostra nazione venne fondata nel 1291, ma non credo che ci siamo mai trovati a fronteggiare un pericolo così grande, neppure quando Hitler si preparava a invaderci».

«Non lasciamoci cogliere dal panico ora, perché poi si prendono decisioni sbagliate. Restiamo calmi e mi dica se crede che al CERN riusciranno a fermarlo. A trovare il modo per farlo sparire.»

«Come le ho già detto, non lo sappiamo. Hanno staccato tutte le fonti di energia dalle quali si poteva alimentare, ma ora sono nella confusione più totale anche loro. Glielo ripeto: c'è panico. E loro dovrebbero essere gli esperti! Ora mi capite?»

«Situazione molto seria. Corinne, formiamo subito un comitato di emergenza. Premi Nobel, i nostri ragazzi del Fermilab. Chiamiamo anche il presidente russo, voglio informarlo personalmente, forse i loro scienziati possono aiutarci. Voglio tutti i migliori studiosi di fisica a disposizione. Informiamo immediatamente Londra. Mettiamo di mezzo anche Hawking» disse il presidente volgendosi alle altre persone sedute al tavolo.

«Hawking lo abbiamo già contattato dalla Svizzera, signor presidente» intervenne Raab, il loro ambasciatore a Berna, che stava seduto di fianco a Malbergen.

«Ah, certo, avete fatto bene. E cosa vi ha detto?»

«Che non è possibile. Che a livello teorico questo fenomeno non era previsto. La stessa cosa che ci dicono tutti gli altri.»

«Non è possibile! Allora facciamoglielo vedere via circuito televisivo. Mi sembra quello scienziato che rifiutava di guardare dentro al cannocchiale di Galileo Galilei, come diavolo si chiamava?» disse Crowther.

«Cremonini?» disse la Frost, pescando nella sua formidabile memoria.

«Già fatto. Lo abbiamo fatto parlare anche con il professor Zichini, il direttore del CERN. Hanno parlato per una ventina di minuti via computer, ma non c'è nessuna soluzione in vista.»

«Certo. Però vorrei capire cosa succederà con questi aumenti di massa. Chi è in grado di darmi una risposta?»

Vi fu un lungo silenzio dall'altra parte della linea, tanto che il presidente pensò che vi fossero dei problemi con l'audio e disse: «Alò, alò, ehi, mi sentite?...Siete ancora lì?».

«La sentiamo, forte e chiaro, signor presidente.» Era ancora Raab a parlare, con la sua voce profonda, che ricordava quella di Henry Kissinger. «Vede, signor presidente, le stime temporali per il raddoppio della massa sono approssimative, ma questa reazione, se possiamo chiamarla così, è una curva, una accelerazione in alto: non sappiamo se e come questa curva si impennerà.»

Si schiarì la voce, perché le parole facevano fatica a uscirgli dalla gola e riprese: «Sì, un'accelerazione che, se non verrà interrotta, potrebbe, mi dicono qui, distruggere tutto».

«L'importante è salvare vite umane! Quel carrozzone del CERN lo potremo ricostruire, Raab. Non dobbiamo preoccuparci per questo.»

«No, non mi sono spiegato bene, signor presidente. Potrebbe distruggere Ginevra, poi la Svizzera, poi la terra e poi il sistema solare...»

«Il giorno del Giudizio Universale?» mormorò il presidente, impallidendo violentemente.

Un silenzio di tomba cadde nella sala riunioni e tutti si guardarono negli occhi, sentendosi gelare il sangue nelle vene.

Fu Crowther che spezzò quel silenzio.

«Raab, ma siamo sicuri che nessuno, fra quella massa di idioti, avesse previsto nulla? Ne siamo sicuri?»

«Uno dei ricercatori, un tale chiamato Martini, ci ha accennato a un gruppo di scienziati che si definivano degli apoti, che avevano cercato di metterli in guardia, di fermarli. Ma nessuno aveva dato loro retta.»

«Bene. Questo è un punto di partenza su cui bisogna lavorare!» sbottò il presidente e continuò: «Chi sono? Li avete già cercati?».

«Li stiamo cercando, signor presidente. Uno di loro è morto qualche mese fa, era un Nobel per la fisica e si chiamava Toti. Lo ha mai sentito nominare?»

«No. Confesso di no, anche se è grave che non conosca un Nobel. Era americano?»

«No. Italiano, ma è morto e non ci può più aiutare.»

Intervenne la Frost con uno scatto nervoso: «Non è detto! Forse ci può comunque aiutare. Dobbiamo rintracciare tutti i suoi conoscenti, trovare le sue carte, i suoi articoli. Andare a frugare nella sua scrivania. Di questo ce ne possiamo occupare io e Crowther. Abitava in Italia? Dobbiamo avere tutti i suoi contatti, appena possibile».

«Bene, *madam*. Mi attivo subito. Abitava a Milano, ma aveva anche una residenza a Barcellona, in Spagna» disse Raab. «Quello che appare essere una sorta di suo allievo, almeno per questo genere di problemi è anche lui italiano, ma vive a Hong Kong. Abbiamo già tentato di chiamarlo, ma il telefono risulta staccato, forse perché non è ancora l'alba laggiù.»

«Se è solo per questo, datemi il nome e ci pensiamo noi. Avete provato a chiamare la polizia di Hong Kong e dir loro di andare a bussare?»

«Non ancora, signor presidente, aspettavamo di parlarvi. Questa informazione ci è arrivata solo pochi minuti fa.»

«Allora non perdiamo altro tempo. Date il nome a Crowther e potremo risalire al suo indirizzo, attraverso la polizia o qualcuno dei nostri contatti dentro al governo. Basteranno pochi minuti.»

«Suggerisco di informare anche il governo cinese, dato che Hong Kong è un territorio posto sotto la loro sovranità» disse la Frost.

Intervenne di nuovo il presidente svizzero: «Certo, anche perché a livello ufficiale pare che i cinesi fossero stati informati dei pericoli che stavamo correndo al CERN. Il nostro ambasciatore a Pechino era stato convocato ufficialmente assieme a quello francese e gli era stato detto che erano preoccupati».

«Preoccupati, di questo?»

«Preoccupati che potesse accadere quanto sta accadendo...»

«Sono sbalordito. Come, loro lo hanno previsto e noi no? E voi che avete fatto?»

«Nulla. A dire il vero questa storia non era neppure arrivata sulla mia scrivania, si era fermata a livello di ministero degli Esteri. C'era stata una consultazione fra il nostro ministro e quello francese e poi tutto si era fermato lì... Il ministro francese aveva assicurato che se ne sarebbe occupato lui. Stavamo controllando, poco fa, e pare che la fonte dei Cinesi sia stata sempre la stessa: Toti, e quel gruppo di scienziati fra i quali figurano anche due cittadini cinesi.»

«Ecco. Anche qui i francesi avranno detto che ci avrebbero pensato loro...» commentò amaramente Crowther, al quale i francesi, dal tempo della guerra in Irak, proprio non stavano simpatici.

«Proprio così, Crowther. I francesi avevano comunicato al mio ministro che erano tutte sciocchezze e che era meglio lasciar perdere. E il mio ministro, purtroppo, ha fatto così: ha lasciato perdere. Comunque, ora non è il momento di puntare il dito e accusarsi a vicenda di quel che si poteva fare e non si è fatto, ci penseremo dopo, semmai.»

«Se ci sarà un dopo...»

«Questo italiano di Hong Kong, per ora, è il nostro contatto più solido, anzi l'unico che abbiamo.»

«Si chiama Giuliano Sovramora. Insegna fisica all'Università di Hong Kong. Uno specialista in teorie matematiche sullo scioglimento dei nodi e un ex dipendente del CERN» disse Raab.

«Crowther, hai sentito? Ci pensi tu? Con la stampa cerchiamo per il momento di non far trapelare la gravità del pericolo. Cerchiamo di sdrammatizzare, se possibile. Immaginate cosa accadrebbe per le strade se si sapesse quello che sappiamo noi. Sarebbe il caos!»

Capitolo Ventitreesimo

Sveglia

Il capo della CIA si mise subito al telefono per attivare la ricerca. Dopo aver parlato per pochi minuti a Donald Chang, il *Chief executive* di Hong Kong che era stato tirato giù dal letto lo convinse a mandare una squadra della polizia di Hong Kong specializzata in antiterrorismo. L'indirizzo stava in Internet e, dopo che a Hong Kong ebbero fatto un controllo nei loro schedari elettronici, capirono subito chi era e cosa faceva. Sul suo conto figurava anche una richiesta di informazioni da parte di un paio di servizi segreti cinesi: era tutto in ordine, con appostamenti e copie di sue email personali prese dalle caselle di Internet. Pensarono che, forse, era un tipo pericoloso, a giudicare da quella pratica voluminosa, e scambiarono la richiesta di prenderlo a casa sua come un ordine di arresto vero e proprio.

Donald Chang in persona diede istruzioni di prelevarlo a ogni costo: se necessario, dovevano abbattere la porta con un'ascia. Se opponeva resistenza, lo dovevano portare via con la forza.

Giuliano ed Eleonora dormivano già da qualche ora e fuori pioveva. Avevano staccato il telefono di casa, per evitare chiamate fatte per errore: qualcuno aveva registrato il loro numero come un fax ed era già successo di alzarsi nel cuore della notte, svegliati di soprassalto dagli squilli del telefono, per poi udire il fischio di un telefax dall'altro capo del filo.

Giuliano si trovava in una sorta di dormiveglia, ma udì distintamente il lamento d'una sirena vicino alla rampa che porta ai parcheggi, poi una frenata e il rumore sordo di portelloni di metallo che sbattevano. Pensò che dovevano essere i pompieri o un'ambulanza arrivata a prendere qualcuno che stava male e si girò dall'altra parte, per continuare a dormire. Dopo pochi secondi, sentì un tramestio fuori dalla loro porta e il campanello che suonava. Non solo, ma qualcuno stava anche battendo violentemente all'uscio con il palmo della mano, pensando che il campanello non fosse abbastanza forte. Notò che doveva trattarsi di una mano inanellata, dato che si sentiva il tic del metallo fra le dita. Allarmato, Giuliano scattò in piedi e corse a sbirciare dallo spioncino: vide subito che erano delle forze speciali di polizia, perché portavano una uniforme nera indosso. Aprì e si trovò di fronte un capitano, con due giovani soldati al suo fianco che impugnavano ciascuno un corto mitra di metallo brunito e glielo puntavano contro.

«Lei è il professor Giuliano Sovramora, non è vero?»

«Sì, sono io. Cosa è successo?» la sonnolenza era svanita completamente ed era all'erta con tutti i cinque sensi. Pensò che erano lì per arrestarlo e che forse sarebbe finita male.

«Forse ho sbagliato a compilare il formulario delle tasse?» si chiese, ma poi scartò quell'idea puerile. Doveva essere qualche cosa di molto più serio.

«Deve venire con noi. Questa è un'emergenza, non opponga resistenza!»

«Emergenza?» Non lo stavano arrestando, dunque. Forse un incendio in università?

«Prego, entrate. Che genere di emergenza? Mi preparo in due minuti.»

Dietro di lui era apparsa anche Eleonora, svegliata da tutto quel trambusto.

«John, seguilo!» ordinò il capitano a uno dei due soldati.

«Non posso neanche farla da solo?»

«No, in questi casi deve essere guardato a vista, mi spiace ma abbiamo le nostre regole. Faccia in fretta! Non abbiamo idea di cosa si tratti, ma l'ordine di prelevarla arriva dal *Chief executive* in persona. Dobbiamo portarla al nostro quartiere generale. Ci scusi per l'ora e per la violenza dell'intervento, ma non tenti nessuna forma di resistenza dato che abbiamo l'ordine di arrestarla, se rifiuta di seguirci. Non sappiamo altro.»

«Nessun rifiuto. Vengo con voi.»

«Cosa succede, Giuliano?» chiese Eleonora. Si era messa una vestaglia e osservava preoccupata quella violazione della loro quiete notturna.

«Eleonora, torna a dormire. Non ne ho idea, ma dicono che è una cosa molto urgente e grave. Ci sentiremo dopo. Appena so qualche cosa ti chiamo.»

«Vuoi che ti faccia un caffè?»

«No, non c'è tempo. Prendo i documenti, il telefonino e ci sentiamo dopo.»

Le diede un bacio sulla guancia e uscì con i poliziotti. I vicini di casa, una giovane coppia di indiani, anche loro svegliati da tutto quel trambusto, avevano schiuso l'uscio e stavano osservando quella scena inusuale. Avevano sempre pensato di avere un distinto professore come vicino, ma ora erano convinti che fosse un pericoloso terrorista.

Venne fatto salire sulla camionetta, portato alla centrale e poi, dopo che gli ebbero offerto un tazza di caffè bollente, trasportato alla sede del governo di Hong Kong, dove, in una camera già attrezzata, era stata convocata una piccola unità di crisi. Donald Chang li stava raggiungendo per parteciparvi, accompagnato dal suo responsabile per la sicurezza.

CAPITOLO VENTIQUATTRESIMO

PRECEDENTI

«Estrazione positiva, signor presidente!» esclamò Crowther, che aveva appena risposto al telefono. «Abbiamo Sovramora e ora lo stanno portando in una sala, da dove potremo stabilire un collegamento con il satellite. Forse fra poco ne sapremo di più. Speriamo in bene...»

«Possiamo convocare una piccola riunione con loro, appena avremo qualche esperto qui da noi?» chiese il presidente.

«Abbiamo già dato istruzioni. Stanno arrivando tre scienziati dal Fermilab, un astronomo e due matematici. Un premio Nobel per l'astrofisica, Richard Richardson, che vive a Washington, è già qui fuori che aspetta. Sono fra i massimi esperti di cui disponiamo in questo campo e che si possono rintracciare in un tempo così limitato.»

«Se Richardson è qui fuori, allora facciamolo entrare. Quanto ci vorrà per gli altri?»

«Abbiamo mandato degli elicotteri della Marina Militare a prenderli. Credo che entro un'ora potremo dare inizio a questo incontro fra scienziati. Facciamo intervenire anche i nostri capi di Stato Maggiore: sono già per strada.»

«Bene. Ottimo lavoro. Quindi entro una ventina di minuti avremo in linea anche il nostro italiano. Diamo la massima copertura con i satelliti, niente interruzioni per trasmettere un film di Topolino, come era successo l'ultima volta.»

Dick Richardson entrò in quel momento. Era un uomo di statura superiore alla media, sulla settantina e con i capelli bianchi ben pettinati sul capo. Aveva l'aspetto e i modi di un aristocratico e vestiva elegantemente, con abiti sportivi di Ralph Lauren. Dopo i saluti e le strette di mano venne invitato a sedersi al tavolo ovale, alla destra del presidente.

«Richardson. Le hanno già spiegato tutto? Ci deve fare da consulente scientifico, perché, come può immaginare noi ne capiamo poco. Qual è la sua impressione, a caldo, di quanto sta accadendo?»

«Le confesso che sono ancora sotto shock, signor presidente, come chiunque altro al mondo che fa il mio mestiere. È una cosa sulla quale nessuno avrebbe scommesso un centesimo. Quindi, non s'aspetti molto dalla comunità scientifica: tutti quanti si mostreranno stupiti da questo fenomeno. Davvero, anche a livello teorico, non ci aveva pensato nessuno e, onestamente, non so che dire. È successa una cosa che nessuno pensava possibile, un po' come se fossero sbarcati i marziani in Central Park. A livello di racconti di fantascienza, sì, qualcuno forse può anche darsi che ci abbia pensato, io non sono un cultore, ma non a livello scientifico, che sappia io. Proprio no.»

«Qualcuno sì, ci deve aver pensato, a quanto pare, e sarà in linea fra poco. Si chiama Giuliano Sovramora, lo conosce, lo ha mai sentito nominare?» chiese il presidente.

«No, non mi pare. Mi spiace di non potere aiutarla, ma è uno studioso di fisica?»

«Dicono che un premio Nobel, un tale chiamato Toti, ci aveva pensato pure lui. Non le pare sufficiente?»

«Non lo sapevo. Toti, l'avevo visto solo un paio di volte, anni fa, a dei congressi sulla fisica delle particelle, ma non avrei mai immaginato che si stesse occupando anche di buchi neri. Alzo le mani e riconosco tutta la mia ignoranza: non me ne ha mai parlato nessuno...»

«Non abbiamo mai avuto problemi con i buchi neri prima d'ora?»

«Solo ipotesi, signor presidente. Nulla di scientificamente provato, anche perché sino a qualche mese fa anche i buchi neri erano solo ipotesi, non fatti.»

«Anche a livello di pura ipotesi non abbiamo mai osservato nulla di paragonabile a questo in passato? Eppure c'è chi dice che possono formarsi anche in natura, spontaneamente, grazie alla collisione di certe particelle cosmiche.»

«Un episodio catastrofico in cui un micro-buco nero possa essere responsabile. Bisognerebbe pensarci un po', ma al momento mi viene in mente solo Tunguska...»

«Tunguska, che vuol dire?»

«Ce ne parli, dottor Richardson» lo incoraggiò Corinne Frost.

«Conosco abbastanza bene quell'episodio, perché gli avevo dedicato un libro una ventina d'anni fa e, proprio per questo motivo, ero stato sul posto per studiarne gli effetti, ma che si sia trattato proprio di un buco nero era ed è soltanto una ipotesi.

«Ebbene, tutto iniziò il 30 giugno 1908, alle 7,14 di mattina, in Siberia. Tunguska si trova a circa 700 chilometri da Irkusk. Quel che accadde fu un episodio catastrofico che non ha eguali nei nostri annali scientifici moderni. Oltre al mio, gli sono stati dedicati vari studi, ma restano le perplessità su quale ne possa essere stata la vera causa. Gli effetti sono stati quelli di una sorta di grande esplosione atomica naturale, cento volte più potente di Hiroshima. Quel che sappiamo per certo è che circa 1,8 milioni di anni fa ne accadde una spontanea in Africa, ma in Siberia mancano gli isotopi che ne tradirebbero la vera natura, quindi non può essersi trattato di una reazione a catena di tipo atomico.

«C'è chi sostiene che sia stata la caduta dal cielo di antimateria oppure, appunto, che fu l'incontro con un piccolo buco nero che viaggiava ad alta velocità nello spazio. Una singolarità proveniente chissà da dove e diretta chissà dove. Si chiama singolarità, perché in essa lo spazio e il tempo si uniscono e diventano un tutt'uno. Forse fu quello che scatenò quel misterioso cataclisma? Non lo sappiamo. In un buco nero la gravità, che è poi la più debole delle forze in natura, diventa predominante e, come intuì Newton trecentocinquant'anni fa, la forza gravitazionale esercitata da un corpo come la terra o la luna e il sole è proporzionale alla massa. Poiché la massa della terra è 81 volte più grande di quella della luna, la sua forza gravitazionale, a una certa distanza nello spazio, è 81 volte maggiore di quella esercitata dalla luna alla stessa distanza e questa attrazione si affievolisce quanto più ci allontaniamo da un oggetto. Se raddoppiamo la distanza, la forza di gravità e la luminosità diminuiscono di un quarto; la forza cala a seconda del quadrato della distanza. Se la terra può essere concentrata in una palla da tennis, rendendola mostruosamente densa, la sua forza di gravità resterà invariata, ma questo provocherà una grande attrazione che impedirà anche alla luce di sfuggire, creando un sorta di cono d'ombra. Questo è un *black hole*.

«Comunque, quello che sappiamo per certo è che quella mattina, quella cosa che colpì violentemente la foresta siberiana fece tremare il nostro pianeta e ne disturbò il campo magnetico. Il fatto che abbia lasciato un'impronta a farfalla sul terreno parrebbe dimostrare un'esplosione in quota, prima di toccare il terreno.

«Nessuno riuscì a capire perché, nei cieli europei a nord-est, apparve per qualche giorno una strana luminosità e i barometri segnarono grosse oscillazioni nella pressione. In Germania, nonostante gli strumenti di controllo fossero ancora primitivi, vennero rilevate onde d'urto che viaggiavano a velocità elevatissime e in varie direzioni attorno alla terra. Qualcuno sospettò che fosse avvenuta una gigantesca esplosione vulcanica, simile a quella accaduta venticinque anni prima al Krakatoa, in Indonesia. Varie ipotesi apparvero sui giornali, ma poi quel fatto fu dimenticato, fino a quando, ben diciannove anni dopo, alcuni scienziati russi raggiunsero quella remota regione e scoprirono che in un raggio di 30 o 40 chilometri tutti gli alberi erano stati abbattuti. Non solo, ma che le loro chiome puntavano verso l'epicentro di quell'esplosione, come se fossero stati risucchiati in avanti. Avvicinandosi verso il centro, entro un raggio di un chilometro, gli alberi erano ancora in piedi, ma erano stati scorticati. Non c'era più corteccia e non c'erano più rami. Sembravano pali del telegrafo. I componenti di quella spedizione interrogarono i pochi testimoni rimasti di quell'evento, quasi un ventennio prima: perlopiù erano tungus e un qualche esiliato del regime zarista. Il primo a raggiungere la zona, nel 1929, fu Leonid Kulik, un geologo. Ci tornò altre volte in seguito, ma, nel 1941, fu catturato dai nazisti e l'anno successivo morì in un campo di concentramento. Fu lui che raccolse la testimonianza dei pochi superstiti che ricordavano distintamente quella mattina. Un agricoltore, che si trovava a 65 chilometri dal cataclisma, disse che quella mattina se la ricordava benissimo: stava seduto fuori dalla sua baita quando, improvvisamente, vide all'orizzonte un luminosissimo bagliore e avvertì sul viso un calore che era impossibile sostenere. Disse addirittura che la camicia di cotone che portava addosso prese fuoco e bruciò. Dopodiché arrivarono improvvise le tenebre e una forte esplosione che lo buttò a terra, stordendolo. Si riprese e avvertì un tremore, come di terremoto, che frantumò i vetri della sua baracca e la spostò dalle fondamenta, muovendola di qualche metro. Kulik raccolse altre testimonianze che, nella sostanza, concordavano con questa. Suonano familiari al nostro orecchio perché ricordano un'esplosione atomica: un bagliore, poi lo spostamento d'aria e infine il rumore e le scosse, ma a quell'epoca non avevano nessun senso. Dato che non c'erano atomiche.»

«E ci diceva che non sono state trovate le tracce di una esplosione atomica. Non è così?» chiese la Frost.

«Sì, nessuna traccia. Parliamo di una esplosione dell'ordine di duecento megaton, ma non nucleare. Per questo motivo tutti pensarono a un asteroide, una pietra del diametro di 400 metri. Ma varie spedizioni non trovarono nessun cratere al suo epicentro, quasi che quel disastro fosse stato provocato da un oggetto esploso prima di aver toccato il suolo. E certi meteoriti, in effetti, mostrano questo comportamento, dipende da quello che portano al loro interno. Ma Vasily Fesenkov, un esperto russo di meteoriti, sottolineò subito il fatto che difficilmente uno di questi oggetti avrebbe potuto colpire il nostro pianeta a quell'ora del mattino. Perché, in genere, i meteoriti girano attorno al sole in direzione antioraria. Qualcuno, poi, suggerì che si trattasse di una cometa, perché i gas congelati che si trovano all'interno avrebbero potuto causare quella tremenda esplosione prima dell'impatto. Ma anche l'ipotesi cometa venne presto abbandonata, perché nessuno l'aveva vista arrivare e nel cielo notturno doveva essere visibilissima.

«Stiamo dibattendo da decenni su queste contrastanti ipotesi, senza avere però mai raggiunto nessuna certezza. Qualche cosa di nuovo l'avevamo letto in uno studio condotto da tre fisici americani di chiara fama. Erano Willard Libby, Nobel per la fisica per la sua scoperta delle proprietà del carbonio 14 come misuratore del tempo; Clyde Cowan, uno dei primi scienziati a descrivere i neutrini. Il terzo era un assistente di Libby, di cui ora mi sfugge il nome. Pubblicarono uno studio dettagliato su tutte le ipotesi per l'esplosione di Tunguska. Per quanto riguarda l'ipotesi cometa, conclusero anche loro che non era possibile che non fosse stata osservata prima dell'impatto, a meno che non avesse avuto un angolo bassissimo rispetto al sole, cosa mai vista prima.

«L'ipotesi migliore che riuscirono ad avanzare fu quella di un'antipietra costituita di antimateria. Come nel caso dei buchi neri, abbiamo qui un qualche cosa che è quasi certamente reale, ma non osservabile con i nostri sensi.

«Scrissero che, se veramente si fosse verificata un'esplosione di antimateria, si sarebbe rilevata una quantità di carbonio 14 superiore al normale. E in effetti una recente spedizione di un gruppo di scienziati dell'Università italiana di Bologna avrebbe trovato una quantità molto alta di questo isotopo negli alberi. Nel loro studio, gli scienziati americani analizzarono la sezione di due alberi cresciuti in secoli diversi. Uno, di riferimento, lo trovarono in Arizona, abbattuto a causa di una tempesta, l'altro nella Valle di Simi, vicino a Los Angeles. Scoprirono che proprio in quell'anno, 1908, l'anello di crescita corrispondente era insolitamente alto in carbonio 14. Fu comunque un successo parziale perché riscontrarono solo un settimo della quantità teorica che avevano calcolato, se veramente quell'esplosione fosse stata imputabile ad antimateria. In seguito, vennero trovate altre possibili spiegazioni del fatto che esisteva una quantità comunque bassa di carbonio 14, ma questa loro ipotesi di una esplosione di antimateria non fu mai presa davvero sul serio.

«I primi scienziati, che suggerirono che la causa fosse da attribuire a un mini-buco nero, furono Jackson e Ryan dell'Università del Texas. Ebbene, l'ipotesi di questi tre scienziati, che ho appena nominato, fu che l'esplosione di Tunguska era stata causata dalla collisione con un micro-buco nero, avente una massa di un grosso asteroide, ma con le dimensioni di un atomo. La sua velocità relativa sarebbe stata così forte da fargli attraversare l'atmosfera terrestre al punto di riscaldarla e di provocare il bagliore descritto dai testimoni oculari, con una temperatura dell'ordine dei trentamila gradi centigradi. La luce iniziale sarebbe stata ultravioletta, quindi invisibile all'occhio umano, ma la sua diffusione nell'atmosfera avrebbe creato i fenomeni osservati anche nel cielo di Londra, una sorta di alone blu. La forza delle radiazioni e del calore avrebbe incenerito gli alberi e l'esplosione successiva li avrebbe abbattuti. Questo spiegherebbe perché non esiste un cratere, che marchi l'impatto, o la fuoriuscita.

«A causa dell'elevata velocità e delle piccole dimensioni deve aver attraversato la terra come un ago rovente in un pane di burro, uscendo dall'altra parte e perdendosi nello spazio. Se davvero questo è il caso, studiando la sua traiettoria avevo concluso che deve essere uscito nel Nord Atlantico, forse provocando un'esplosione sottomarina che, a causa dell'effetto cuscino dell'acqua, può essere passata inosservata. Non si sono registrati eventi particolari quel giorno, tsunami o altro. Forse l'acqua ha attutito l'impatto creato dall'uscita del buco nero. Non lo sappiamo.»

«Qualche altro evento catastrofico che sia attribuibile ai buchi neri?»

«Nulla di certo. Forse la grande catastrofe alla fine dell'era permiana, ma non ci sono prove di alcun tipo.»

«Di che si tratta?» lo incalzò il direttore della CIA.

«Non sono un paleontologo, né un geologo, ma ho letto che esistono le prove di almeno cinque grossi disastri che hanno agito a livello planetario e che hanno gravemente messo in pericolo tutte le forme viventi sul nostro pianeta. La maggiore crisi la si ebbe fra 251 e 253 milioni di anni fa, appunto alla fine dell'era permiana.»

«L'estinzione dei dinosauri?» lo interruppe il presidente.

«No. Quella è l'ultima delle grandi crisi, che spazzò via il 50 per cento delle specie viventi, fra cui i dinosauri. Accadde circa 65 milioni di anni fa e in varie fasi, ma in questo caso ci sono elementi per individuare l'assassino: un grosso meteorite che cadde a Chicxulub nel Golfo del Messico. Un cratere di 195 chilometri di diametro. No, nel caso della crisi del Permiano stiamo parlando di un qualche cosa di molto più potente. Addirittura sparì il 90 o addirittura, secondo qualche scienziato, il 95 per cento di tutte le forme viventi, sia animali che vegetali, sia sulla terra che nell'aria e nel mare. Il livello dei mari scese di 200 metri, le temperature salirono e smise di piovere.»

«Non ne sapevo nulla. Il 95 per cento delle forme viventi? Ma allora è un miracolo se siamo qui!»

«Certo, presidente. O per meglio dire è proprio grazie a quel disastro che noi oggi siamo qui, nel senso che l'evoluzione prese una svolta che ha poi portato sino a noi e, senza quel colpo tremendo, chissà, forse i nostri antenati non avrebbero mai potuto prevalere sui rettili. Ma nel caso di quella grande crisi l'ipotesi meteorite pare non reggere all'analisi scientifica, perché non sono mai stati trovati marcatori di iridio, come era invece successo nel caso della crisi della fine del Cretaceo. In quei livelli si trovano tracce superiori alla norma di questo metallo raro che ha origine extraterrestre; un segno che era successo qualche cosa di fuori dall'ordinario, ma nel nostro caso non è stato trovato nulla.»

«Quindi potrebbe essere stato un buco nero?»

«Per ora, nessuna prova e l'ipotesi maggiormente accreditata resta quella di enormi eruzioni vulcaniche e affioramenti di idrati gassosi, che sono poi una specie di trappole cristalline che rilasciano nell'atmosfera grosse quantità di metano e di anidride carbonica, creando un'atmosfera dove l'ossigeno scarseggiava e solo pochissime specie sono attrezzate per sopravvivere. La maggiore evidenza di questo fatto si vede ancora una volta in Siberia, con formazioni note come *Siberian traps*; si trovano nel sud degli Urali. Questo è quanto si trova scritto comunemente. Spiegazioni meno accreditate, meno accreditate sino a ieri... dell'evento catastrofico del Permiano parlano, appunto, del passaggio di uno o più buchi neri in rapida successione, ma su una scala molto maggiore rispetto a Tunguska. Questi buchi neri erano stati forse generati da forti tempeste magnetiche, che hanno investito il nostro pianeta iniziando una reazione simile a quella che ora vediamo all'opera nel LHC: generando questi sciami di buchi neri. A differenza di quanto è successo a Ginevra, essi si muovono nello spazio.

Qualcuno ha suggerito, come fonte dei buchi, lo sciame di comete di Oört, uno sciame che si presenta ogni ventisei milioni di anni alle soglie del sistema solare e che libera una serie di comete che lo attraversano. Chissà, forse attratte da Nemesi, una stella gemella del nostro sole, ma invisibile a occhio nudo e che pertanto non è mai stata osservata. Tutto questo perché sembrerebbe esistere una periodicità in eventi catastrofici terrestri che va ben oltre i cinque grandi disastri di cui parlavamo prima. Nel senso che le catastrofi, a livello planetario, sono più frequenti di quanto si possa credere e si verificano ogni ventisei milioni di anni. Questa ciclicità venne rilevata da due scienziati, che si chiamavano Raup e Sepkoski. Comunque, i buchi neri che erano stati creati da queste interazioni si erano spostati in altre parti dell'Universo, diversamente dal nostro caso presente, dove rimane, ahinoi, geostazionario.»

«Spaventosa ipotesi la sua, soprattutto alla luce di quanto sta accadendo ora» concluse il presidente.

«Ecco, il nostro contatto di Hong Kong è in linea, signor presidente!» disse Crowther.

Capitolo Venticinquesimo

Colloquio

«Buongiorno, professore. Ci scusiamo per averla svegliata con questi modi rudi, ma fra poco saprà i motivi di tutta la nostra fretta. Purtroppo sono motivi molto gravi e preoccupanti.»

«Grazie, signor presidente. Sono lusingato di poterle parlare, non importa per l'ora e per i modi. Mi dica come posso esservi utile.»

«CERN, buchi neri...»

«Sì...»

«Può già immaginare il motivo della nostra chiamata?»

«Temo... di sì.»

«Pare che quanto lei e pochi altri avevate temuto stia in effetti accadendo.»

«Ah!»

«E mi spiace molto che il professor Toti sia morto prematuramente e non possa essere qui anche lui ad aiutarci.»

«Temiamo sia stato addirittura assassinato, proprio perché aveva cercato, come dite voi in America, di suonare il fischietto per dare l'allarme.»

«Mi spiace doppiamente, allora, di sentire questa notizia così tragica. I miei collaboratori non mi avevano informato di questo, mi spiace moltissimo.

«Ora, tornando al soggetto della nostra conversazione, le comunico che siamo già in teleconferenza con un gran numero di scienziati ed esperti di questo settore. Lei, però, forse può darci qualche delucidazione su cose che non sappiamo, su come fermare questa tremenda catastrofe, questo olocausto cosmico al quale, apparentemente, stiamo andando incontro.»

«Ci avevamo pensato molto nei mesi scorsi e abbiamo formato una squadra di scienziati per studiare un piano e per essere pronti a questa spiacevole evenienza, una volta che si sia formato un buco nero indelebile, come lo chiamavamo. Perché, se ho ben capito, è proprio di questo che stiamo parlando ora, non è vero?»

«Temo di sì, professore, temo di sì. Ci dica, a quale risultato eravate giunti con i vostri studi? E, mi creda, qui pendiamo tutti dalle sue labbra.»

«È presto detto, signor presidente. Non c'è una soluzione pulita, semplice e indolore, se è questo che intende.»

«Nessuna?»

«Già. Nulla di sicuro. Solo un sistema che aveva portato a risultati accettabili nelle simulazioni teoriche, ma in ogni caso prevedevamo l'uso di armi termonucleari. Abbiamo fatto delle prove con dei programmi speciali e i migliori risultati li abbiamo ottenuti con l'utilizzo di una bomba ai neutroni.»

«Dio mio! E di che potenza?»

«Un quinto di megaton, signor presidente.»

«Ma abbiamo bombe ai neutroni così piccole? Sicuri che non esista altro?»

«Il punto è che quel micro-buco nero va in qualche modo sparato nello spazio prima che possa causare danni maggiori. Nel nostro schema avevamo simulato la costruzione di una sorta di cannone nel perimetro del CERN. Scavando rapidamente il terreno tutto attorno, nella zona dove si trova questo corpo estraneo. Ma posso chiederle dove si trova esattamente questo buco nero?»

Dopo una rapida consultazione con il responsabile militare in Svizzera, arrivò la risposta.

«Sta entro il confine francese, a Ferney-Voltaire e sopra c'è uno chalet che è già stato evacuato. La profondità in quel punto è di quaranta metri circa» gli disse Crowther.

«Vi manderemo per posta elettronica lo studio che avevamo fatto. Ma non c'è molto tempo da perdere. Bisogna scavare il più rapidamente possibile in circolo attorno a quel punto. Arrivare almeno a cinquanta metri, con trincee larghe tre metri. Nel frattempo bisognerà costruire un gigantesco cannone dalle pareti d'acciaio ad altissimo spessore. All'interno va posta una seconda capsula capace di essere spinta fuori trascinando il terreno che le sta inglobato dentro. Sul fondo, bisognerà piazzare la carica atomica ai neutroni. L'esplosione, secondo i nostri calcoli, avrà statisticamente il 50 per cento di possibilità di sparare fuori dall'orbita terrestre questa... capsula, con dentro lo chalet e anche, speriamo, il buco nero. Suona molto Jules Verne, ma questo è tutto quanto eravamo riusciti a escogitare in un anno di studio. Se qualcuno dei vostri tecnici riesce a trovare una via migliore, allora che ci dica cosa fare.»

«Impossibile, l'esplosione frantumerà la capsula e non la farà uscire dall'atmosfera terrestre» sbottò uno dei generali che stavano di fianco al presidente.

«Può essere che il generale abbia ragione. Ma, ripeto, secondo noi non esistono alternative. Dovete mettere subito al lavoro i vostri ingegneri per far costruire questo megacannone nel migliore dei modi. Il tempo che resta è pochissimo, ve lo ripeto.»

«Quanto tempo, secondo lei?»

«Da poche ore a, forse, due giorni, ma certamente non settimane. Forse nel giro di poche ore non sarà già più possibile costruire questa struttura e allora buonanotte a tutti. Per questo motivo credo che convenga agire, più che stare a discutere.»

«Il problema saranno le dimensioni di questo aggeggio. Abbiamo la tecnologia sufficiente per costruirlo? E perché una bomba atomica invece di esplosivo tradizionale o che ne so, un propulsore per razzi?»

«No, non credo. Esplosivo convenzionale e motori a razzo non potranno spostare tutta quella carota. Troppo pesante nella sua fase iniziale e poi la funzione della scarica di raggi gamma della bomba sarà di attirare in alto il buco, come una carota con un somaro. La temperatura nei buchi neri è inversamente proporzionale alla massa. Infatti i grandi buchi neri galattici sono freddi.»

«Ci dica cosa intende per un grosso buco nero?»

«Diciamo che un buco nero con la massa del sole è molto piccolo, ma quanto basta per distruggere il nostro pianeta.»

«E a che dimensioni potrebbe ridursi la nostra terra?»

«Oh, per quello che importa... tre chilometri potrebbero bastare per nascondere l'orizzonte e la palla di materia collassata al termine del cono forse avrebbe il diametro di un grano di senape.»

«Credo abbia ragione, dobbiamo fare qualche cosa invece che discutere. L'aspettiamo qui a Washington» disse il presidente.

«Se permette, preferirei andare a Ginevra e seguire da vicino i lavori.»

«Va bene. Credo sia meglio Ginevra. Fissiamo un nuovo incontro per domani, stessa ora di Washington, adesso ho un collegamento con il presidente della commissione europea. A domani!»

«A domani, signor presidente.»

Capitolo Ventiseiesimo

Ferney-Voltaire

La polizia lo riaccompagnò a casa, ma prima lo volle interrogare a fondo sui motivi di quella importante chiamata notturna che aveva scosso tutta l'amministrazione post-coloniale di Hong Kong. Il console americano e il *Chief executive* lo aiutarono a evitare di dare risposte troppo precise e gli annullarono immediatamente la proibizione all'espatrio, che scattava automaticamente in queste circostanze.

Appena a casa, spiegò tutto a Eleonora e poi chiamò in Internet i componenti del Cenacolo. Quasi tutti erano già stati visitati dalla polizia dei propri Paesi di residenza; solo Piazza, a Roma, venne colto alla sprovvista, perché non era stato ancora informato di nulla.

Donald Chang intervenne personalmente con la Cathay Pacific per far emettere due biglietti in prima classe per loro, su un aereo di linea diretto a Zurigo per quella sera.

Tentarono di tornare a dormire che già albeggiava, ma fu inutile perché il telefono continuava a squillare e arrivavano decine di e-mail alle quali dovevano affrettarsi a rispondere.

Andò avanti così per tutto il giorno sino all'imbarco sul jet diretto in Svizzera, appena il velivolo decollò poterono dormire per qualche ora, a turno, perché i collegamenti in rete con la sede delle Nazioni Unite vennero mantenuti anche in volo. A un certo punto, il comandante venne a chiedergli di sedere brevemente nella cabina di pilotaggio, al posto del navigatore, per rispondere a una nuova teleconferenza con il comitato di crisi alla Casa Bianca al quale doveva partecipare anche lui.

La fase di approntamento di quello che definirono subito un megacannone era già partito: il piano per la sua costruzione e il suo assemblaggio era stato approntato nel giro di poche ore, partendo dalle loro simulazioni, e passato a vari team di ingegneri sparsi per il mondo. A capo della squadra venne nominato un esperto giapponese specializzato in megastrutture. La costruzione delle sezioni fu iniziata subito in ben sei cantieri navali posti in Germania, Inghilterra e in Italia, con ciascuna unità costruttiva che aveva una sua parte speciale da fabbricare, già disegnata dai cervelli elettronici. Venne sospesa immediatamente ogni altra commessa che potesse interferire con quella destinata al punto di crisi. In una acciaieria tedesca, i lavoratori, vista l'urgenza di quanto veniva loro richiesto, pensarono che fosse un'ottima occasione per dichiarare uno sciopero al fine di richiedere degli aumenti salariali, ma vennero costretti a tornare a lavorare dopo l'intervento di una squadra di paracadutisti mandati dalla Cancelleria che, con loro enorme sorpresa, gli spianarono contro i mitra, costringendoli a riprendere il lavoro.

Le pareti da costruire dovevano essere fabbricate in una speciale lega metallica che possedeva una specifica durezza, pur mantenendo una forte elasticità e una enorme resistenza allo stress. Nel suo complesso, avrebbe avuto uno spessore di centosessanta centimetri, con particolari nervature interne, che, secondo i progettisti, avrebbero dovuto assorbire per quanto possibile lo shock della forte accelerazione. Nel frattempo, un vero e proprio esercito di mezzi meccanici aveva cominciato a rimuovere il terreno in circolo per preparare la trincea che doveva scendere al livello stabilito. Doveva essere un lavoro svolto con una rapidità e una precisione chirurgica mai viste prima.

Una volta atterrati all'aeroporto di Zurigo, non ebbero bisogno di passare attraverso la dogana: vennero subito prelevati da una camionetta che li trasportò verso una piattaforma in cemento, posta a un chilometro di distanza dalla pista. Vennero caricati su un elicottero Super Puma, che portava dipinte sulle fiancate le insegne della Schweizer Luftwaffe. Sorvolarono prima Berna, poi Friburgo e infine Losanna, sopra il Lago di Ginevra, il Lac Léman, come lo chiamano lì. Si scorgeva distintamente il fiume Rodano che scorreva fuori da lago e ridussero la quota appena passarono sopra a Nyon. Si distingueva all'orizzonte la mole maestosa del Monte Bianco coperto di neve, a circa ottanta chilometri da loro e, dall'altra parte, le alture dei monti dello Jura. Virarono sopra la cattedrale di Saint Pierre e sotto di loro videro sfilare le sedi delle Nazioni Unite e della Croce Rossa. In una vasta area fuori dal centro abitato, sulla loro sinistra, si distingueva un gran numero di mezzi meccanici e di unità dell'esercito svizzero e francese. Lo scavo stava procedendo freneticamente. Era una immagine rassicurante, il segno che il pericolo era stato pienamente avvertito e che tutti si stavano dando da fare, senza i soliti battibecchi fra nazioni rivali.

«Dove scendiamo?» chiese Giuliano al pilota.

«Ci hanno ordinato di portarvi in albergo, vi hanno prenotato una camera al Beau Rivage, in Quai de Mont Blanc. Laggiù c'è una piattaforma dove possiamo posarci, la vedete? Poi, fra trenta minuti, verranno a prendervi con un'auto, per portarvi a Meyrin.»

«Conosco bene la città, ci abbiamo abitato. Non ci lamenteremo della sistemazione.»

«Ah, va bene!»

«Senta, credo non valga la pena di passare in albergo. È meglio andare subito a vedere l'avanzamento dei lavori. Non c'è molto tempo. Che ne dice?»

«Chiedo subito al responsabile, se per lui va bene possiamo cambiare la rotta.»

Scambiò per radio qualche parola in francese e poi, con un cenno del capo, confermò che il cambio di programma era stato accettato dal suo superiore; muovendo i comandi, fecero una virata verso ovest di sessanta gradi, passando sopra all'aeroporto internazionale e pochi minuti dopo toccarono terra, subito fuori dal centro abitato. Un paesaggio molto familiare sia a Giuliano che a Eleonora. Era il 27 dicembre e faceva molto freddo: era già trascorso un anno da quando erano stati a casa di Martini.

Capitolo Ventisettesimo

Trincea

«Generale Coulomb, signore!»

Un generale dell'esercito svizzero li salutò militarmente appena misero piede a terra dall'elicottero. Era sulla sessantina, baffi bianchi, alta statura e indossava una impeccabile uniforme color marrone. Portava sui baveri le mostrine del Genio ed era evidentemente il responsabile della logistica di tutta quella difficile operazione. Scortò Giuliano ed Eleonora sotto una tenda color kaki, dove li aspettavano già altri componenti del Cenacolo che stavano attaccati ai propri computer. Riconobbero e abbracciarono Alfonso, Sebastian e Ivan che erano stati i primi a entrare in azione. L'evacuazione della zona era già iniziata, secondo gli ordini impartiti dal governo federale e da quello di Parigi. Tutti avevano dovuto abbandonare le proprie abitazioni nel raggio di cinquanta chilometri dalla sede del CERN. Ferney era vuota, tutti i suoi abitanti erano stati evacuati con autobus e alcune tende erano state montate fuori dalla zona di pericolo.

Gli venne mostrato l'avanzamento del piano di costruzione che veniva coordinato utilizzando il sito della NASA, che lo aveva messo a loro disposizione. Proprio in quel momento arrivarono le stime di un gruppo di ingegneri russi, che si erano dedicati solo allo studio dello scavo della trincea. Dopo aver analizzato la stratigrafia del suolo, che era stato abbondantemente carotato, sostenevano che ci sarebbero sicuramente stati dei ritardi sulla tabella di marcia e suggerivano l'uso di piccole cariche di nitroglicerina in profondità per smuovere la parte più dura del terreno. Arrivò l'ordine a Coulomb di procedere con quanto suggerito dai russi e seguiva una lista di mobilitazione delle risorse necessarie: alcune già disponibili in Svizzera, altre che stavano per arrivare con aerei militari da Parigi e da Berlino. Erano sfere di acciaio delle dimensioni di un arancio che venivano deposte da piccole trivelle e che, una volta posizionate, venivano fatte esplodere con un telecomando.

Con la trincea erano già scesi a cinque metri di profondità e il diametro del cerchio era di trenta metri, ma il tempo a loro disposizione era poco e dovevano assolutamente terminare entro sei ore.

In quel momento un'altra commissione da Londra, che studiava specificamente l'interno del cilindro per solidificarlo al momento del lancio, fece sapere che servivano delle iniezioni nel terreno. Allo stesso tempo, in Inghilterra, alcune superfornaci venivano letteralmente strappate da terra, estraendole dalle fabbriche presso cui venivano normalmente utilizzate, per esser trasportate, con degli elicotteri Sikorsky a doppia pala, sopra la Manica sino alla Svizzera. Intanto, a terra non stavano perdendo tempo nel preparare tutte le connessioni per la necessaria impiantistica. La funzione delle fornaci doveva essere quella di innalzare la temperatura del terreno sino a mille e duecento gradi centigradi per poterlo trasformare in un blocco solido, vetrificato, che avrebbe reagito il più omogeneamente possibile all'accelerazione impressa dal lancio. Il generale si muoveva con la precisione di un orologio e aveva addirittura fatto preparare una speciale unità, armata sino ai denti, per rimuovere con la forza chiunque, per qualsiasi motivo, avesse interferito, volontariamente o involontariamente, con quegli sforzi comuni. Infatti non c'era tempo neppure per mettersi a discutere: tutti dovevano eseguire i comandi di corsa e se non capivano subito, o non intendevano farlo nella maniera prescritta, venivano rimossi e sostituiti con altre squadre. Televisioni e giornalisti venivano tenuti fuori dal perimetro, a dieci chilometri di distanza, grazie a un cordone di soldati e di autoblindo. Il tempo massimo per abbandonare la zona era stato fissato per le ore 21 di quella sera e venivano costruiti dei rifugi per evitare l'irradiazione al momento del lancio.

Dopo due ore furono fatte brillare le primi cariche esplosive in profondità, ma bisognò fare moltissima attenzione per non danneggiare le pareti metalliche del tunnel dell'acceleratore.

«Venite, quasi ci siamo, stiamo arrivando alla parete del tunnel» disse Coulomb, dopo aver ricevuto un messaggio nell'auricolare. Saltarono su una camionetta e giunsero velocemente sino alla trincea dove, trentacinque metri più in basso, era affiorata una parete rotonda di metallo dipinta di rosso antiruggine.

«Temperatura della parete?» chiese Giuliano.

«La stanno misurando proprio ora. Mille gradi!»

«Troppo elevata, ma per fortuna anche troppo bassa per arrivare a un'esplosione. Bisogna riattivare il raffreddamento ad azoto liquido a Meyrin, finché si può. Per favore dia le istruzioni.»

La temperatura, all'interno dei magneti, era stata abbassata sino a raggiungere lo zero assoluto, per poterli far funzionare a pieno regime e poi, per non danneggiarli, si sarebbero dovuti normalmente riportare a temperatura ambiente in trenta giorni, ma ogni precauzione era ormai stata abbandonata vista l'emergenza in cui versavano.

«Aspetti, informo il Korpskommandant, ma non ci saranno problemi.» Parlò brevemente nel walkie-talkie e poi disse: «Ecco, hanno fatto. Dovrebbe scendere finché non la chiudiamo».

«Come lo tagliamo?»

«Plasma. Sta arrivando con un elicottero e dovremmo riuscire ad affettarlo in trenta minuti.»

«È stata prevista una paratia per richiuderlo mentre si taglia? Bisogna evitare fughe.»

«Certo. Anche le due paratie per sigillarlo sono in arrivo dalla Francia. Abbiamo otto minuti per riattaccarle. Poi potremo riprendere a scendere per altri dodici metri.»

Come era già stato stabilito, gli elicotteri apparvero all'orizzonte; il taglio venne effettuato con grande efficienza e le due paratie saldate precisamente alle sezioni del tubo. La temperatura era nel frattempo salita a mille e quattrocento gradi. Prima di chiudere vennero scattate delle foto speciali al buco nero, ma sulle lastre non apparve nulla: solo una turbolenza nell'aria dove il calore veniva generato e forti scariche di quelle che potevano essere solo tracce di antimateria.

Squillò il portatile: era Anacleto Piazza, da Roma, che chiedeva informazioni.

«Come sta andando, Giuliano?»

«Meglio di così non si potrebbe, viste le condizioni... Ora ci restano due ore per completare lo scavo e stanno già per arrivare le prime sezioni di metallo del missile.»

«Se ce la facciamo, voglio prendermi due mesi di ferie in un ospizio per matti, tanto per rilassarmi. Una domanda tecnica: che massa può avere questo diabolico buco nero in questo momento?»

«Direi di un jumbo jet, anche se è ancora invisibile.»

«E quali sono i pericoli più immediati?»

«Se aumenta di massa troppo in fretta potrà sfondare il terreno e finire al centro della terra, ma forse nella sfortuna siamo fortunati. Credo che dipenda dalla sua rotazione, ma è solo una ipotesi, altrimenti non potrei spiegarmi il suo comportamento.»

«È un miracolo che non sia ancora successo!»

«Se l'emissione di antiradiazioni accelera, allora il pericolo principale diventerà un'esplosione, con un flusso di raggi gamma, come la bomba ai neutroni che stiamo modificando.»

«Quanto grande?»

«Grande abbastanza per fare evaporare il lago di Ginevra e noi. Ma credo che possiamo farcela, dopo aver visto tutti gli sforzi di questi uomini e di queste donne! Sì, credo che ce la potremo davvero fare. Dobbiamo pregare Iddio che non ci abbandoni proprio ora, anche se i suoi piani restano imperscrutabili. Spero che, dopo averci seguiti per tutti questi milioni di anni, non ci voglia mollare proprio ora.»

«Sia comunque fatta la sua volontà. Può far tutto e può anche disfare tutto, siamo solo una sua espressione. Ho informato il Santo Padre e anche lui sta pregando per voi. Buon lavoro, ci sentiremo domani.»
«A domani!»

«Ecco le sezioni!» gridò Coulomb, puntando il dito in cielo e poi riprese il suo incessante borbottio nel walkie-talkie.
In lontananza, erano apparsi alcuni grossi elicotteri da trasporto che portavano, incatenate sotto la pancia, le sezioni metalliche curve, che luccicavano sotto ai raggi del sole. Sembravano uno sciame di cervi volanti.
Li depositarono in un campo, poco lontano, e poi, con una profonda virata, si allontanarono. In direzione opposta videro spuntare gli elicotteri che trasportavano i pezzi degli iniettori termici e anche questi vennero scaricati lì vicino, con precisione millimetrica.
La vetrificazione del suolo incominciò speditamente.
Gli scavi andarono avanti per tutta la notte sotto la luce accecante delle fotoelettriche: i camion entravano da una parte nelle trincee scavate sotto terra, caricavano e poi uscivano dall'altra per andare a scaricare.
Giuliano ed Eleonora mangiarono velocemente carne Simmenthal e pane con una bottiglia di birra, che condivisero con altri. Poi, sfiniti, si assopirono per poche ore sulle brande sistemate sotto la tenda del posto di comando.
Prima dell'alba, videro che l'opera era a buon punto: una enorme torre di metallo, attorno alla quale stava lavorando una miriade di saldatori, si alzava già per qualche metro verso il cielo e Coulomb, energico come la sera prima, disse che le pareti esterne erano costruite; dall'Italia stavano per arrivare le ultime sezioni, quelle di testa e di coda del proiettile all'interno del cannone, poi tutto sarebbe stato pronto per il lancio.
Verso mezzogiorno, atterrò un aereo Stealth americano che trasportava la bomba atomica: il combustibile necessario per il lancio.
La chiave per proiettare fuori dall'orbita terrestre quella

grossa carota, invece di ottenere una dirompente esplosione, consisteva nelle modifiche che erano state apportate a quella bomba, per permettere l'emissione di flussi potentissimi di raggi gamma in maniera unidirezionale.

Secondo i calcoli degli scienziati americani che l'avevano preparata, avrebbe dovuto fornire una mostruosa spinta a salire per almeno 30 secondi, durante i quali quel gigantesco proiettile avrebbe raggiunto una velocità di sedicimila chilometri all'ora nel giro di pochi secondi e, grazie allo scudo termico costruito in Inghilterra e posto sulla sua sommità, non sarebbe andata distrutta dall'attrito con l'atmosfera del nostro pianeta.

L'atomica venne scaricata dall'aereo: aveva le dimensioni e la forma di una bomba convenzionale. Lunga circa un metro e mezzo, fu fatta scivolare nel tunnel da uomini dotati di respiratori e tute pressurizzate.

Coulomb guardava nervosamente l'orologio mentre dava disposizioni e osservava l'avanzamento dei lavori sullo schermo del suo laptop.

«Ci siamo. Fra pochi minuti potremo cominciare la sequenza di lancio. Che Dio ci aiuti!» esclamò, con la voce rotta dall'emozione. Mancavano solo cinque minuti alle nove di sera, era buio e tirava un vento gelido; tutti erano esausti per la tensione e la fatica. Non vedevano l'ora di sparare quell'Alien il più lontano possibile, in un'altra galassia, se possibile.

«Bene, voi del Cenacolo potete seguirmi qui fuori e assisteremo al lancio insieme, poi parleremo con la stampa. Non ce la facciamo più a tenerli, questi giornalisti assatanati.»

Per alzare il «proiettile» dovevano fare in modo di creare una massa molto più grande della sua, per trascinarlo verso l'alto. L'espansione improvvisa causata dall'atomica avrebbe dovuto provocare quell'effetto, creando una grossa attrazione proprio di fronte al buco che si sarebbe mosso in avanti, per cercare di seguirla e inglobarla al proprio interno. Per questo motivo un fallimento nella espulsione lo avrebbe enormemente rafforzato, invece che indebolito. Non era tanto un problema di inglobare il buco in una massa vetrificata e spingerlo via come molti pensavano, perché, con la sua sezione ristretta e l'alta massa, avrebbe potuto facilmente pungere quel corpo e restare a terra. Era, piuttosto, una sorta di attrazione gravitazionale in direzione opposta, che avrebbe consentito di liberarsene per sempre. Questa era la speranza che tutti quegli scienziati condividevano.

Capitolo Ventottesimo

Lift off!

Si protessero tutti dietro una lunga parete a prova di radiazioni posta a due chilometri dalla torre e osservarono il lancio con gli occhiali schermati e i binocoli.

«Mancano solo cinque secondi» disse un altoparlante posto lì vicino.

«Protezione massima per tutti!»

Giuliano volle comunque vedere l'istante della partenza, per osservare con attenzione e poter essere più preparato dopo, ma senza esporsi come aveva fatto Enrico Fermi a Los Alamos. Coulomb e gli altri pregavano a testa bassa, alcune telecamere riprendevano e trasmettevano quelle immagini sui monitor a circuito chiuso.

Arrivò il momento dell'esplosione, che dapprima notarono solo per via d'una forte scossa tellurica sotto i piedi, poi la torre metallica, quello che chiamavano il cannone, s'innalzò di una decina di metri, lanciata verso l'alto. Poi giunsero un forte spostamento d'aria e una luce abbagliante. La capsula, posta al suo interno, già incandescente, la superò in velocità e fuoriuscì innalzandosi in cielo e perdendosi oltre le nuvole. Si lasciò dietro una chiarissima traccia luminosa di colore bianco. Le tenebre, al suolo, si aprirono come fosse stato mezzogiorno e si vide distintamente una colonna di fuoco che saliva verticalmente e poi un fungo in cielo che crebbe per chilometri nell'atmosfera. Infine arrivarono dei boati seguiti da una forte esplosione.

Furono costretti ad abbassarsi per evitare un eccessivo irraggiamento, con il vento radioattivo che sospingeva scorie verso di loro. Continuarono a seguire tutto dal video e la situazione sembrava sotto controllo, ma la certezza che il buco nero fosse caduto in alto invece che in basso non c'era ancora. Quel che era certo, per ora, era solo il fatto che la capsula era già stata espulsa dall'orbita terrestre e in pochi minuti avrebbe superato la luna e si sarebbe diretta fuori dal sistema solare. La camiciatura d'acciaio del tubo di lancio aveva tenuto alla perfezione, quello era stato un vero trionfo dell'ingegneria umana: il più grande fuoco d'artificio di tutta la storia!

Notò un'infantile soddisfazione apparire sui visi esausti di tutti i presenti, ma lui pensò che non poteva ancora mettersi la paura dietro alle spalle. La preoccupazione era ancora troppo forte, era troppo presto per brindare. Il tubo di lancio sventrato ripiombò al suolo, con un tremendo rumore, a trecento metri da dove era stato sparato, spezzandosi in vari frammenti incandescenti e fumanti. Ferney-Voltaire bruciava sotto una pioggia di schegge roventi, ma i pompieri non potevano ancora intervenire per via delle forti radiazioni. La città era stata completamente evacuata il giorno prima: nessuno si era fatto del male e le case, fu spiegato agli abitanti, sarebbero state ricostruite più belle di prima.

«Quando manderemo dei tecnici a fare i rilevamenti sul terreno?» chiesero a Coulomb.

«Mi dicono che dovremo lasciar passare almeno cinque ore, per avere un parziale abbattimento della radioattività e un abbassamento della temperatura. Una gran bella cannonata, non è vero?»

«Un bel colpo, direi un trionfo. Non poteva andare meglio. Ora dobbiamo verificare che il nostro amico abbia tolto il disturbo e non stia ancora lì sotto ad aspettarci.»

«Fra cinque ore esatte, mi dicono, alle due di mattina, andremo a vedere. Anche se le radiazioni letali dureranno per almeno trentasei ore.»

Alle due di mattina una squadra di specialisti NBC uscì, a bordo di un semovente dotato di speciali schermature che era stato fatto arrivare dalla Russia. Indossavano tute speciali e respiratori. Nel giro di dieci minuti furono vicini all'enorme cratere creato dall'esplosione: era più largo di quanto avessero preventivato. Avevano con sé dei rivelatori termici e, se il buco nero stava nelle vicinanze, lo avrebbero segnalato come fonte di calore. Si mossero lentamente, con grande cautela e già dopo alcuni minuti segnalarono che pareva tutto normale, ma avrebbero comunque proseguito le ricerche nel raggio di un paio di chilometri lì intorno, per essere certi che non si fosse spostato.

«E se fosse caduto al centro della terra, oppure fosse fuoriuscito dall'altra parte?» chiese ansiosamente il presidente della Commissione europea, in collegamento televisivo con loro, non appena ebbe ricevuto la buona notizia.

«Non possiamo saperlo ora» disse Coulomb, e aggiunse: «Per ora possiamo dire che il lancio è andato bene. Dove si trova la capsula in questo momento?».

«Ha superato Marte, e la sua velocità è in forte aumento.»

«Questa è una grossa anomalia, una positiva anomalia!» esultò Giuliano.

«In che senso?»

«Una semplice capsula inerziale lanciata in questo modo non potrebbe possedere tutta questa energia. Segno che il buco nero la sta trascinando in avanti, attratto dalla possibilità di ricadere verso Alpha Centauri, la stella che, forse, lo sta attraendo maggiormente. Se questo aumento della velocità verrà confermato, allora potremo tranquillamente dire di avercela fatta.»

Gli osservatori astronomici di tutto il mondo, che seguivano la traiettoria di quel pezzo di territorio francese che correva nello spazio, lo confermarono pochi minuti dopo, comunicando che ormai la velocità del missile era prossima ai quarantamila chilometri orari e in continua crescita.

«Questo significa che ce l'abbiamo fatta!»

«Direi di sì. Ce l'abbiamo fatta» gioì Giuliano.

In quel momento, tutte le televisioni del mondo interruppero le trasmissioni per informare i telespettatori di quanto era successo poco prima e del grande pericolo che era stato corso dal nostro vecchio pianeta, ma il nome di

Giuliano e di tutti gli altri componenti del Cenacolo non venne rivelato, perché era coperto da segreto di Stato, anche se si sapeva che, presto, la verità sarebbe venuta comunque a galla.

Sulle televisioni di tutto il mondo vari uomini politici parteciparono ad accesi dibattiti.

Passarono tutti attraverso le quattro fasi descritte dal biologo J. B. S. Haldane: questo è falso e stupido; questo è un punto di vista interessante, ma perverso; questo è vero, ma insignificante; questo io l'ho sempre detto.

Alcuni annunciarono che avrebbero proibito nuove ricerche di quel tipo nel proprio Paese e che avrebbero richiesto all'Onu di estendere quel bando a tutti i membri. Si chiedevano chi avesse autorizzato quegli esperimenti e perché fossero state spese ingenti quantità di denaro per finanziarli.

Si registrarono sporadici attacchi contro alcuni laboratori di fisica sperimentale, da parte di gruppi religiosi e, così, vennero predisposti dei picchetti armati per difenderli. In generale, quello non fu un buon momento per tutti gli scienziati di fisica atomica sparsi per il mondo.

Capitolo Ventinovesimo

Capodanno

I professori Martini e Zichini vennero arrestati per omicidio dopo che il cadavere di Toti fu riesumato e una nuova, più accurata, autopsia confermò che era stato avvelenato. La notizia fu data da tutti i media del mondo, come una piccola appendice al grande pericolo scampato, quasi a voler sottolineare che era stata la malafede di questi due individui ad aver provocato tutto quello sconquasso. E che, senza la loro profonda immoralità, la scienza non avrebbe mai fatto quel passo falso che aveva messo in pericolo l'incolumità di tutti. Tutto sommato, concludevano, era stata sempre la scienza che aveva protetto il pianeta da una immane catastrofe planetaria.

Si scrissero fiumi di commenti e di editoriali incentrati sul fatto che molte delle notizie chiave non erano state ancora rivelate e, quindi, le speculazioni si fecero fortissime. Un dato innegabile fu, però, che si era costruita una nuova fratellanza universale fra le Nazioni e la speranza comune fu che questa non sarebbe stata presto dimenticata.

Alla fine, tutti avevano voglia di lasciarsi alle spalle un anno terminato in maniera tanto drammatica e guardare avanti, verso quello che stava per nascere.

Per giorni non si parlò d'altro che della preveggenza mostrata da Carlo Toti, di quanto eroico fosse stato il suo comportamento e via dicendo. Tutte cose verissime, del resto. Ma anche in quella occasione, come sempre, quando fu trovato il colpevole tutto rientrò in un ambito logico e normale, facilmente spiegabile. Un meccanismo psicologico che serviva a rassicurare tutti.

Giuliano ed Eleonora rifiutarono una offerta di lavoro che giunse loro dall'Università di Princeton, negli Stati Uniti, preferendo rientrare a Hong Kong e riprendere la loro solita vita, esattamente dal punto dove era stata violentemente interrotta.

Stavano già facendo programmi per ritornare in Ladak, il piccolo Tibet, nel nord dell'India, dove avrebbero rivisitato tutti i monasteri buddisti che avevano già esplorato tanti anni prima. Inoltre, Giuliano voleva impegnarsi nel raccogliere ancora quei pezzi che gli mancavano, in particolare voleva trovare una figura di ceramica khmer rappresentante il Budda. Queste immagini esistevano, ma erano rarissime, mentre abbondavano quelle in bronzo e in pietra. Poi avrebbe organizzato una mostra in una città italiana e, allo stesso tempo, avrebbe scritto quel libro che aveva progettato, con tante belle illustrazioni. Con tutto questo in mente, avevano già fatto la loro prenotazione per il rientro.

La bella urna comprata al mercato di Bangkok era arrivata intatta sino a Milano. L'aveva sballata con le sue mani e l'aveva poi sistemata sulla libreria, vicina agli altri pezzi che aveva acquistato negli ultimi anni e già messo da parte.

Quel suo magnifico pezzo khmer pareva un capolavoro d'arte astratta, con tutte quelle sfumature brune poste su diversi piani, le irregolarità, l'ossidazione prodotta dai secoli. Era come una galassia lontana, un Universo magico a sé stante.

La mattina dell'ultimo giorno di quell'anno emozionante, Giuliano non riusciva a dormire e si era destato poco prima dell'alba. Andò nel suo studio a controllare la posta elettronica e dopo dieci minuti, mentre beveva un caffè, vide i raggi del sole nascente che inondavano l'ambiente di luce, filtrando dalle tapparelle. Le tirò su e guardò fuori: era una mattina limpidissima e all'orizzonte si scorgeva il Monte Rosa imbiancato. Un'immagine che avrebbe voluto ritrarre in un quadro, se avesse saputo dipingere, e che trasmetteva una grande pace, appagamento, sicurezza.

Avevano ancora il rientro aperto sul loro biglietto di prima classe, cortesia del governo di Hong Kong, da Zurigo, che volevano utilizzare. Non potevano restare fuori più del dovuto. Avevano già acquistato due biglietti economici per volare da Lugano sino a Zurigo la mattina successiva e poi imbarcarsi sul volo di ritorno della Cathay Pacific. Giuliano aveva chiesto all'università un periodo di aspettativa ed era già stato trovato un supplente, che avrebbe potuto portare avanti il suo corso di lezioni.

Per festeggiare il nuovo anno, erano stati invitati da una coppia di loro amici italiani, Gian Piero e Marcella, che avevano inaugurato da pochi mesi la loro villa, a Lugano. Verso le otto di mattina arrivò il loro autista che, dopo aver caricato la loro valigia, li portò a destinazione.

Quella loro dimora, dopo due anni di lavori, era stata completamente restaurata: nel Settecento era stato un piccolo monastero, immerso in uno stupendo parco di palme e querce secolari ancora rigogliose. Comunicava un senso di opulenza e di dolcezza tutta italiana. In un angolo del salone troneggiava una fontana di marmo siciliano, con una balena appoggiata sopra una grande conchiglia marina. I pavimenti erano fatti di lastre di onice multicolore e, stando seduti sui divani e facendovi cadere l'occhio, davano quasi le vertigini: era un po' come cadere dentro un cielo battuto dalla tempesta. Passeggiando nel giardino e sporgendosi per guardare di sotto, si potevano scorgere i tetti appuntiti della enorme villa dei von Thyssen che si specchiava nelle acque del lago.

Prima di mezzogiorno avevano fatto una passeggiata in città, visitando una piccola chiesa nel centro di Lugano, Santa Maria degli Angioli, che racchiudeva un grande affresco del Luini, uno degli allievi prediletti di Leonardo Da Vinci. Poi erano tornati a piedi verso casa, dove nel frattempo erano arrivati gli altri invitati per quella cena di fine anno. Era una serata molto piacevole e il pensiero del grande pericolo scampato dava a tutti un'enorme allegria, come se fossero i commensali di un banchetto medioevale che, osservando una danza macabra dipinta sul muro, ricordavano la caducità della propria esistenza. Il giorno successivo sarebbero rientrati in quella che era la loro vera casa, a Hong Kong e avrebbero ripreso le loro piacevoli occupazioni e rivisto tutti gli amici e i colleghi. Mentre stavano per sedersi alla tavola imbandita per dare inizio al cenone, il telefono portatile di Giuliano prese a squillare. Pensava fosse uno dei suoi amici che lo stava cercando per salutarlo e augurargli un buon anno. Per questo motivo rispose con una certa allegria e baldanza, con un bel «pronto!» squillante, allegro e a tutta voce.

«Professor Sovramora?»

«Sì... eccomi. Sono io, chi parla?»

«Buongiorno, mi chiamo Giulio Gervaso, sono il responsabile governativo per la protezione civile.»

«Ah, salve, come ha avuto il mio numero?»

«L'ho avuto dal generale Coulomb, con il quale ho parlato poco fa. Mi ha chiesto di farle avere i suoi più cordiali auguri per il nuovo anno. Posso chiederle dove si trova ora?»

«Sono in Svizzera, a Lugano, in casa di amici. Mi dica cosa posso fare per lei?»

«Stiamo avendo dei problemi e avremmo bisogno di un suo parere tecnico.»

«Che genere di problemi?»

«Lei conosce il nostro centro di ricerche sotto il Gran Sasso?»

«Sì, certo. Vi ho visitato i laboratori qualche anno fa.»

Il massiccio del Gran Sasso d'Italia nella Regione degli Abruzzi è il più alto nella catena degli Appennini. La loro cima più alta raggiunge i 2.912 metri. Sepolti sotto più di 1.400 metri di roccia, vi si trovavano i laboratori nazionali di proprietà dell'Istituto nazionale di fisica nucleare. Sono i laboratori sotterranei più grandi del mondo, celebri soprattutto per lo studio dei neutrini.

A quella struttura si accede attraverso il traforo del Gran Sasso, dove passa l'autostrada A24 Teramo-Roma. Questi laboratori sono, essenzialmente tre grandi sale scavate nella roccia viva, lunghe cento metri e larghe venti. Per via della schermatura naturale fornita dalla roccia che sovrasta quelle vaste camere, sono molto adatti per le ricerche sui neutrini, perché le interferenze create da altre radiazioni sono ridottissime.

«Bene, allora sa già di cosa stiamo parlando. Lei sa anche degli esperimenti per la rilevazione dei neutrini fatti in collaborazione con il CERN di Ginevra?»

I neutrini sono particelle che pervadono l'Universo, ma sono molto difficili da rilevare perché, come dice il nome stesso, non hanno una propria carica elettrica e non interagiscono con la materia circostante. Vennero immaginati da Wolfgang Pauli a livello teorico nel 1930 per spiegare certi fenomeni di decadimento nucleare, ma fu poi Enrico Fermi che li battezzò con quel nome. Si suddividono in vari tipi e in varie famiglie: teutonici, muonici e via dicendo.

Tutta la stampa aveva dato ampio risalto a una serie di esperimenti che si erano tenuti in collaborazione con il nuovo LHC di Ginevra. I tecnici del CERN avevano sparato dei fasci di neutrini muonici sotto la curvatura della superficie terrestre e, in una frazione di secondo, questi avevano centrato un bersaglio posto nei laboratori del Gran Sasso. Questa apparecchiatura si chiamava Opera ed era costituita da barriere di mattoni di piombo e di lastre speciali. Una sorta di muro pesante duemila tonnellate.

Lo scopo ultimo di questo progetto, battezzato *borexino* è di studiare l'interno del sole e della nostra terra. Questo, a detta di tutti gli studiosi che partecipano a tali programmi, porterà a molte applicazioni pratiche, non solo teoriche.

«Sicuro, ne sono a conoscenza: il progetto *borexino*. Icarus, acqua ultrapura. Conosco questi programmi, ho letto alcuni studi.»

«Meglio così. Sì, meglio che conosca il posto e i programmi, perché stanno avendo dei grossi problemi ai quali, apparentemente, non riescono a trovare una spiegazione logica, ma dopo quanto è successo al CERN... Ebbene, come dicono dalle mie parti: dopo essersi scottati con l'acqua calda, si ha paura anche di quella fredda.»

«Non credo di afferrare bene quello che vuole dirmi. Perché non viene a bomba?»

«A bomba? E va bene, andiamo a bomba. Nel muro di

Opera si è creata una fonte di altissimo calore che appare alquanto sospetta, inspiegabile e preoccupante, nessuno parla ancora apertamente di buco nero, ma tutti lo stiamo pensando e tutti lo temiamo. Mi capisce ora?»

«Perfettamente...»

«Ci hanno consigliato di chiamarla e di portarla con noi per valutare la gravità della situazione. Mi dicono che, a questo punto, lei è il massimo esperto mondiale nel disinnesco di buchi neri. Non è così?»

«Non credo mi si possa definire così, ma va bene lo stesso. Lo dico a mia moglie, che è qui vicino. Vedremo di trovare un'auto e di correre da lei nel giro di qualche ora. Lei è già sul posto?»

«Non ancora, ma ci sto andando. In questo momento mi trovo sul raccordo anulare di Roma con alcuni miei colleghi e ci arriveremo fra due ore. Possiamo trovarci presso la direzione dei laboratori, fuori dalla montagna. La sala C dove sta Opera è già stata sgomberata e ora stiamo facendo uscire tutti dalle altre due sale. Bloccheremo anche il passaggio dell'autostrada, dichiarando una frana: vorremmo mantenere queste cose riservate, per il momento, per evitare di peggiorare le cose.»

«Capisco... va bene, allora ci vediamo là, fra poche ore.»

Giuliano chiuse il telefono e vide che tutti i presenti lo fissavano, ammutoliti, aspettando che dicesse loro qualcosa.

«Nuovi problemi. Gian Piero, mi presti un'auto per fare una tirata sino a Teramo?»

«Ti do la mia, non preoccuparti. Il serbatoio è pieno. Vi facciamo preparare qualche panino, della frutta e qualche cosa da bere. Ah, Marcella, anche un termos di caffè: lo trovi nella seconda anta della cucina. È meglio che partiate subito, dato che mi pare che la situazione sia già grave.»

«Mi preparo subito» disse Eleonora, alzandosi e salendo nella camera che avevano occupato e che contavano di dover lasciare solo il giorno successivo.

Marcella scoppiò a piangere, presa da un attacco nervoso e maledì ripetutamente tutti gli scienziati del mondo e i loro folli esperimenti.

CAPITOLO TRENTESIMO

GRAN SASSO

Faticarono un po' per uscire da Lugano, sbagliarono strada e solo in un secondo momento si resero conto che quella grossa auto aveva anche un GPS montato sul cruscotto. Lo inserirono e il computer collegato al satellite li guidò per le viuzze del borgo finché non riuscirono a imboccare l'autostrada per Como. Passarono il confine a Chiasso e poi si diressero verso Milano e da lì scesero verso sud, puntando sull'Aquila. Erano le dieci di sera e il traffico si stava alleggerendo, forse perché molti erano già arrivati a destinazione per i festeggiamenti dell'anno nuovo.

Pensò di telefonare a Piazza, certo che non fosse ancora andato a dormire. Compose il numero del suo telefonino portatile e al primo squillo sentì la voce profonda dell'amico gesuita, che aveva immediatamente preso la chiamata.

«Carissimo Giuliano, aspettavo la sua telefonata!»

«Come! L'hanno già avvisata?»

«Mi hanno chiamato questa sera e sono subito corso qui nelle cripte per vedere che sta succedendo. È impressionante e terribile allo stesso tempo, non ho mai visto nulla del genere e nessuno ha mai assistito prima a un simile spettacolo. Terribile, anche se ho sempre creduto, in quanto cristiano, che un giorno sarebbe successo.»

«Piazza, credo che io e lei stiamo vedendo due film diversi, per così dire. Dove si trova ora di preciso?»

«Sono sotto alla Basilica di San Pietro, nelle grotte vaticane, davanti alla tomba di San Pietro.»

«Bene, ora ho capito, e cosa starebbe succedendo di così terribile?»

«La lastra di marmo che la copriva, si è improvvisamente frantumata.»

«La lastra che copre la tomba di San Pietro si è frantumata? È questo che vuol dire? Non può essere un fenomeno causato da una scossa di terremoto, oppure da una variazione di temperatura?»

La tomba di San Pietro era stata trovata nel 1950, dopo anni di scavi ordinati da Pio XII per cercarla, ma quell'ossario era vuoto. Poi, al tempo di Paolo VI, si erano scoperti lì vicino dei frammenti ossei avvolti in un panno ricamato di porpora con fili d'oro e si era capito che dovevano essere stati dentro alla cassetta di marmo, ma poi furono spostati, forse al tempo dell'imperatore Costantino il Grande.

«Non è possibile, la pietra si sta come sgretolando e lo stesso sta succedendo anche per altre tombe di alcuni martiri e di alcuni papi dell'antichità. Fosse per una, potrei pensare a qualche spiegazione naturale, ma per così tante e nello stesso istante, no, è troppo strano per essere spiegato scientificamente. E questo non è tutto. Le immagini della Madonna che abbiamo sopra, nella basilica vaticana, hanno cominciato a lacrimare sangue. Tutte, anche la pietà di Michelangelo! Non ci può essere una spiegazione logica a questi fenomeni. Tranne una sola: il Tempo è vicino!»

«Il Cielo manderà dei segni?»

«È quanto pensavo pure io.»

«Io ed Eleonora stiamo andando al laboratorio del Gran Sasso, pare che abbiano dei problemi simili a quelli del CERN di Ginevra: a questo accennavo prima e per questo ho chiamato. Ma c'è ancora una tenue speranza che non sia così, non ne sono proprio sicuri.»

«Con questi segni che ho davanti agli occhi, caro Giuliano e cara Eleonora, credo che restino pochi dubbi. Credo che la fine sia vicina.»

«Certo, non dobbiamo smettere di sperare e di pregare. Cerchiamo, come sempre, di analizzare tutto con calma.»

«Scusatemi, ma parlate così perché non state vedendo quello che io ora vedo quaggiù, con i miei occhi. Credo che addirittura si stiano già dividendo i falsi papi da quelli veri, altrimenti come possiamo spiegare l'apertura di certi ossari, mentre altri restano intatti? Ecco, vedo Sua Santità che sta arrivando, l'ho visto spuntare dal fondo della galleria. Vi devo salutare ora. Ci sentiremo più avanti e speriamo di rivederci in questo mondo, altrimenti sarà nel prossimo, pregherò anche per voi. Sono fortunato di aver vissuto sino a vedere questi segni. Vi benedico tutti e non abbiate paura, perché il regno di Cristo è vicino e durerà nei secoli dei secoli. So che sembrerà assurdo, ma dobbiamo gioire di tutto quanto stiamo vedendo, non temere, né aver paura. Questo è il compimento di tutte le nostre speranze. Dobbiamo gioire con tutto il nostro cuore. Infatti, vedo una grande gioia in questo momento dipinta sul volto del nostro Santo Padre!»

«Buon Dio, buon Dio!» esclamò Giuliano, portando istintivamente il dorso della mano destra a coprire gli occhi. Eleonora notò la stranezza del gesto che attribuì alla grande emozione provata dal marito. Non sapeva che quello era il segno massonico che tramanda l'orrore provato dai discepoli di Hiram Nabif nel ritrovare il cadavere del loro maestro, l'architetto del tempio di re Salomone.

La loro conversazione s'era svolta in viva voce ed Eleonora, sentendo quelle parole, era impallidita di colpo e pareva sull'orlo di svenire.

«Ti senti male?» le chiese lui. «Possiamo fermarci a bere una bevanda calda al prossimo autogrill.»

«No, non serve. Mi riprendo subito.» Accese la radio e provò a sintonizzarla su vari canali; i notiziari non parlavano ancora di quanto stava accadendo a Roma, né del Gran Sasso. Tutto pareva normale: una notte di capodanno come tante altre prima di quella.

«Si vive e si muore ed è sempre stato così. Quando chiudiamo gli occhi un'ultima volta, per non riaprirli più, non è come se l'Universo intero finisse intorno a noi?» disse Giuliano, quasi pensando a voce alta. «Oppure, come mi diceva quello spettro che avevo incontrato a Hong Kong, esiste una sorta di visione che va oltre la nostra morte corporale? Una vita che continua, in attesa di un qualcosa di veramente definitivo?»

Soppesò per un attimo quel problema e poi gli giunse la risposta.

«Certo, andiamo verso l'Apocalisse, la resurrezione dei giusti, la battaglia finale di Armageddon, il giudizio nella valle di Josafat.»

«Giuliano, stai pensando anche tu che questa sia davvero la fine del tempo?» gli chiese lei.

«Sì, è difficile non pensarci in questo momento. Comunque, non siamo mai stati in grado di valutare il tempo, ci siamo sempre lasciati ingannare. Forse quello che vediamo accadere potrebbe stare accadendo un secondo dopo la creazione. Basterebbe usare un altro orologio.»

«Che vuoi dire?»

«Stavo pensando questo, poco fa: per te un uomo di quarant'anni è vecchio e decrepito?»

«No, direi che è giovane. Nel pieno della maturità. Ora che ne ho qualcuno di più io stessa, lo posso dire in tutta tranquillità.»

«Lo stesso penso io, però stavo anche meditando sul fatto che io sono nato il 23 maggio 1955 e che quarant'anni prima della mia nascita, quindi l'età di un giovane, l'Italia era entrata in guerra. Nella Prima guerra mondiale, 23 maggio 1915! Non suona forse incredibile? Quando pensavo alla Prima guerra mondiale, la vedevo remota come le guerre dei romani contro Annibale. Non è un segno che non sappiamo cos'è il tempo, neppure quello minuto, che ci scorre davanti agli occhi?»

«Credi che assisteremo alla vittoria di Raypoz, dunque?» disse lei, dopo qualche minuto in silenzio.

«Non è possibile che Iddio, infinitamente buono, voglia la vittoria del demonio. Ci deve essere una soluzione... un piano che lui conosce e noi, così limitati nelle nostre facoltà, non riusciamo a comprendere.»

«Cos'ha da guadagnare Raypoz, dal Giudizio Universale?»

«Nulla, vuole la fine assoluta; ma se non ci sarà una fine assoluta, allora verrà sconfitto. Proprio per questo non è possibile che sia del tutto opera sua. Forse era già scritto che doveva succedere e Raypoz è solo lo strumento imperscrutabile di questo destino: *bestia, quae ascendit de abisso*, la bestia che sorge dall'abisso. I due testimoni uccisi e i loro corpi lasciati sulla piazza, che spiritualmente si chiama Sodoma ed Egitto, dove anche il loro signore è stato crocifisso, come sta scritto nell'Apocalisse di San Giovanni. Una lotta ancora aperta, nonostante tutti i segni che il Cielo manda. Forse è troppo tardi per fermare le lancette che si avvicinano alla mezzanotte del nostro Universo...»

Solo dopo che ebbero passato Firenze, i giornali radio diedero l'annuncio che c'erano dei problemi sotto al Gran Sasso, in un notiziario dopo le due del mattino: vi si parlava di problemi non ben chiariti nel laboratorio di ricerca sui neutrini, collegato al CERN, dicendo che forse si trattava di un incendio.

Ma l'aver nominato il CERN bastò per far scoppiare il panico non solo in Italia, ma un po' in tutto il mondo.

Subito dopo risentirono al telefono Gervaso che chiedeva a che punto stavano.

«La notizia è passata ai notiziari. L'abbiamo sentita poco fa.»

«Sì, lo sappiamo, qualche fesso fra i nostri tecnici deve aver parlato con dei giornalisti. Ora è un guaio, c'è davvero tanta paura in giro. Sto per chiamare il capo di Stato Maggiore dell'Esercito per fare intervenire le forze armate, sperando che possano tenere lontana la gente.»

«Non dovremmo essere lontani, ora. Ha potuto controllare cosa è veramente successo?»

«Pare confermato che sia un micro-buco nero. Faccia in fretta, se ha dei problemi per arrivare sino a qui, mi chiami pure.»

Capitolo Trentunesimo

Invincibile

Arrivarono in prossimità dei laboratori solo verso le cinque del mattino. Avevano incontrato lunghe code di auto e moltissima gente sulle strade. Avevano anche visto alcune processioni religiose che si erano formate spontaneamente: tanta gente che portava sulle spalle immagini della Madonna e di Gesù. Su una strada secondaria, a pochi chilometri di distanza dalla loro meta, videro nella semioscurità un prete che si era innalzato sopra a una sorta di terrapieno e che stava dicendo messa davanti a centinaia di uomini, di donne e di bambini, tutti inginocchiati nell'erba ancora coperta dalla brina notturna. Una immagine surreale e commovente.

«La notizia è passata a velocità supersonica» mormorò Giuliano.

«Erano tutti all'erta dopo la storia del CERN. Questa è una continuazione di quei problemi e tutti, giustamente, hanno ancora addosso una grande paura.»

Sintonizzarono nuovamente la radio su altre stazioni, anche su quelle straniere, e verificarono subito che era vero: la notizia aveva già superato i confini nazionali. Su Radio Al-Jazeera udirono la voce di un imam che stava recitando la Sura 52 del Corano:

Nessuno può fermarlo. Nel firmamento, una terribile commozione e le montagne voleranno. Guai a coloro che hanno trattato la verità come se fosse stata falsità.

«Anche i musulmani credono al Giudizio Universale, l'ora in cui gli empi smetteranno di essere torturati nelle loro tombe, i giusti lasceranno le loro sepolture colme di delizie e i martiri usciranno dal giardino dell'Eden per apprendere quale sarà la loro sorte eterna.»

«Quanto mai indicata quella Sura!» disse Eleonora laconicamente e spense l'apparecchio. Poi chiese: «Quanto manca ai laboratori?».

«Non molto, forse cinque chilometri.»

Si scorgevano sempre più auto abbandonate ai lati della strada, ma riuscirono ad arrivare sino a un posto di blocco formato da tre vetture dei carabinieri.

«Il dottor Gervaso ci sta aspettando!» disse Giuliano, sporgendosi dal finestrino.

Un colonnello gli si avvicinò e chiese se era Giuliano Sovramora e, avutane conferma, salutò portando la mano alla visiera del berretto e ordinò ai suoi uomini di lasciarli passare.

Lasciarono la macchina in un prato, davanti alle baracche che fungevano da centro direzionale dei laboratori veri e propri: anche lì c'era molta gente, nonostante l'ora.

Un gruppo di cameramen di Raiuno stava montando le apparecchiature con alcune luci e una parabola per intervistare una persona sui sessant'anni, con i capelli bianchi e il viso molto stanco che aspettava lì vicino.

Chiese all'intervistatore, un mezzo busto che aveva già visto apparire in televisione, se quello era Gervaso. Lui gli disse di sì, era proprio lui. Allora gli andò incontro e gli tese la mano, dicendo: «Eccoci qui. Sono Giuliano e lei è Eleonora, mia moglie».

«Benarrivati, avete fatto anche voi un bel viaggio questa notte! Venite, entriamo a bere un caffè, intanto vi aggiorno su quello che c'è di nuovo» e si volse per scortarli all'interno della palazzina.

«Ehi! L'intervista! Dottor Gervaso dove va? Noi siamo pronti! Torni qui per cortesia, accidenti, c'è pure la CNN collegata con noi per la prima volta!» disse il mezzo busto, imprecando sottovoce. Gervaso non gli rispose neppure e continuò a camminare verso l'interno degli uffici.

Arrivarono in una stanza dove c'era un tavolino da campeggio con alcune carte buttate sopra; tutto intorno si vedevano degli uomini in azione con radiotelefoni, computer e cuffie che parlavano e si muovevano nervosamente. Avevano occupato quella stanza utilizzandola come unità di crisi.

«La temperatura è salita tremendamente. In pratica i laboratori all'interno della montagna non esistono più, vi si è già formata una cavità di 400 metri di diametro. Questo ha provocato delle rotture nella cisterna naturale che raccoglieva le acque di fusione del ghiacciaio del Calderone. Il Rio Arno e il Chirino si sono già prosciugati, così come altre sorgenti naturali. Naturalmente quest'acqua non ha fatto neppure in tempo a evaporare, è semplicemente sparita, volatilizzata. Prevediamo l'implosione della cima nel giro di un'ora.»

Abbiamo idea di come quel buco nero sia potuto arrivare sin qui?»

«Non crediamo che la concomitanza con l'incidente al CERN sia casuale: non possiamo credere che si sia formato naturalmente proprio ora, a pochi giorni dai guai di Ginevra. Forse dal CERN hanno sparato uno dei buchi neri che avevano creato assieme al raggio di neutrini. Non so come sia stato possibile, ma sembra sia stato intercettato dagli sbarramenti, insediandosi lì. E ora non se ne vuole più andare. Volendo peccare d'ottimismo possiamo dire che la situazione è disperata. Mi corregga se sbaglio, ma temo che, a differenza di quanto fatto a Ginevra, non si potrà sparare questo oggetto, questo corpo estraneo, nello spazio, perché sta sotto una montagna. Che ne dice? Vede qualche speranza?»

«Che temperatura abbiamo là sotto?»

«Non riusciamo a misurarla con i nostri strumenti, poiché è troppo elevata e sta sciogliendo le rocce. Forse ottomila gradi centigradi.»

Giuliano si lasciò cadere sulla sedia che stava davanti al tavolo.

«Non c'è più speranza. L'alfa e l'omega. Abbiamo aperto il pozzo dell'abisso ed è finita per tutti noi! Questa volta è davvero la morte assoluta. Siamo i primi a passarci e anche gli ultimi.»

«Come temevo. E in questo momento invidio il mio gatto, che se ne sta addormentato a casa mia, a Roma, ignorando quanto sta per accadere» disse Gervaso. «È come stare in quel libro di Michael Ende, lo ha mai letto? *La storia infinita*. Il regno di Fantàsia sta per scomparire per sempre e il buco nero è Mork.»

«Non crede sia meglio cominciare a sgomberare da questa zona?»

«Dice davvero?» disse Gervaso, stupendosi quasi delle sue parole. «E dove vuole che andiamo a sgomberare, su un'altra galassia? Noi aspetteremo qui, al nostro posto. Faremo il nostro dovere sino in fondo, con grande calma e dignità» e poi scoppiò a piangere come un bambino. Un paio di suoi assistenti gli si avvicinarono e chiamarono un'infermiera che stava lì vicina, la quale gli fece un'iniezione di calmanti.

Non avevano sentito quello che si erano detti e pensarono che fosse solo lo stress e la mancanza di sonno.

Giuliano corse a prendere Eleonora per mano e saltarono di nuovo in auto.

«Dobbiamo allontanarci di qui, presto salterà tutto.» Giuliano accese il motore e partì a forte velocità.

«Ma dove andremo?»

«L'importante è allontanarci di qui più che possiamo, non c'è più nulla da fare. Potremo vivere ancora per qualche giorno con un po' di fortuna e finché c'è vita...»

«E tutta questa povera gente?» si chiese Eleonora, angosciata.

«Vedranno presto il nostro Creatore, ma ci precederanno di poco. Tutti ci dobbiamo passare, anche noi: è solo questione di tempo. Ed è sempre stato così. Questa volta però il programma sarà quello finale.»

Il ciglio della strada era sempre più affollato, ma tutti andavano in direzione opposta alla loro, come attratti da quel buco nero, come fa la calamita con la limatura di ferro.

Dopo circa dieci minuti, Giuliano notò nello specchietto una grande luce abbagliante staccarsi dalla cima della montagna e salire in cielo, come un'improvvisa eruzione vulcanica. Notando un grande muro sulla destra della strada, che faceva da contrafforte a un cavalcavia, vi si nascose dietro, fermando il motore. Prese Eleonora fra le braccia e le fece abbassare la testa, dicendole di tenere la bocca aperta.

Dopo alcuni secondi di attesa arrivò un boato fortissimo, l'onda d'urto e forti tremori, seguiti da nuvole di cenere che oscurarono il sole. Pareva calata di nuovo la notte, ma per loro fortuna quella parete resse all'onda d'urto.

Come aveva previsto Gervaso, la montagna era prima implosa con un bagliore, inghiottita dal quel tritaatomi e tutto attorno il terreno aveva ceduto, provocando una frana gigantesca.

Dopo circa cinque minuti la polvere cominciò a depositarsi e poterono rimettersi per strada. Ora si vedeva gente a terra ferita, morti, case crollate.

«Dobbiamo raggiungere l'autostrada prima che possiamo.»

«Quasi ci siamo. Riconosco quella torre, l'avevo vista appena usciti dallo svincolo.»

CAPITOLO TRENTADUESIMO

VIENNA

«Eleonora, prova a chiamare Alfonso sul portatile.»

«Lo faccio subito, un attimo solo. Ecco, okay, risponde. Metto in viva voce.»

«Alfonso, sei tu?»

«Giuliano, siamo in due del Cenacolo qui da me. Stiamo vedendo alla CNN quello che è successo al Gran Sasso. Tremendo spettacolo...»

«Ci sto proprio vicino» esclamò Giuliano, un po' emozionato.

«Brutta situazione, peggiore dell'altra volta, vero?»

«Irreparabile. A che punto siamo con il nostro piano Apocalisse? Non credo ci sia rimasto altro.»

«Ci stiamo lavorando a pieno regime, tutto l'hardware è pronto, ci manca la benzina. Ma non abbiamo sufficienti risorse, tu mi capisci. Bisogna sentire qualcuno in alto, anche se non sarà facile fargli capire cosa vogliamo e averlo così rapidamente.»

«Ho il numero di telefono del segretario di Stato americano, la chiamo e vediamo di spiegarle la situazione. Ci stiamo dirigendo a Vienna ora, arriveremo da voi fra sei ore, se non avremo incidenti. Comunque, fra poco vi faccio sapere se ci sono novità.»

«Eleonora, hai il numero personale di Corinne Frost?»

«Sì, ecco che sta suonando anche questo. Oggi è il nostro giorno fortunato... ma che ore sono a Washington?»

«Non ne ho idea. Pronto. Pronto!»

«Uffici del governo degli Stati Uniti d'America. Qui è la segreteria di Stato, chi sta chiamando?»

«Giuliano Sovramora, dall'Italia. Avevo avuto questo numero dalla dottoressa Frost, mi aveva raccomandato di chiamarla in caso di emergenza. Ebbene, c'è una grossa emergenza ora...»

«Ne siamo informati. Attenda in linea, per cortesia.»

Dopo pochi secondi arrivò la voce del segretario di Stato americano.

«Pronto, Giuliano? Stavamo per chiamarvi, per quel nuovo problema in Italia. So che lei si trova nelle vicinanze, non è così? Cosa ci può dire?»

«Tutto il male possibile. Siamo diretti a Vienna, ora. Stiamo fuggendo a Vienna, sarebbe il caso di dire.»

«Ah, il laboratorio di distruzione del mondo!»

«Non capisco, che vuol dire?»

«Nulla. Una citazione da Karl Kraus. Ero una grande lettrice da giovane e una grande memorizzatrice. Quanto tempo ci è rimasto?»

«Non ne ho la più pallida idea, forse qualche giorno, se saremo fortunati.»

«Non ci sono altre soluzioni, allora? Solo pregare e prepararci all'eternità. Ci siamo? *Ultima linea rerum.*»

«Proprio così!»

«Tutto inutile da qui in avanti...»

«Abbiamo un piano alternativo, ma non è un vero piano, è una storiella di fantascienza, una cosa disperata.»

«Se non c'è altro possiamo seguire quella, meglio che nulla. Nulla di peggio del nulla. Di che si tratta, dunque?»

«Mai sentito parlare di M-theory in fisica? Il nostro Universo si estenderebbe per circa tredici miliardi di anni luce e c'è la possibilità che le quattro grandi dimensioni spaziali che osserviamo siano in realtà delle curve ovvero che stiamo osservando quattro circoli aventi un perimetro di tredici miliardi di anni luce. La prima intuizione la si può trovare in Kant, che fu in grado di provare, nella sua *Critica della ragion pura* che lo spazio e il tempo non esistono in sé, ma solo come forme di intuizioni aprioristiche. Tralasciando la storia della filosofia, perché questo non è il momento, pare che le dimensioni siano in realtà undici, ma noi ne possiamo osservare solo quattro a causa delle nostre limitazioni sensoriali. Però esiste la possibilità teorica, solo teorica, che si possa bucare questa curvatura e creare una sorta di *wormhole* come farebbero dei bachi in una mela: delle gallerie.

«Questo permetterebbe di viaggiare sia nel tempo che nello spazio. Li si incontra a livello teorico, quando ci si accosta alla gravità quantica, nota come integrazione del passo Euclidea...»

«Lei sta proponendo la costruzione di una macchina che torni nel passato e blocchi l'avviamento del CERN, una sorta di film *Back to the Future*?»

«No, questo non credo sia possibile. Altrimenti non saremmo già più qui a parlarne ora: lo avremmo già fatto. Dunque non è possibile. Propongo due strade alternative. Fare partire un razzo da Cape Canaveral appena possibile, mettendo nella ogiva quanto più materiale possibile, che testimoni la nostra esistenza: memorie, foto, specimen di DNA umano e animale. Qualsiasi cosa sia di origine umana e terrestre e spararlo verso la più vicina galassia, sperando che un giorno una civiltà intelligente lo trovi e ci possa, a Dio piacendo, in qualche modo far rinascere: un'arca di Noè galattica.

«Secondo, con alcuni miei colleghi, ricorda il nostro Cenacolo degli apoti? Abbiamo preparato una macchina quantica, che è semplicemente una specie di sfera di alluminio che però dovrà essere coperta di antimateria. La capsula è già stata approntata a Vienna, il grosso problema è che non abbiamo antimateria e questa ce la dovreste fornire voi.»

«E dove la prendiamo l'antimateria?»

«Al Fermilab o al CERN dovrebbero averne da parte una piccolissima quantità.»

«Siamo sicuri che funzionerà?»

«No. Non sono neppure sicuro che abbiano davvero dell'antimateria da parte.»

«Quanti potranno salire in questa macchina temporale?»

«Pochi. Una dozzina di persone al massimo.»
«Chi deciderà chi ci sale? Vi sarà una ressa terribile!»
«Questa navicella dovrà entrare nel buco nero, le possibilità di non morire subito sono molto prossime a zero, quasi certamente ci scontreremo con una singolarità, una interruzione nel passaggio e sarà la fine del nostro viaggio. Inoltre la cosa non dovrà essere pubblicizzata, per forza di cose deve essere riservata a pochi, cosiddetti "eletti". Gente che l'ha costruita e la conosce.»
«Capisco. E devo far uso velocemente del potere che ancora mi rimane per farvi passare dall'altra parte, prima che il nostro tessuto sociale si sbricioli come una torta di riso.»
«Esatto, ma bisogna fare in fretta. Ci stiamo avvicinando al *melt-down* della nostra civiltà, molto presto non vi sarà più nessuno che potrà dar ordini e riceverne. Ma cosa ci sia al di là di questa barriera che intendiamo superare è per noi inconcepibile e imprevedibile.»
«E allora a che serve tutto questo?»
«Forse riusciremo a portare in un'altra dimensione la traccia del nostro passaggio. Non c'è altro da fare. Siamo come una seconda navicella da sparare nello spazio, come quella di cui parlavamo poco fa: una la si lancia verso un'altra galassia e una seconda in un'altra dimensione. Se c'è chi può uscire con una idea migliore, ben venga, si faccia avanti subito.»
«Qualcuno dei nostri generali propone di usare le bombe atomiche per cercare di obliterare il buco nero.»
«Non credo sia una buona idea: assorbirà tutta l'energia che gli forniremo, accrescendo la sua potenza. Potete provare, fa poca differenza ormai. A questo punto non importa più nulla. Questo buco nero sta per rovesciare il nostro sistema solare come se fosse un guanto.»
«Va bene... sento per l'antimateria e autorizzo i nostri generali a usare le atomiche.»
«Grazie e mi richiami appena ha una risposta.»
«Va bene, lo farò.»

Capitolo Trentatreesimo

Apocalisse

Era una bella giornata invernale, molto fredda, ma assolata.

Si erano alternati alla guida dell'auto ed erano anche riusciti a dormire, a turno, per un'ora sul sedile posteriore, ma era stato un sonno agitato, pieno di incubi e interrotto da continui risvegli angosciati. Prima di arrivare al passo del Brennero, si fermarono a prendere dei panini e delle birre vicino a Verona, in un autogrill che trovarono incustodito: era ormai un self-service.

Anche il passo del Brennero era deserto e non si vedevano né i finanzieri italiani né tanto meno quelli austriaci, che lo avevano abbandonato. Nella fretta ebbero anche un piccolo incidente con un'auto che stava andando in contromano, ma che per fortuna, appena li vide, frenò e dopo lo scontro fuggì via.

La casa di Alfonso stava all'estrema periferia della capitale austriaca: una sorta di cottage tirolese, basso, di legno verniciato color marrone. Aveva, davanti, un piccolo giardino e una sorgente che aveva formato un laghetto dentro il quale nuotavano dei grossi pesci. Il GPS aveva la mappa anche per quella città e quindi era stato facile arrivarci, ma fecero appena in tempo, perché pochi minuti prima di spegnere il motore dell'auto, il sistema era andato fuori uso.

Sentirono alla radio che Roma era già nel caos, fuori controllo e in centinaia di migliaia s'erano accalcati davanti e dentro la basilica di San Pietro appena s'era diffusa la notizia dei miracoli che vi stavano accadendo. Vi furono centinaia di vittime per via della ressa. Poi, appena si sparse la voce che anche nelle vecchie catacombe, scavate nelle viscere della terra in epoca romana, si segnalavano tanti fenomeni miracolosi, una parte di quei disperati si riversarono in quella direzione. La radio disse anche che in Israele si segnalavano eventi straordinari: a Gerusalemme, in particolare, e anche nella vicina chiesa della natività di Betlemme, che si era sollevata di quasi cinque metri, come se una gigantesca piattaforma, nascosta nel sottosuolo, l'avesse spinta su senza farla crollare. Ora spiccava fra le case che le stavano accanto e che, in parte, erano franate. La pietra nera alla Mecca s'era fatta rovente e poi s'era liquefatta, come lava eruttata da un vulcano.

In tutto il mondo i templi, le chiese, le moschee, le sinagoghe erano stracolme di fedeli assorti in preghiera; altri, come impazziti e presi da una mortale frenesia s'erano associati in bande armate che rapinavano e saccheggiavano i negozi e le abitazioni. Le porte delle prigioni erano state lasciate aperte e i secondini erano scappati. Molti erano impazziti e i suicidi non si contavano già più, tanto che le strade delle principali città di tutto il mondo erano colme di cadaveri.

Il sistema di Internet e di telefonia mobile stava per collassare e presto si sarebbero interrotti tutti i collegamenti, non solo quelli elettronici, ma anche quelli elettrici, idrici, del gas. I treni avevano smesso di correre, abbandonati sui binari e i passeggeri s'erano uniti ai macchinisti nel vagare senza una meta per le campagne e per i villaggi. Era di nuovo il Medioevo e l'anarchia stava anticipando l'arrivo della fine del mondo.

Giuliano ed Eleonora scesero dall'auto e vennero accolti da Alfonso che imbracciava il fucile, un Mauser 7.65 da caccia grossa.

«Scusate l'accoglienza, ma abbiamo dovuto già respingere un tentativo di rapina: un gruppo di balordi che voleva entrarci in casa. Non abbiamo più corrente elettrica, ma stiamo usando il nostro gruppo elettrogeno.»

«A che punto siamo con la nostra capsula?»

«Completata, manca solo l'elemento chiave. La verniciatura quantica.»

La chiamavano verniciatura, fra di loro, ma in realtà era qualche cosa di molto diverso, di molto più complesso, perché l'antimateria non può essere usata come una vernice. I primi successi di conservazione dell'antimateria li avevano ottenuti al CERN, nei primi anni Novanta. Si trattava di antiprotoni che, avendo la stessa carica energetica dei protoni, scontrandosi con questi, si annullavano a vicenda emettendo energia e scariche di particelle elementari, soprattutto pioni. Riuscirono a conservarli raffreddandoli a temperature prossime allo zero assoluto e limitando così la loro reattività. Questi antiprotoni freddi erano stati usati anche per produrre il primo atomo di antimateria. Era bastato combinare un antiprotone con un positrone e si era giunti a dell'anti-idrogeno. Un traguardo impensabile solo pochi anni prima.

«Quante postazioni abbiamo potuto ricavare nella navicella?»

«Direi che stringendoci bene ci possiamo stare in una decina. Abbiamo già messo tutto quanto si è potuto trovare, come avevamo stabilito mesi fa. Avevamo fatto preparare anche qualche libro: la Bibbia, Shakespeare e Dante.»

«Se c'è del posto rimasto libero mettiamoci pure degli altri libri cartacei, anche se non potranno durare a lungo.»

«Già fatto, staremo a vedere quanto resisteranno.»

«Come l'avete chiamata?»

«Non ha ancora un nome, cosa proponi?»

«*Santa Maria*?»

«Mi sembra una buona cosa mettersi sotto la protezione della Madonna, in un momento come questo. Si chiamerà *Santa Maria*, come la nave ammiraglia di Cristoforo Colombo. Quando ci porteranno la vernice?»

«La Frost mi ha richiamato poco fa, diceva che al CERN non ne hanno. Però una piccola quantità ci sta arrivando dal Fermilab: pare la stessero già preparando per delle possibili applicazioni militari. Dicono che è solo un decimo di grammo di antiprotoni, pensi che basterà?»

«Sicuro, è più di quanto ci possa servire.»

«Bene. È già a Londra in una capsula di idrogeno liquido. Ora un Harrier della Royal Navy la sta prelevando e ce la dovrebbe portare proprio qui, nel giro di pochi minuti. Dobbiamo impiantare un radiosegnale nel giardino e aspettare che arrivi. Mi hanno detto di usare il mio telefonino.»

Giuliano appoggiò, sulla finestra che dava sul giardino, il proprio portatile con la linea aperta, il che avrebbe permesso all'aereo britannico di trovarli con precisione millimetrica, dato che aveva già registrato quel numero nel sistema di ricerca elettronica.

La loro navicella era fatta completamente d'alluminio e non era altro che una vecchia cisterna per contenere latte da pastorizzare che Alfonso aveva rilevato da un vecchio caseificio, fallito qualche anno prima. Vi si accedeva da un portello posto alla sua sommità.

Al suo interno avevano saldato dei compartimenti e dei sedili fatti con tubi di ferro piegati. Non aveva finestre, ma il viaggio sarebbe stato comunque molto breve, sia in caso positivo che negativo. Eleonora e Giuliano vi si calarono dentro e la esaminarono alla luce d'una torcia elettrica.

«Ottimo lavoro, Alfonso. Oltre a tua moglie, chi ci metteremo?»

«Sebastian, con la moglie e la figlia sono già qui da noi, con Wolf, il loro cane lupo. Carl potrebbe anche farcela ad arrivare, ma non ne siamo più sicuri, dopo il caos che c'è in giro. L'ultima trasmissione radio a onde corte che abbiamo captato dieci minuti fa parlava di un buco con una ampiezza che va da costa a costa, in Italia. L'acqua del Mare Adriatico sta già scorrendo in quella del Mar Tirreno. Hanno sganciato due gigantesche atomiche ai neutroni fornite dalla Russia, ma non hanno cambiato nulla. Raggiungendo l'interno della terra, il buco nero eroderà il core e si fermeranno i campi magnetici. Se l'aereo non arriva in fretta sarà davvero la fine di tutto, anche del nostro tentativo.»

Proprio in quel momento, sopra la casa si sentì il rumore assordante d'un jet militare e un forte vento mosse le tegole del tetto. Corsero fuori e videro l'Harrier in fase di atterraggio verticale nel giardino. Si posò lentamente e con attenzione per evitare di ribaltarsi, il copilota saltò giù: portava con sé un ragazzo di circa quindici anni e una pesante valigetta metallica.

«Salve. Tenente Ross della Royal Navy. Dobbiamo consegnarvi questa scatola e questo giovanotto. È il nipote del presidente degli Stati Uniti che ci ha pregato, lui personalmente, di chiedervi di prenderlo con voi.»

«Va bene, capitano. Grazie per il vostro impegno e per il vostro senso di attaccamento al dovere. Questo sarà un vostro titolo di merito per l'eternità» disse Giuliano.

«Grazie. Ora proveremo a rientrare alla base. Buona fortuna, siete la nostra unica speranza. Buona fortuna e che Dio ci benedica tutti!»

Salutò militarmente e salì nuovamente sul jet, che si alzò in verticale e poi prese a correre in cielo.

«Però, che macchine magnifiche abbiamo creato noi uomini!» esclamò Alfonso, vedendolo levitare come un grosso calabrone nell'aria.

«Come ti chiami?» chiese Eleonora a quel ragazzo, con un sorriso.

«John, signora. Mio nonno mi ha detto che state per fare un viaggio nello spazio e nel tempo. Ho chiesto di seguirvi e, dopo molte lacrime, anche i miei genitori hanno accettato. Sono molto fiero d'essere qui con voi e vi dico subito che non vi creerò alcun problema, potete stare tranquilli. In questo momento, quali che siano i rischi ai quali andiamo incontro, non vorrei stare da nessun'altra parte. Questo è il più bel giorno della mia vita!»

Lo si vedeva raggiante di gioia, sorrideva e non si curava della mancanza dei genitori o del pericolo, pur essendo in un Paese tanto diverso dal suo e circondato da estranei.

«Sei molto coraggioso; vieni ora, andiamo a caricare qualcosa nell'astronave. C'è anche una ragazza più o meno della tua età» gli disse lei, prendendolo per mano.

Appena furono all'interno del laboratorio, videro l'orizzonte farsi d'un colore rosso intenso in tutti e quattro i punti cardinali: due alte colonne di fuoco, come di rame incandescente, s'innalzavano nel cielo, tranne che a nord, dove se ne alzava una sola.

«Quello è il segno che il buco ha cominciato a erodere

l'interno della terra e il campo magnetico terrestre si è bloccato!»

«O forse sono i sette candelabri dell'Apocalisse» disse Alfonso. «E il buco nero è il terzo cavaliere, quello che ha in mano la bilancia. Alla fine dovrebbe arrivare quello verde che porta la morte. Il settimo sigillo sta per essere aperto. Sta scritto che quando il settimo sigillo verrà aperto, avvertiremo un grande silenzio in cielo, che durerà mezz'ora. Questo forse è tutto quanto ci è rimasto: mezz'ora. Li conosco a memoria questi passi dell'Apocalisse. Da bambino una suora ce li aveva fatti studiare al catechismo, anche se confesso che non l'avevo mai presa in senso letterale, ma piuttosto come un poema lirico.» Ne recitò un passo:

Io vidi i sette Angeli in piedi davanti a Dio, e furono date loro sette trombe. Poi venne un altro Angelo e si fermò in piedi presso l'Altare, con un turibolo d'oro in mano e gli furono dati molti profumi, affinché li offrisse assieme alle preghiere di tutti i Santi, sopra l'Altare d'oro, che è davanti al Trono. E dalla mano dell'Angelo il profumo degli aromi salì, con le preghiere dei Santi, fino a Dio.

Poi l'Angelo prese il turibolo, lo riempì del fuoco dell'altare e lo lanciò sulla terra. E ne uscirono tuoni e lampi e voci e terremoti.

«Alfonso, ora mettiamoci al lavoro con l'antimateria» disse Giuliano, scuotendolo e prendendo la valigetta che conteneva quel materiale altamente instabile. All'interno, c'era un solenoide cilindrico rivestito di rame che era collegato a delle pile. L'antimateria andava sistemata alla sommità della loro nave quantica, dentro a una sfera metallica che avevano saldato all'esterno; con una calamita avrebbero azionato l'interruttore di quello che chiamavano il verniciatore. Il materiale delle pareti della sfera era fatto d'una miscela metallica di piombo e uranio spento; all'interno avevano posizionato un sottile foglio di Pu239, che Alfonso aveva sottratto al laboratorio dove lavorava. Avrebbero dovuto azionarlo solo mentre stavano per cadere nel buco nero. Aprendosi, avrebbe sprigionato un forte flusso di raggi gamma e di energia. Queste particelle dovevano soffiare quel concentrato di antimateria. A quel punto si sarebbero annullate a vicenda rilasciando solo energia pura che, per una frazione di secondo, avrebbe permesso a quel cilindro metallico di passare nel *wormhole* più vicino. Il tempismo sarebbe stato fondamentale, dato che l'antimateria tende a esplodere mentre si combina con la materia. Un computer li avrebbe aiutati a calcolare il tempo di sgancio e la loro ricaduta all'interno del canale. Non esisteva una schermatura sulla loro navicella, ma la velocità di attraversamento li avrebbe protetti dal flusso delle radiazioni gamma.

«Eleonora, fai entrare tutti nella cisterna. Credo ci restino pochi attimi ormai, tutta la penisola italiana sarà già stata inghiottita e la luna potrebbe essere presto attratta verso la terra, come al gioco delle bocce. Chiama anche Sebastian.»

«La moglie di Sebastian è già seduta qui dentro, con sua figlia. Siamo pronti. Vai fuori a dare la voce ad Alfonso.»

«Vado, un attimo!»

Uscì in giardino e vide che la luce era completamente cambiata rispetto a dieci minuti prima: s'era fatta verdastra, anche se doveva essere solo il primo pomeriggio. Alfonso stava in piedi, come ipnotizzato dallo spettacolo e guardava oltre l'orizzonte. Il cielo era limpido e trasparente come un cristallo e si potevano vedere le stelle brillare assieme alla luce solare, forse un segno che gli strati superiori dell'atmosfera erano spariti, a causa del diminuito magnetismo terrestre.

Ciò che stava fissando Alfonso era un gigantesco trono bianco che sembrava fatto di vapore acqueo e che si era formato in alto nel cielo, verso sud-est, soffuso d'una luce brillantissima, ma non accecante.

«Vieni via Alfonso, non guardare!» gli disse Giuliano.

«Ma è magnifico, quello è il trono di Dio. Forse stanno per aprire i libri del Giudizio. I morti vanno ad apprendere il loro destino eterno...»

«Deve essere l'acqua del mare che incontra il centro

della terra ed evapora. Ma non è ancora il nostro momento e non possiamo continuare a guardare.»

«Se il loro nome non è scritto nel libro della vita, finiranno nello stagno di fuoco, per una seconda morte!»

«Andiamo nella navicella, Alfonso, credo che fra pochi minuti cadremo nel buco e dobbiamo essere pronti a sfuggirgli prima di finire oltre il suo orizzonte.»

Lo tirò leggermente per il braccio e lui docilmente si voltò; poi corsero a infilarsi nella capsula, chiudendo il boccaporto superiore. Dentro avevano già acceso due lampade elettriche.

Wormhole

«Ragazzi, tutti pronti per la partenza?» chiese Giuliano.

John ed Eva, seduti dietro, risposero di sì! Erano pronti per quel viaggio nel tempo e nello spazio.

«Giuliano, Sebastian, ora seguiamo la sequenza sul computer» disse Alfonso. «Secondo i nostri calcoli dovremmo avvicinarci all'orizzonte appena gli orologi rallenteranno e questa barra, che corre da un capo all'altro della nostra navicella, comincerà a tendersi. Quando avrà raggiunto il 10 per cento di allungamento dovremo cominciare a rilasciare l'antimateria. Questo involucro si spaccherà in due al raggiungimento del 17 per cento di tensione. Se manchiamo quella finestra temporale, be'... sappiamo tutti cosa ci succederà. Ci allungheremo come spaghetti prima di essere scomposti nelle particelle elementari che formano i nostri atomi: sarà la morte a livello atomico, non molecolare!»

«La temperatura esterna si sta innalzando, ormai siamo a circa settanta gradi, ottanta, novanta. Sale di dieci gradi al secondo!» esclamò Sebastian.

Nonostante la leggera schermatura, stavano avvertendo anche loro l'innalzamento termico e presero a sudare. Potevano resistere per non più di tre minuti, con una temperatura esterna di quattrocento gradi centigradi, ma quello sarebbe stato il segno dell'avvicinamento dell'orizzonte.

La barra metallica, un vero e proprio tirante d'acciaio, messo per misurare l'allungamento cominciò a tendersi e la freccia dell'indicatore a cui era collegata si mosse anch'essa.

Eleonora si alzò dal suo sedile e andò a dare un bacio a Giuliano, lo strinse a sé e appoggiò la guancia alla sua, poi ritornò al proprio posto e si fece il segno della croce, rassegnata e composta.

«Siamo al 5 per cento, ora. Alfonso, siamo pronti ad azionare il comando?»

«Distante un click e speriamo in bene!»

Tutti tenevano gli occhi sulla freccia rossa dell'indicatore di tensione. Improvvisamente, questo s'impennò da 5 a 12 gradi e gli orologi si fermarono.

«Ora, apri Alfonso!»

«Ecco fatto!»

Gli antiprotoni stavano investendo la navicella. La sentirono sollevarsi come portata via da una potente corrente; l'orologio al quarzo di Giuliano prese a ruotare in senso antiorario a una velocità vorticosa prima di rompersi; udirono una serie di esplosioni davanti a loro e poi più nulla. Un silenzio assoluto. Non erano passati più di tre secondi da quando avevano azionato quel meccanismo esterno.

Il cavo di torsione ritornò a zero e gli orologi meccanici ripresero a camminare a velocità normale.

«Tutto bene, siamo ancora vivi, mi pare. Come state?»

«Benissimo. Già finito tutto?» chiese la moglie di Sebastian.

Si guardarono in viso. Pareva tutto normale, come se nulla fosse accaduto.

«Che ne sarà stato del nostro mondo là fuori?» si chiese Sebastian, con voce addolorata.

«Sparito per sempre. Con il grado di accelerazione della massa che abbiamo registrato, credo che il buco nero, già ora, stia inghiottendo anche la luna e, nel giro di qualche ora, toccherà a Marte e poi al sole.»

«Propongo una preghiera di ringraziamento a Dio per averci concesso ancora questi minuti di vita.»

«Sì, questa è l'idea migliore. Preghiamo recitando un *Paternoster*. Ringraziamolo per averci concesso di vedere quanto abbiamo visto fin qui e di essere passati indenni attraverso l'inferno. Non è ancora finita, ma per ora siamo tutti interi» disse Alfonso.

«Saremo fermi, ora?» chiese Eleonora, dopo la preghiera.

«Certamente, si sente la forza di gravità che mi sembra simile a quella terrestre. Quindi siamo sempre sulla nostra terra, o su un pianeta di massa simile» disse Sebastian.

«Fra poco dovremo aprire il portellone: non ci è rimasta molta aria. Vedremo dove siamo finiti. Stiamo pronti a tutto.»

«Alfonso, tu che la conosci a memoria, cosa dice l'Apocalisse a questo punto?»

«Una visione stupenda, ammesso che si riferisca a noi, o forse vale solo per una parte degli eletti. Non esisteranno più mesi, né giorni, né ore:

Poi vidi un cielo nuovo e una terra nuova, perché il primo cielo e la prima terra erano spariti; e il mare non esisteva più.

«Il resto forse attiene ai risorti che si sono presentati davanti al suo trono.

Egli asciugherà ogni lacrima dai loro occhi e non vi sarà più morte, né lutto, né grido, né pena esisterà più, perché il primo mondo è sparito.»

«Perché il primo mondo è sparito...» ripeté Mary, con gli occhi colmi di lacrime.

CAPITOLO TRENTACINQUESIMO

DEEP TIME

Dopo un minuto decisero di aprire il portellone perché l'aria si stava facendo pesante e l'esigua scorta di ossigeno che avevano imbarcato, consistente in un'unica piccola bombola, stava per esaurirsi.

«Allora, ci pensi tu, John, ad aprire e a dare un'occhiata fuori?» chiese Giuliano.

«Davvero, posso farlo io?» Voleva una conferma, pieno di meraviglia per quell'onore che gli veniva concesso.

«Certo. Apri pure ora e vediamo un po' dove siamo finiti.»

«Faccio subito, signore!» Scattò su dal sedile e andò sotto la torretta, afferrando il volano interno che ne serrava il boccaporto.

Girò in senso antiorario con le braccia tese, al massimo della forza, ma il volano non si mosse. Provò di nuovo, ma pareva proprio bloccato.

«Aspetta, ti do una mano. Forse è stata la variazione di temperatura» disse Sebastian, andandogli vicino.

«Ecco, proviamo a girare insieme ora.»

Diedero un nuovo colpo, forte, e stavolta la ruota si mosse. Si sentì un sibilo e dell'aria fredda entrò nella capsula, girarono ancora, finché non fu completamente libero. Poi lo spinsero in alto, facendolo ruotare sulle cerniere, finché lo scoperchiarono completamente. Vennero inondati da una cascata di luce e sentirono il cinguettio di uccelli.

Si fissarono tutti in viso e la paura svanì, sorrisero e batterono le mani.

Tutti si misero lì sotto, guardando in alto, da dove entrava quel sole luminoso. Un'aria profumata di aghi di pino e di resina riempì i loro polmoni: era pungente, come quella che si respira d'inverno camminando in una foresta, fra montagne innevate. Parve a tutti, in quel momento, un profumo paradisiaco.

«Forza, John. Non avere timore, sali sullo sgabello e sporgiti fuori, così ci dici quello che vedi.»

«Subito. Ecco, ora guardo!»

Con fare guardingo sporse fuori la testa e girò intorno lo sguardo.

«Allora, che cosa vedi?» gli chiese Eva, la figlia di Sebastian, un po' imbronciata e impaziente, con il suo cane fra le gambe. Forse sperava che avrebbero chiesto a lei di essere la prima a fare quelle osservazioni.

«Siamo nel mezzo d'una pianura, ma ci sono tanti alberi intorno. Vedo all'orizzonte delle montagne innevate.»

«Alfonso, tu che eri un alpinista, guarda un po' e vedi se riusciamo a capire, dal profilo delle montagne, dove ci troviamo. Forse siamo ancora a Vienna.»

«Puoi saltare fuori sul corpo della cisterna, John, ma attento a non scivolare. Così salgo anch'io e ti seguo» mormorò Alfonso, tirandosi su. Dopo avere ben studiato l'orizzonte a trecentosessanta gradi, esclamò: «Pianura Padana, ragazzi! Quello è il Monte Rosa!».

«Ne sei proprio sicuro?»

«Sicurissimo, l'ho scalato due volte!»

«Visto che sei così bravo, guardando la sua forma attuale, puoi forse intuire in che età ci troviamo?»

«Lo sto studiando, certe cime mi sembrano familiari, altre un po' meno. Il Monte Rosa si era formato nel tardo paleozoico, diciamo 250 milioni di anni fa. Ma lo stato di erosione mi pare molto vicino a noi, per fortuna. Non vorrei dire fesserie, ma siamo certamente a meno di un milione di anni prima della nascita di Cristo.»

«Molto confortante!» esclamò Sabastian, con un sospiro.

«Vedo delle grosse differenze sulla punta Gnifetti e Polluce, ma lasciatemi pensare un po'... non possiamo essere a più di trecentomila anni fa. Vedo ghiaccio ovunque, tranne che in queste foreste dove ci siamo posati noi.»

«Usciamo, allora. Forza, prima le donne.»

«Fuori!»

«Sì, vediamo di stabilire una base e di svuotare questa navicella.»

Saltarono giù da quel cilindro metallico. Il terreno era bagnato, come se avesse appena piovuto, ma il cielo era d'un colore blu. Più brillante del solito. Non avevano mai visto prima, in tutta la loro vita, un cielo di un così intenso color lapislazzuli: era uno spettacolo straordinario, quasi surreale.

«Ecco la prova che le emissioni di carbonio nell'atmosfera hanno davvero modificato l'aria che respiravamo sino a poche ore fa!»

«Interessante, Alfonso, ma credo che ci siamo arrivati troppo tardi a queste deduzioni.»

«Meglio che cominciamo a darci da fare prima che cali la notte. Potremmo costruire una capanna con dei rami, ma terremo la navicella come nostra base. Alfonso, abbiamo un misuratore dell'altitudine e potremmo usarlo per rilevare le cime del Rosa. È l'unico modo che abbiamo; possiamo utilizzarlo per misurare l'erosione e indovinare in che epoca siamo. Che ne dici?»

«Dico che è una buona idea!»

«Ehi, non dovremmo avere problemi a cacciare qualche animale: questi boschi ne saranno pieni. Ma dobbiamo fare attenzione che non vi siano degli animali da preda pericolosi, orsi, lupi, mammut.»

«Dinosauri?»

«Potrebbero esserci anche leoni delle caverne» concluse John.

«Qui in Europa?» si stupì Eva.

«Certo. Se ne erano rinvenuti alcuni resti fossili ed erano molto più grossi dei leoni che vivevano in Africa. Potremmo incontrare anche degli enormi giaguari» ammise Alfonso.

«Potremmo cominciare ad accendere un bel fuoco per scaldarci» disse Eleonora.

«Certo, buona idea. Fa molto freddo, anche se nell'eccitazione non ce ne siamo accorti. Per ora abbiamo accendini e fiammiferi, ma in futuro dovremo imparare a frizionare del legno o a cercare delle pietre focaie.»

«A giudicare dall'altezza del sole dovrebbero essere le undici di mattina.»

«Strano trovarsi in un nuovo mondo, in un Universo parallelo, alle undici di mattina. Mi viene voglia di andare al supermercato a fare la spesa» disse Sebastian, che pareva sempre più depresso.

«Meglio pensare a trovare qualche cosa da mangiare. Poi faremo qualche misurazione per stabilire la nostra posizione. Laggiù, in fondo, si scorge un fiume.»

«Dove?»

«Oltre la foresta. Se salite sopra la nostra navicella e guardate in quella direzione lo vedrete.»

«Credo sia il Ticino o forse il Po.»

«Credo sia il Ticino. Il Po è più lontano rispetto al Monte Rosa» disse Giuliano. «Conosco bene queste terre, anche se mi paiono completamente diverse ora, ma triangolando con il fiume e le montagne, direi che ci troviamo fra i paesi... i paesi futuri o già passati, di Turbigo, Robecchetto e Castano Primo.»

La legna fece fatica ad accendersi, per via dell'umidità, ma poi il fuoco partì. Intanto, Giuliano e Alfonso presero la carabina e i coltelli ed entrarono nella foresta in cerca d'una preda da cacciare.

Non ebbero bisogno di fare molta strada: fu sufficiente addentrarsi di poche centinaia di metri in quel bosco di pini e di betulle per imbattersi in un branco di bisonti. Come pensavano, ce n'erano davvero molti e non erano assolutamente intimoriti dalla loro presenza, si lasciavano avvicinare senza problemi.

In una radura poco più avanti ne videro tre, isolati dal branco, che stavano tranquillamente brucando l'erba. Dopo essersi avvicinati a meno di dieci metri, Alfonso prese la mira e fece fuoco su quello che pareva essere il più giovane e il meno pesante. L'esplosione li gelò, poi i due che non erano stati colpiti si volsero e corsero via, mentre quello che era stato centrato s'accasciò sulle gambe anteriori, rotolando sull'erba, che s'arrossò del sangue che gli sgorgava dal petto. Il cielo si riempì d'uccelli che, stridendo, volarono verso gli alberi più lontani. Si mossero lentamente verso quell'animale e videro che era morto: la pallottola gli aveva trapassato il cuore. Pesava almeno duecento chili e non ce l'avrebbero mai fatta a trascinarlo verso l'accampamento, quindi pensarono bene di tagliarlo a pezzi, portar via quanta più carne potevano e abbandonare lì la sua carcassa. Si misero subito all'opera, tenendo il fucile a portata di mano per evitare di venire assaliti da qualche animale da preda, attratto dall'odore del sangue o dal rumore.

Per fortuna si erano portati dei coltelli in resina della Kyocera giapponese, affilati come dei rasoi, e non ebbero grossi problemi ad affondarli in quella carne fresca. Ne trassero dei grossi tranci dalle spalle e dalle cosce, ripromettendosi di affinare, nei giorni successivi, le loro tecniche di macellazione. L'acqua l'avrebbero tratta dalla neve facendola sciogliere in una pentola che avevano sistemato sul fuoco.

Tornando dai loro compagni videro che davanti alla navicella metallica avevano già eretto una sorta di veranda. In attesa di avere una sistemazione più sicura e più calda, avrebbero cercato di dormire all'interno. Passarono quel pomeriggio alla ricerca di legna da ardere e la sistemarono sotto a una tenda per farla asciugare: volevano mantenere il fuoco acceso il più a lungo possibile e per questo motivo gli avevano messo intorno, a limitarne il perimetro, delle pietre di quarzite bianca che abbondavano in quel terreno. La sera calò molto tardi, segno che erano in piena estate. Decisero che i tre uomini del gruppo si sarebbero alternati a fare la guardia e a mantenere il fuoco acceso, mentre gli altri avrebbero dormito all'interno della *Santa Maria*.

Un paio di orologi meccanici funzionavano ancora, mentre quelli al quarzo si erano tutti bloccati. Prima recitarono insieme le preghiere leggendo la Bibbia che avevano portato, ma avvertivano la stranezza di quanto stavano facendo. Il mondo di cui si parlava in quel libro non esisteva più o non era ancora nato oppure era sparito per sempre, non lo avevano ancora ben capito. Ma non ebbero dubbi sul fatto – e come avrebbero potuto? – che la loro religione, il cristianesimo, fosse stata la via maestra che li aveva portati alla loro salvazione, come pure alla terribile distruzione del mondo. Poiché, misteriosamente, anche lo strumento di quella distruzione era da ricercarsi nel cristianesimo. Forse perché la scienza moderna, la fonte presso cui anche loro si erano abbeverati, era anch'essa figlia di quel Credo. Infatti, chi erano stati i padri nobili del CERN? Non certo il Budda, o Maometto, o lo gnosticismo degli scienziati moderni. Erano stati San Paolo, Sant'Agostino, San Tommaso d'Aquino. Senza di loro, il CERN non sarebbe mai esistito e con esso la distruzione del loro vecchio mondo pieno di contraddizioni, con tutto il bene e con tutto il male che rappresentava.

Non conoscevano i motivi di tutto quello che avevano visto e di quello che ancora li attendeva e certamente non li avrebbero mai conosciuti, ma erano stati risparmiati per testimoniare un qualche cosa che sfuggiva alle loro capacità di comprensione, qualche cosa di infinitamente più grande di loro, che non sapevano spiegare. Quella era una parabola che aveva un senso oppure era senza senso? C'era stato un errore e quanto successo era stata una punizione, oppure un premio? Era stata la superbia dell'uomo o la sua stupidità, o la scelleratezza che li aveva portati a quel punto? Ci stavano pensando tutti, ma nessuno credeva di poter arrivare a una risposta.

Ebbero la chiara impressione che una nuova Bibbia dovesse essere riscritta daccapo, ma l'unica certezza che avevano era che il Dio inconoscibile che aveva creato quel libro era ancora lì, che li osservava. Non perdeva neppure un battito del loro cuore. Li amava o li odiava? Non ne avevano idea, anche se capivano di essere dei privilegiati: perché avevano avuto l'onore di vedere il compimento di quelle profezie ed erano gli unici testimoni rimasti di una civiltà scomparsa, che era durata per più di cinquemila anni.

Un mondo che aveva visto nascere e morire decine di miliardi di individui, che erano tutti stati dei loro simili: fratelli, padri e madri.

Capitolo Trentaseiesimo

Pole Shift

«Sì, questo libro sacro è giunto al proprio compimento e ora ci sta davanti una terra inesplorata. Dio vuole forse riprendere il suo Grande Gioco con noi?» si chiese Mary, la moglie di Sebastian, che nella sua precedente vita si era sempre dichiarata atea, materialista e ostile al papa, proprio perché era nata in una famiglia di tradizioni cattoliche alla quale si era violentemente ribellata. In gioventù aveva anche avuto guai con la polizia per via di conoscenze vicine alla Rote Armee della banda Baader-Meinhof. Iscritta al partito comunista tedesco, da giovane era stata una loro sostenitrice e poi aveva lottato politicamente per concedere l'eutanasia a tutti i malati terminali che ne facevano richiesta.

Le rispose suo marito: «Forse vuole ricreare un mondo migliore di quello che abbiamo visto perire. Siamo stati fortunati e gliene siamo grati, perché abbiamo visto cose terribili con i nostri occhi, cose enormi che mai avremmo immaginato e ne siamo usciti indenni, per ora, pronti per una nuova testimonianza. Ma a cosa servirà la nostra testimonianza? Non lo possiamo sapere ora. Forse siamo arretrati in un tempo remotissimo, troppo remoto, che impedirà alle nostre voci di giungere nel futuro o migliorare una nuova civiltà, migliore di quella che abbiamo visto suicidarsi».

Quella notte ammirarono una stellata incredibile, mai vista prima da nessuno di loro, neppure da Alfonso durante le sue notti passate bivaccando sulle cime più alte del

Nepal. Forse quello spettacolo era davvero dovuto alla mancanza assoluta di inquinamento e anche alla mancanza di luci di sottofondo. Tutti fattori che contribuivano a rendere l'aria limpida come un cristallo di quarzo. Quello spettacolo riuscì a commuovere tutti, nonostante la loro giornata fosse stata già colma di emozioni fortissime.

Alfonso si spostò verso un piccolo dosso, una sorta di terrapieno posto a cento metri da loro, che doveva essere stato formato dai detriti lasciati dal fiume, e portò John con sé. Da lì fecero, con i loro strumenti, alcune rilevazioni stellari, prendendo nota su un taccuino per un paio di ore. Poi tornarono indietro a rapidi passi. La loro espressione tradiva il fatto che avevano scoperto qualche cosa di eccitante e volevano metterne al corrente gli altri.

«Ragazzi, ci siamo riusciti! John e io abbiamo capito in che epoca ci troviamo, osservando la posizione delle stelle!»

«Sentiamo, non farci aspettare!» disse Stefania.

«Prima di tutto, una rivelazione. Dal movimento delle stelle ci siamo accorti che la terra sta girando in senso contrario.»

«Da oriente a occidente?»

«Cosa, cosa? Ma non è possibile!» disse Eleonora.

«Possibile, guarda lassù, vedi...»

«È vero. Guardate, le stelle si muovono in senso contrario e, ripensandoci, anche il sole aveva qualche cosa di strano oggi... girava in senso contrario al solito, tramontava a oriente.»

«Questa possibilità era nota, esistevano dei sospetti che fosse già accaduto. Per esempio le pitture in certe tombe egizie. Il Talmud dice che sette giorni prima del diluvio, il Santissimo cambiò l'ordine delle cose e il sole si alzò a occidente e tramontò a oriente. Addirittura gli ebrei chiamavano *Arabot* il mondo in cui il sole sorge a occidente, e chiamavano *Tavel* quello in cui sorge a oriente. Forse è successo molte volte. Può essere stato un enorme meteorite. Oppure il *pole shift*, il rovesciamento dei Poli terrestri, che nessuno ha mai preso sul serio: quella può essere stata la causa dell'inversione del senso di rotazione.»

«Non ci posso credere!»

«Eppure se ne era parlato. Il peso delle calotte polari. I mammut gelati mentre brucano l'erba... Lo spostamento del Polo, ammesso che sia accaduto così, deve essere stata una catastrofe inimmaginabile. Tsunami alti chilometri, continenti che si spostano nel giro di pochi minuti. Ma non saprei proprio che dire: non era mai stata considerata una vera possibilità scientifica. Comunque sia, abbiamo notato che Alpha Ursa Minoris non è più la Polarstern... scusate, la stella polare. Al suo posto c'è Vega della costellazione della Lira. Abbiamo fatto anche un calcolo sulla processione degli equinozi.»

«Cioè?» chiese Stefania.

«Il movimento, la traslazione, degli assi della terra.»

«Eva, l'avevate studiato a scuola?» chiese Eleonora.

Eva scosse il capo.

«Quella era stata una scoperta fatta dal greco Ipparco: la posizione degli equinozi si muove verso occidente seguendo l'eclittica rispetto alle stelle fisse sulla volta celeste.»

«Ma cosa avete trovato?» lo incalzò Giuliano.

«Sappiamo che il movimento attuale degli equinozi è pari a circa 50,3 secondi di arco per ogni anno, ossia un grado ogni 71,6 anni. Una processione completa prende 25.765 anni.»

«Quello che gli astronomi chiamano il grande anno platonico, durante il quale gli equinozi regrediscono di 360°» disse Eleonora.

«Esattamente. Questo viene provocato dall'attrazione combinata del sole e della luna: la terra non è una sfera perfetta, perché all'equatore è più larga di 43 chilometri, rispetto ai Poli.»

«È uno sferoide, lo sappiamo anche noi. Se fosse perfettamente sferica non esisterebbe la processione degli equinozi. Continua.»

«Sì, vieni al dunque, Alfonso. Taglia la lezione di astronomia, non siamo una scolaresca» disse Sebastian. «Quanti cicli di 25.765 anni avete calcolato?»

«Dieci.»

«Dieci? Accidenti, quindi siamo più o meno nel 250.000 avanti Cristo?»

«Esatto. Potremo fare una valutazione più accurata nei prossimi giorni, ma ci siamo vicini.»

«Welcome to Deep Time!» esclamò Eleonora.

«Be', non va malissimo. Niente dinosauri!» disse John con un sorriso.

«Sì, poteva anche andarci peggio, se teniamo presente che il nostro pianeta è vecchio di 4,6 miliardi di anni e che le prime forme di vita risalgono a 3,8 miliardi di anni fa» disse Alfonso.

«Ma che ne sai tu?» lo attaccò Sebastian.

Intervenne anche Giuliano: «Un momento, Alfonso, non ho ben capito come sei potuto arrivare a dieci cicli invece che a due o a sei».

«Non credo di sbagliarmi. Abbiamo stimato lo scarto nella distanza dalla luna, che ora è molto più vicina alla terra di quanto fosse ai nostri tempi. Nel 2008 la distanza fra la luna e la terra era di 60,3 raggi terrestri. Nella posizione in cui ci troviamo noi il raggio dovrebbe essere di 6.368 km. Noi, di raggi, ne abbiamo calcolati 60,17. Questo vuol dire *inter alia* che le maree sono maggiori rispetto ai nostri tempi. In due miliardi di anni la luna raggiungerà 68 raggi terrestri e in quel periodo l'anno platonico arriverà ai 69.000 anni.»

«La distanza è variata di un migliaio di chilometri. Non molto, mi sembra» ragionò Giuliano, che era stato il primo a fare mentalmente quel calcolo.

«Va bene, Alfonso. Prendiamo per buona la tua stima» sbottò Sebastian, intenzionato a dare un taglio a quella discussione che sapeva troppo di accademia. «Siamo a 250.000 anni prima di Cristo. Ora vi chiedo: cosa dobbiamo aspettarci in questa dannata Pianura Padana?»

«Gli animali di cui abbiamo già parlato prima. Niente dinosauri, come ha giustamente notato il nostro John. Dovremmo essere fra la glaciazione di Mindel e quella di Riss. La nostra fortuna è che, se non sbaglio, grazie all'eclittica, siamo in un'epoca di arretramento dei ghiacci, altrimenti dovremmo muoverci verso l'Africa per sopravvivere.»

«Alfonso, pensi ci possano essere altri esseri umani qui in giro?» chiese Eleonora.

«Credo proprio di sì, ma non saprei dire quanto simili a noi possono essere. Forse degli ominidi del genere *Homo erectus* e naturalmente i Neanderthal. Ma le nostre conoscenze in quel campo erano molto approssimative, poco scientifiche. Sì, credo proprio di sì... questa deve essere *Neanderthal Country*.»

«Tu avevi studiato un po' di antropologia, quanto simili a noi credi possano essere?»

«Non hanno lasciato molte tracce. Ma si crede che sapessero parlare e sapevano certamente accendere il fuoco. Dipingevano semplici graffiti sulle pareti delle caverne.»

«Non dobbiamo dimenticare che hanno avuto anche loro una evoluzione durata centinaia di migliaia di anni, come noi. Quindi in tutto quel tempo saranno cambiati moltissimo.»

«Che vuoi dire?»

«Voglio dire che se incontri un Neanderthal del 150.000 avanti Cristo e poi uno del 30.000 avanti Cristo, questi due non sembreranno neppure appartenere alla stessa specie. Non capisco perché dobbiamo assegnare solo a noi il privilegio del progresso fisico e mentale. Forse i primi erano neri di pelle e gli ultimi bianchi e biondi.»

«Mi sembra una ipotesi ragionevole. Finché non ne vediamo uno, non sappiamo chi è, né come si comporta.»

«Ma sappiamo quando si erano estinti?» intervenne Eva.

«Non molto tempo prima di noi. Se ricordo bene, le ultime sepolture di Neanderthal datavano a 30.000 anni prima di Cristo. Leggevo, solo qualche mese fa, di un ritrovamento ad Avesa, vicino a Verona, di resti appartenenti a quel periodo. Erano anche riusciti a estrarre il DNA da un osso.»

«Sappiamo anche che vivevano in gruppi tribali, non villaggi e quindi alla fine non è azzardato immaginare che saranno stati sterminati dai nostri antenati, nonostante loro fossero fisicamente più forti, con una corporatura più tozza e massiccia della nostra, con ossa robuste come quelle di un gorilla. Ma camminavano perfettamente eretti, non come in certe fantasiose rappresentazioni, che ce li hanno presentati come oranghi. Avevano mascelle possenti e i denti anteriori sporgenti in avanti.»

«E l'*Homo erectus* di cui parlavamo poco fa?»

«Forse sono sempre degli *Homo sapiens*, ma erano arrivati per primi dall'Africa, voglio dire prima di noi *sapiens*.»

Andarono avanti ancora per un po' con quel genere di discussioni, davanti al falò che dava sicurezza e anche allegria e, una volta che furono troppo stanchi per continuare, si prepararono ad andare a dormire dentro la navicella. Di fuori, a montare la guardia per il primo turno, rimase Alfonso. Nell'aria attorno a loro volavano, forse attirate dal bagliore creato dalle fiamme, grosse farfalle di un tipo che non avevano mai visto prima.

Si stesero alla bell'e meglio sul fondo metallico della capsula, sistemandosi su alcune stuoie e cercarono di prendere sonno coprendosi il più possibile, perché faceva molto freddo.

«Giuliano, cosa pensi di quanto ci è accaduto?» gli chiese Eleonora.

«Difficile pensare con chiarezza. Ma, come dicevamo prima, siamo stati doppiamente fortunati, abbiamo intravisto l'ira divina e le siamo sopravvissuti. Guarda John com'è coraggioso e pieno di ottimismo, anche se è solo un ragazzo. Dovremmo prendere tutti esempio da lui.»

«Mi chiedevo quale sarà il nostro futuro su questo pianeta. Tu cosa pensi che dovremmo fare, cosa dovremmo pensare e come dovremmo muoverci?»

«Credo che, per prima cosa, dovremmo smettere di pensare alla nostra vita passata e prepararci a quella futura. Poi tenteremo di sopravvivere come meglio possiamo, cercando per quanto possibile di tramandare la nostra saggezza, se ancora vale qualche cosa, a chi ci seguirà. Devo ammettere che, comunque, non ho molte speranze per questo. Ricordi quanto distanti e incerte ci sembravano le cose di 2.500 anni fa? Immaginiamo ora che questa età sia cento volte più lunga. L'unica speranza sarebbe di incidere il nostro messaggio su delle lastre d'oro, seppellirle e sperare che qualcuno le ritroverà... Come successo per i Mormoni, anche se, tutto sommato, che importa? Voglio dire, a che servirebbe e quale messaggio dovremmo trasmettere? Un messaggio scientifico? Come fabbricare la polvere da sparo, oppure la carta, o un computer?»

«O un acceleratore di particelle?» commentò Sebastian, che aveva finto di dormire, ma che invece li stava sentendo. «Sì, con scritto sotto: prima di usarlo leggete attentamente le istruzioni!»

Risero tutti per la battuta.

«Giuliano, forse potremmo trasmettere un messaggio religioso: abbiamo visto Dio e la sua onnipotenza, quindi state attenti, o nostri successori, potrete far uso della polvere da sparo e del computer, ma non per farvi del male né per adorare Raypoz...»

A quelle parole, si fecero subito seri.

«Hai ragione, Eleonora, questo è il fine al quale dobbiamo mirare. Non c'è altro...»

«Noi non possiamo avere figli e non credo che Alfonso e Sebastian possano, anche se non sono ancora in là con l'età. Non restano che Eva e John...»

«John Adam, questo è il mio nome completo!» disse lui, da sotto la coperta, ancora troppo elettrizzato dai fatti del giorno per poter dormire.

Anche tutti gli altri avevano sentito e Sebastian saltò in piedi e batté le mani, attirando l'attenzione di Alfonso che stava fuori. Dentro la navicella erano tutti commossi.

«Cosa succede, avete chiamato?» Alfonso si era affacciato dal portello con una torcia, chiedendo cosa fosse tutto quel rumore.

«Alfonso... guarda questo ragazzo e questa ragazza. Mia figlia e John.»

«Sì, li guardo e allora? Che diavolo vuoi dire? Vi siete tutti ammattiti?»

«Il secondo nome di John è Adam. Ecco qui davanti a te Adamo ed Eva!»

«Oh, mio Dio!» Lui e sua moglie scoppiarono a piangere e poi a ridere dall'emozione.

Capitolo Trentasettesimo

Santi

Passarono giorni, poi settimane e poi mesi. Si adattarono bene a quella vita selvaggia. Si erano costruiti una casa robusta, fatta con tronchi d'albero, molto grande come una baita alpina, con un camino all'interno per stare caldi. Stefania non si era ancora completamente abituata, o per meglio dire, rassegnata, a quel nuovo mondo. Continuava a pensare al suo mondo passato, agli amici e ai parenti che aveva perso e questo complicava l'adattamento alla nuova condizione in cui si trovava a vivere. Sebastian, invece, aveva superato quella crisi e ora accettava con allegria il proprio destino e arrivava ad ammettere che stava meglio lì, dove stavano ora e che non avrebbe più accettato di tornare a Zurigo, dove era nato e cresciuto, oppure a Ginevra.

Una mattina, Giuliano, Alfonso e John andarono a pescare sul fiume, che scorreva a qualche chilometro di distanza. Avevano scoperto un sentiero naturale nella fitta vegetazione, forse aperto da una mandria di mammut, che portava proprio davanti al suo ramo principale. Quelle acque gelide pullulavano di pesci. Uno dei più comuni e dei più saporiti era una sorta di grosso luccio con la bocca piena di lunghi denti ricurvi. Poteva arrivare anche a tre metri di lunghezza e possedeva carni bianche e tenerissime, simili a quelle delle trote. Lo prendevano utilizzando un bastone con un uncino metallico posto alla sommità: una sorta di rudimentale arpione. Attirarli era molto semplice: avevano fabbricato una mosca artificiale, di legno con piume d'uccello legate sopra, la tenevano attaccata a un bastone con un cordicella. John la lanciava sul pelo dell'acqua e poi la recuperava lentamente: appena si posava, quei mostri voraci si staccavano dal fondo scambiandola per una farfalla e si lanciavano verso la superficie per inghiottirla. Bastava un colpo di lancia ben assestato per arpionarli, si trattava poi di trascinarli fin sulla riva. Non era un'operazione facile e spesso sfuggivano, ma bastava ripetere nuovamente la manovra con l'esca ed ecco che un altro pesce saliva in superficie, indifferente al pericolo, prendendo il posto di quello che era stato ferito.

Quella mattina ne avevano già catturati due e Alfonso gli stava staccando le testa e le pinne per poterli poi legare a una corda e portarli in spalla. A un certo punto, però, sentirono un tramestio dietro di loro, fra gli alberi. Si volsero e videro uno strano animale dalle fattezze a loro sconosciute: sembrava un incrocio fra un bue e un piccolo elefante, perdeva sangue ed era evidente che stava sfuggendo a un predatore che lo inseguiva. Era a non più di una decina di metri da loro e rimasero a guardarlo mentre tentava affannosamente di farsi largo fra i rovi. Aveva la corta proboscide coperta di schiuma bianca e ansimava affannosamente. In quel momento notarono un rapido movimento nella direzione da cui era spuntato e videro una gigantesca tigre dai denti a sciabola, un macairodonte, comune da quelle parti prima della sua estinzione, meno di diecimila anni prima di Cristo.

Era inconfondibile per via dei canini sproporzionati, anche se, a giudicare dalle dimensioni, più che a una tigre assomigliava a un cavallo: era coperta da un pelo di colore bruno, lungo e lanoso come quello di un montone.

Senza indugi, balzò addosso alla povera bestia, affondandogli per tre volte i denti nel collo e poi estraendoli, come fossero stati micidiali stiletti. Poi fece qualche passo indietro e si accovacciò, in attesa che l'animale morisse dissanguato: poi si sarebbe riavvicinata per mangiarlo.

In quel momento, si accorse della loro presenza e li inquadrò nei suoi occhi feroci, cominciando a ruggire come un leone; poi il ruggito si spezzò in una serie di inquietanti miagolii, modulati come se stesse parlando. Era un linguaggio minaccioso, ma quelle modulazioni forse avevano un significato, perché erano troppo dissimili l'una dall'altra. Forse stava dicendo: «Toglietevi dai piedi o farete anche voi la fine di questo animale».

«Incredibile, ci sta parlando! John, entra un po' in acqua. Forse non sa nuotare. Anche tu, Alfonso» disse Giuliano, notando che avevano lasciato il fucile appoggiato a un tronco, troppo lontano per arrivarci. Mentre gli altri due arretravano sul fondo sabbioso e avevano già l'acqua che arrivava alla cintola, Giuliano rivolse verso l'animale la lancia che usavano per pescare e attese, mentre la belva, sempre parlando con quei toni aspri intervallati a ruggiti, aveva cominciato ad avanzare lentamente verso di lui.

«Scendi in acqua anche tu, Giuliano. Con quel bastone le potrai fare solo il solletico: è troppo grossa.»

«La tengo a bada finché posso, voi intanto muovetevi sino alla prossima ansa del fiume.»

Il felino avanzava ancora. Era ormai a soli tre metri da lui, distanza che avrebbe potuto agevolmente coprire con un solo balzo, quando, per loro fortuna, cominciò a sentire l'odore dei pesci che erano stati tagliati lì vicino. Li vide e cominciò a mangiarli come avrebbe fatto un grosso gatto: era evidentemente molto affamata.

Assicuratosi che non badava più a loro, Giuliano poté arretrare e seguire in acqua i suoi due compagni, muovendosi verso l'ansa successiva, un centinaio di metri più a valle.

Usciti dal fiume, trovarono un vecchio acero sul quale salirono e attesero che l'animale finisse di mangiare. Dopo aver divorato i due pesci come antipasto, sbranò il povero animale che era nel frattempo morto. Quando la videro allontanarsi, scesero dall'albero e tornarono a riprendersi il fucile, rallegrandosi di averla scampata bella.

«Per fortuna era appassionata di sushi!» scherzò Alfonso.

«Certo, e noi abbiamo ripetuto il miracolo dei santi Aimo e Vermondo» disse Giuliano.

«E chi erano?»

«Due santi di Turbigo. Nobili longobardi che, mentre stavano a caccia, sfuggirono ad alcuni cinghiali salendo su un albero. Fecero voto di costruire un monastero, se si fossero salvati. E successivamente mantennero la loro promessa. Si trovavano da queste parti, ma il monastero lo costruirono a Desio.»

«Interessante. Diversa epoca, ma soprattutto diversi animali. Quel mostro parlante pareva uscito dall'inferno. Detto fra di noi, anche io ho fatto voto di costruire una cappella se mi fossi salvato» disse Alfonso.

«Ah, come me!» disse John.

«Anch'io. Dunque abbiamo pregato in tre, silenziosamente, facendo lo stesso voto!»

«Pare proprio di sì, un piccolo miracolo. Anche se solo tu conoscevi gli antecedenti storici a questa leggenda aurea che abbiamo ricreato.»

Appena toccarono terra, si accorsero che le gambe stavano ancora tremando dalla paura e, da quel momento, tennero sempre la carabina sotto mano: finché duravano le pallottole non avrebbero dovuto temere nessun animale.

CAPITOLO TRENTOTTESIMO

NEANDERTHAL COUNTRY

Con l'arrivo dell'inverno, le montagne s'imbiancarono e per qualche settimana fece molto freddo, forse trenta gradi sotto zero, in pianura, ma ad alta quota la temperatura era scesa certamente a meno quaranta gradi. Anche se brillava il sole, il fiume era ghiacciato e, in giro si vedevano molti animali morti. Forse i meno adatti a reggere quell'improvviso cambiamento di clima.

Una mattina trovarono alcune impronte umane nella neve, a poche centinaia di metri dalla loro baracca. Evidentemente quei visitatori misteriosi s'erano fermati lì davanti per tutta la notte, forse attirati dal fumo che usciva dal camino. Si armarono e uscirono in esplorazione per incontrarli, sperando che non si fossero allontanati troppo. Le impronte scendevano giù nella vallata del fiume. Le seguirono e, a un certo punto, scorsero del fumo che si alzava in cielo. Avanzarono con cautela, finché notarono una grande tenda fatta di pelli di bufalo legate a un palo centrale, un po' come quelle che costruivano i pellerossa. Il fumo usciva dalla sommità. L'avevano alzata al centro d'una radura, a pochi metri dal fiume, vicino a dove, qualche mese prima, avevano incontrato la tigre dai denti a sciabola.

«Ahhh!»

In quel momento un urlo feroce lacerò l'aria e videro un uomo, con delle pelli buttate addosso, correre loro incontro, brandendo una lancia. Era a una trentina di metri e doveva essere una sorta di sentinella messa a guardia del territorio.

Alfonso alzò la carabina e gliela puntò contro, mentre Giuliano si metteva davanti a John per fargli da scudo con il proprio corpo.

«Aspetta a spararagli!» disse Giuliano.

«Certamente, ma tengo il dito sul grilletto.»

Quel selvaggio si fermò a dieci metri da loro, con la lancia minacciosamente sollevata e continuando a urlare a squarciagola: forse, più che far loro paura, voleva attirare l'attenzione dei compagni, avvertendoli di quella intrusione.

La pelle che faceva da chiusura alla tenda venne scostata da una mano e ne uscirono due uomini. Uno sembrava più anziano e aveva in mano una pietra scheggiata, mentre l'altro stringeva quella che pareva essere una lancia, pesante e con la punta di legno annerita dal fuoco. Assomigliava ai giavellotti trovati a Schöninger vicino a Berlino oppure alla lancia di Clacton in Inghilterra, considerate le armi più antiche mai rinvenute e che erano state datate a 400.000 anni prima di Cristo. Si pensava fossero state create dall'*Homo erectus*, ma anche i Neanderthal avevano imparato a fabbricarle. Vennero avanti, unendosi al loro compagno. I due gruppetti si fronteggiarono: tre contro tre. I selvaggi guardavano negli occhi i nuovi venuti, con grande diffidenza: non parevano affatto felici della loro visita.

«Cosa facciamo ora?» chiese Alfonso. John gli rispose che era meglio ridere, poiché, a giudicare dalla loro muscolatura facciale, anche loro potevano ridere.

«Ridere? Ora non è facile» concluse Alfonso.

«Proviamoci.»

All'inizio il riso non venne, pareva una sorta di pianto nervoso, ma poi risero. Gli altri tre li guardarono stupiti e poi, dopo essersi fissati, risero a loro volta. Sghignazzarono anche loro come bambini e abbassarono le lance.

Giuliano aveva portato con sé due piccoli barattoli di latta; si fece avanti con circospezione e li depose ai loro piedi in maniera cerimoniosa, cercando di non fissarli negli occhi. Uno dei tre si fece avanti, li raccolse e li passò agli altri che li guardarono e se li girarono fra le mani, pieni di stupore, prima di scoppiare nuovamente a ridere.

Il più anziano continuava a manifestare molto ostilità nei loro confronti, ma gli altri due sembravano conquistati dai loro doni. La tenda si aprì nuovamente e ne uscirono due femmine con una piccola bambina. Quello, evidentemente, era un intero nucleo familiare.

La piccola aveva una testa molto grossa, simile a quella degli adulti, che pareva più grande e robusta di quella dei nostri bambini. Erano ossuti e tarchiati, con una muscolatura forte, la statura era di circa un metro e settanta per i maschi e di un metro e sessanta per la femmine. Parevano dunque simili agli umani, anche se il prognatismo facciale era completamente diverso: la fronte era più bassa e arretrata. Le sopracciglia erano molto prominenti, come se il blocco costituito dal naso e dalla bocca di un normale essere umano fossero stati tirati in avanti sino a deformare tutti i tratti del viso.

«Che ne pensi, Giuliano. *Homo erectus* o Neanderthal?»

«Sono certamente dei Neanderthal.»

Avevano tutti la barba sul viso; anche la donna mostrava una fitta peluria che le copriva le guance, ma poteva essere classificata come appartenente al gentil sesso solo per via delle vistose mammelle che spuntavano fra le pelli che la ricoprivano.

«Ora che abbiamo avuto il grande privilegio di vederli, cosa pensate, sono esseri umani o scimmie?» chiese Alfonso.

«I loro occhi sono umani, guardate quella bambina» disse John, indicandola. Era alta poco più di settanta centimetri e poteva avere cinque o sei anni.

«Umani. Solo il fatto che li abbiamo trovati qui, uniti in una famiglia, dimostra che sono nostri parenti. Quel che distingue gli esseri umani dagli animali è la famiglia: marito, moglie, una famiglia!»

«Hai visto quel vecchio? Ha in mano una pietra scheggiata. Sembra ossidiana.»

«Non credo abbia più di quarant'anni, ma con la vita che fanno sarà già decrepito. Sì, sembra proprio una scheggia di ossidiana, molto tagliente. La useranno per scarnificare le pelli.»

«Be', che facciamo ora? Si continua a ridere?»

«Non aspettiamoci che ci invitino sotto la tenda per un tè... Non si fidano di creature mai viste come noi. Noi, almeno, ci aspettavamo questo incontro, ma loro... Pare che li abbiamo colti completamente di sorpresa. Meglio retrocedere e stare a vedere nei prossimi giorni, se ci restituiranno la visita; non fissiamoli negli occhi per evitare che pensino che li stiamo sfidando. Sanno dove abitiamo. Bene, alziamo la mano destra in segno di saluto e arretriamo lentamente.»

Così fecero, ma il segno dell'alzare la mano destra non venne capito, a giudicare dalle loro espressioni allarmate. Li fissarono con le pupille dilatate mentre andavano via, arretrando. Quando furono a un centinaio di metri si voltarono e cominciarono a camminare verso casa. In lontananza, videro gli altri che rientravano nella tenda, dalla quale continuavano a sporgere la testa e lanciare occhiate preoccupate. Sì, erano certamente umanoidi, ma completamente diversi da loro.

Quella sera prepararono il pesce e la carne sul camino dentro la loro casa. Le donne avevano trovato un'erba che assomigliava all'insalata, anche se le foglie erano molto più grandi. L'avevano condita con dell'aceto ottenuto dalla spremitura di bacche di ribes. Non erano ancora riusciti a trovare piante simili al grano o al riso e quindi cercavano di accompagnare la carne con tanta insalata; poi le nespole selvatiche fornivano il dessert.

La baracca che si erano costruiti e in cui vivevano, aveva un'intercapedine collegata al grande camino centrale con alcuni tubi scavati nel legno. Non aveva finestre con vetri, perché non ne avevano portati sulla navicella. Erano come due case costruite l'una attorno all'altra e separate fra loro da circa un metro d'aria. Il fumo e il calore che circolava lì dentro permetteva di rendere più sopportabile il freddo glaciale di quelle notti invernali.

Fra un piatto e l'altro trovarono il tempo di discutere del loro incontro con i Neanderthal.

«Cosa pensi di quegli uomini che abbiamo visto oggi pomeriggio, Giuliano?»

«Credo siano umani, ma non abbiamo nulla in comune con loro.»

«Che vuoi dire?»

«Non hai avuto anche tu la sensazione di guardare delle creature diverse da noi? Che ci somigliano, ma che sono diverse? Completamente diverse?»

«Vuoi dire che credi pure tu alla teoria che noi *Homo sapiens* non discendiamo da loro?»

«Esattamente. Nulla in comune. Sono come marziani arrivati da un altro pianeta. E so che questo apre degli interrogativi interessanti, riguardo al nostro futuro. Come specie.»

«Cosa vuoi dire?» chiese Eleonora.

«Voglio dire che forse siamo l'inizio di un nuovo ciclo. Che davvero John ed Eva sono gli iniziatori d'un nuovo futuro. Sono gli Adamo ed Eva della Bibbia. Il che supporta le ultime scoperte che erano state fatte ai nostri giorni. La ricerca fatta sul DNA mitocondriale puntava a una Eva comune a tutta l'umanità, vissuta circa duecentomila anni prima, in Africa.»

«Non è un po' presto per dirlo? Che ne sappiamo? Forse ci sono altri *Homo sapiens* in Africa che stanno per arrivare» obiettò Sebastian.

«Non credo. Ricordati che siamo nel 250.000 avanti Cristo. Nella nostra epoca non era stata trovata traccia della nostra presenza.»

«Quindi diventeremo noi gli sterminatori dei Neanderthal?»

«Non è detto che ci sia stato un genocidio, forse altre cause. Nel Medio Oriente le due specie erano convissute per 60.000 anni.»

«Se è per questo, in America, l'uomo e il bisonte sono convissuti per tremila anni, ma alla fine chi ha fatto fuori i bisonti?» sbottò il solito Sebastian.

«Okay, ma il punto è che non lo sappiamo. Malattie, carestie. Chi sa cosa è potuto accadere.»

«A quando dicevamo che risalgono le loro ultime tracce fossili?»

«So che i primi ad analizzare il loro DNA erano stati degli scienziati di Monaco di Baviera ed era risultato che siamo specie completamente distinte, lontane sul diagramma cladistico delle specie *Homo sapiens*. Ma potrebbero aver sbagliato.»

«Secondo te, si parlano fra loro?»

«No, non ho avuto questa impressione: non parlavano, grugnivano e facevano gesti.»

«Non è possibile» intervenne Stefania. «Non dicevate che avevano delle armi in mano e che la tenda era ben costruita?»

«Questo non vuol dire. Vi racconto ora una storia che forse non c'entra nulla, ma *inter pocula* la si può ritirar fuori. Chiedo venia a Eleonora, che l'ha già sentita tante volte. Ebbene, ricordo che a Hong Kong conobbi un vecchio magistrato che mi raccontò come negli anni Cinquanta si trovò davanti a una coppia, marito e moglie, sui sessant'anni. Erano sposati da quarant'anni, ma dato che parlavano dialetti diversi non si capivano, non si erano mai parlati e dato che non avevano avuto figli, non potevano avere un interprete.»

«Interessante. E cosa volevano dalla magistratura?» chiese Stefania.

«Be', la donna voleva divorziare dal marito, perché non lo sopportava più. Mi disse che trovarono un interprete che conosceva entrambi i dialetti e, per la prima volta, poterono parlarsi e lei gli spiegò cosa non andava in lui.»

«Poi hanno divorziato?»

«Non saprei, non ricordo cosa mi disse, ma forse lei gli diede un'altra chance dopo che si furono spiegati. Quindi, vedete che queste cose succedevano anche ai nostri tempi. Questo per dire che i Neanderthal erano ancora fra noi, nel nostro vecchio mondo.»

La carne era cotta e venne tolta dalle graticole e messa sui piatti che avevano sulla tavola. Erano stati fabbricati con grandi pietre levigate di quarzite bianca, pescate dal Ticino. Avevano cercato le più lisce, sul greto del fiume, poi le avevano spaccate di sbieco seguendo le venature e infine le avevano levigate. Messe in una delle ville del loro vecchio mondo sarebbero sembrate delle creazioni di Philip Stark. Per le insalatiere, invece, avevano lavorato delle pietre concave, sino a trasformarle in profonde scodelle. I bicchieri erano di legno scavato.

Erano già passati alcuni mesi dal giorno del loro arrivo e non avevano avuto molto tempo per pensare al passato: dovevano risolvere i molti problemi quotidiani, come naufraghi sbattuti dalle onde su di un'isola deserta. Ma il morale era alto e la compagnia buona. John era sempre d'esempio per tutti, con il suo entusiasmo e la sua passione per quanto li attendeva. Non c'era dubbio che un giorno sarebbe diventato una sorta di patriarca biblico, colmo di saggezza: era la loro più grande speranza, la freccia che doveva essere scagliata in avanti, nel futuro.

Giuliano alzò il boccale nel quale aveva messo, come tutti, una tisana ottenuta bollendo foglie di malva e del miele che avevano trovato nel bosco, in un favo d'api giganti.

«Signori e signore, un brindisi al futuro di questo pianeta!»

«Sì, brindiamo!» disse Alfonso baciando la moglie su una guancia.

In quel momento, Wolf prese a ringhiare minacciosamente e subito dopo si sentirono dei forti colpi battuti sulla porta della loro baracca.

«Cosa può essere?» si chiese Eleonora, guardando gli altri in viso.

«Forse degli orsi?»

«Non è possibile: sono colpi dati con delle pietre» disse Giuliano. «Saliamo tutti al piano superiore: potremo guardare giù dal tetto. Alfonso prendi la carabina e ognuno afferri le lance e i coltelli. Dobbiamo essere pronti per ogni evenienza!»

Salirono al piano superiore, seguendo una scala a pioli; aprirono una botola sul tetto e sporgendosi da un piccolo balcone, poterono guardare giù. Erano i Neanderthal che tentavano di sfondare la porta usando grosse pietre. Erano radunati tutti lì sotto: le due donne e il vecchio battevano e gli uomini si guardavano in giro con le lance in mano.

«Devono essersi ingolositi per i regali che gli abbiamo portato e hanno pensato bene di prendersi quello che possono. Il resto, l'avrà fatto il profumo di arrosto.»

«Hau ab, wilde tiere!» Andate via, bestiacce, urlò Alfonso in tedesco a pieni polmoni, con la voce il più possibile minacciosa.

Per tutta risposta uno di quei due scagliò la lancia nella loro direzione, con una rapidità che li colse di sorpresa. Giuliano e Alfonso si schivarono, riuscendo a evitarla, ma Sebastian la prese in pieno petto e fu trafitto da parte a parte. Mary ed Eva lo tirarono dentro, portandolo sotto il tetto e cercarono di segare, con un coltello, il legno che lo trapassava per poterlo estrarre. Lui era già svenuto e perdeva molto sangue.

«Maledizione, sparagli Alfonso!» disse Giuliano.

Alfonso prese la mira e fece fuoco, colpendo i due uomini che stramazzarono a terra. Nel frattempo, gli altri erano riusciti a sfondare la porta ed erano entrati in casa.

«Sono passati. Scendiamo e state attenti, sono armati.»

Guardarono giù e li videro buttarsi su quello che tenevano in casa. C'erano il vecchio e le due donne.

«Giuliano, che facciamo ora?» chiese Alfonso.

«Non possiamo correre rischi. Tira al vecchio!»

Si udì nuovamente il *crack!* del fucile Mauser, l'uomo cadde in avanti, riverso sul pavimento, con un tonfo sordo.

Le due donne continuarono tranquillamente a mangiare e a buttare in un mucchio tutti gli oggetti che volevano portarsi via, incuranti di quanto era accaduto ai loro compagni.

«Non sono armate. Scendiamo a buttarle fuori» disse John.

«Tu stai indietro, John. Vado avanti io. Alfonso, coprimi!»

Giuliano scese dalla scala a pioli con una lancia in mano e, messi i piedi per terra, andò verso le donne che gli volgevano le spalle, dicendo loro di smetterla o avrebbero dovuto ucciderle. Anche se non potevano capire, sperava che il suono della sua voce le avrebbe distolte da quanto stavano facendo. Ma non gli diedero neppure retta. Allora allungò la lancia verso una di loro, pungendole la spalla con la punta. In quel momento, quella si voltò di scatto e vedendoselo davanti, gli si buttò contro come una furia, urlando. La lancia venne strappata dalle mani di Giuliano, come fosse stata un fuscello e la donna si avventò contro di lui, buttandolo a terra e tentando di morderlo sulla spalla. Era troppo forte per Giuliano, aveva una forza sovrumana, anche se era una donna. Giuliano cercò di divincolarsi da quella presa a tenaglia, ma sentiva che i suoi denti gli erano affondati nei muscoli della spalla sinistra. Niente da fare, stava per sopraffarlo, ma poi vide Eleonora e Stefania affondarle un coltello fra le costole: una, due volte, finché la presa delle braccia e dei denti si affievolì. Era morta e gliela tolsero da sopra.

L'altra donna continuava nella sua razzia. Evidentemente era troppo eccitata oppure sorda, ma anche quella, appena si accorse di loro, cercò di attaccarli senza esitazione e furono costretti ad abbatterla con una fucilata.

«Come sta Sebastian?» chiese Giuliano, mentre gli medicavano alla meglio la ferita sulla spalla.

«È morto» disse Alfonso.

«Maledizione. Ora siamo uno in meno. Abbiamo ammazzato cinque adulti. Ce ne sono altri in giro? Meglio chiudere subito la porta!»

«Ci penso io. E, in quanto all'uno in meno, forse lo rimpiazzeremo presto: mia madre dice che aspetta un bimbo da due mesi; so che ve lo stava per dire questa sera. Spero sarà un fratellino» disse Eva piangendo a dirotto.

«No, Eva, stai vicina a tua madre. Vado io a chiudere la porta» le disse John. Guardò fuori e poi cercò di sistemare una nuova spranga per bloccare la porta.

«Dobbiamo controllare che i selvaggi rimasti qui dentro siano davvero morti.»

E proprio in quell'attimo il vecchio ebbe un sussulto e fece per alzarsi, facendo forza sulle braccia; poi si voltò con gli occhi aperti rivolti in alto. Gli si fecero intorno e lo videro borbottare quelle che sembravano essere delle parole, ma lo sguardo era assente. Forse erano visioni. Sognava di essere a caccia o in cammino su di un sentiro alpino. Aveva perso molto sangue e spirò pochi minuti dopo. Il giorno dopo avrebbero trascinato i cadaveri fuori dalla porta e gli animali li avrebbero divorati. Per Sebastian invece avrebbero preparato un vero funerale: avrebbero recitato delle preghiere e poi lo avrebbero salutato per sempre, come meritava il primo morto di quel mondo nuovo.

Buttarono qualche secchiata d'acqua calda sul pavimento per lavare il sangue che si stava raggrumando e, quando ebbero finito, sedettero attorno al fuoco per discutere di quello che era accaduto quella notte e di cosa avrebbero dovuto fare ora, senza Sebastian.

«Non possiamo restare qui, in questa pianura. È stato un errore che abbiamo già pagato a caro prezzo. Questa casa dà troppo nell'occhio, siamo troppo isolati e forse ci troviamo su un punto di passaggio che dalle Alpi porta a sud. Questo era solo un nucleo familiare di Neanderthal, ma quanti ce ne saranno in movimento, con il freddo che c'è sulle montagne?»

«È vero. Sono d'accordo, non possiamo più restare qui. Oltretutto mi restano poche cartucce ormai. Senza il fucile, siamo in forte svantaggio rispetto a loro. Non abbiamo la loro forza fisica, il loro coraggio e la loro abilità nell'usare queste armi primitive.»

«Senza contare che con questo freddo non possiamo durare a lungo. C'è addirittura la possibilità che la temperatura scenda ancora di più» disse Eleonora.

«Allora dobbiamo spostarci più a sud: muoverci verso la Sicilia e da lì tentare di raggiungere Malta. Su quell'isola saremo al sicuro e fra qualche secolo, quando saremo cresciuti di numero, i nostri discendenti potranno tornare sulla terraferma.»

«Non sarà facile navigare sino a Malta!»

«Ci penseremo fra qualche mese, quando saremo sulla costa: abbiamo una mappa. Faremo delle prove con dei battelli e poi, con il tempo buono, tenteremo la traversata» disse Giuliano.

«Che ne dite?»

«Certo, siamo tutti d'accordo. Abbiamo avuto anche troppa fortuna fin qui, stando in questo posto. Meglio raccogliere le nostre cose e partire. Il prima possibile: non stiamo ad aspettare la buona stagione. Non dobbiamo più rischiare di avere incontri come quello di questa notte. E io che avevo sempre pensato che uno dei motivi del progresso dell'*Homo sapiens* fosse la sua aggressività, ma questi ci battono!»

Il cane riprese ad abbaiare e, dall'esterno, arrivarono degli strani versi, come il miagolare d'un gatto selvatico.

Tesero tutti le orecchie per cercare di capire di che si trattasse. Eleonora salì di nuovo le scale per guardare giù. Ridiscese di corsa dopo un attimo, dicendo: «Sembra una piccola Neanderthal, ora sta vicina ai corpi di uno dei guerrieri morti. Forse pensa che stiano dormendo. Che facciamo? Se la lasciamo là fuori, presto morirà di freddo o sbranata da qualche animale».

«Quanti anni avrà?»

«È quella che avevate visto al campo, forse cinque. È troppo piccola per essere pericolosa.»

«Vado fuori a prenderla» disse Alfonso.

«Fai attenzione, potrebbe essere una trappola. Controlla che quei due siano davvero morti prima di avvicinarti.»

«Farò attenzione, non temere.»

Tolse la spranga e uscì. Sì, doveva essere una bambina: era un fagottino che stava chinato su uno dei morti, forse suo padre, urlando e lamentandosi per cercare di farlo svegliare. Era un'immagine molto umana, non bestiale, che commosse Alfonso, nonostante tutto il dolore che gli aveva provocato la morte di Sebastian, il suo amico fraterno.

Si avvicinò di soppiatto, la prese per un braccio e la sollevò da terra. E lei, simile a un animale in trappola, cominciò a urlare di terrore, a soffiare e a digrignare i denti, pronta a mordere.

Pesava una ventina di chili e, così come l'aveva afferrata, la portò all'interno e Stefania chiuse subito la porta dietro di loro. Si vedeva che era infreddolita. La misero vicino al fuoco perché si scaldasse un po' e si fecero tutti intorno per guardarla meglio. Aveva i capelli ispidi e neri che non erano stati lavati dall'ultima pioggia e mandava un forte odore, che ricordava quello dei cinghiali. Il suo naso era comicamente grande rispetto al viso.

«Che ne facciamo ora di questa?»

«Là fuori morirebbe subito. Teniamola qui, è troppo piccola per combinare dei guai» disse Eleonora.

Eva era della stessa idea: «Tutte e due abbiamo perso il papà. Teniamola con noi!».

Il suo commento commosse tutti e chiuse il problema.

«Va bene, è dei nostri» concluse Giuliano. «Ci tornerà utile anche per capire come sono i nostri avversari. Forse potremo capirli meglio studiando questo loro cucciolo.»

Le misero davanti della carne arrostita che lei afferrò con entrambe le mani e divorò avidamente a grandi bocconi. Mentre mangiava, Eleonora e Stefania le tolsero le luride pelli che le cingevano il corpo. Dopo che si fu un po' calmata e scaldata, provarono a strofinarla con dell'acqua calda, facendo attenzione a non farsi mordere, per cercare di ripulirla un po' da tutta la sporcizia che si portava addosso.

Dapprima fece un po' di resistenza, ma poi, grazie al calore che mandavano le fiamme, s'addormentò come un sasso, posata su una stuoia di paglia.

Era stato un giorno molto difficile, pieno di dolore e di emozioni e tutti crollavano dalla stanchezza. Il corpo di Sebastian venne lavato e steso sul tavolo. Avevano deciso che all'alba avrebbero celebrato il funerale. Pensarono che non valesse la pena di scavare una fossa: il terreno era ghiacciato e gli animali avrebbero potuto disseppellire il corpo per divorarlo. Fu John che suggerì di usare come tomba la *Santa Maria*, la navicella che li aveva portati fin lì e che ora dovevano abbandonare. Lo avrebbero adagiato lì dentro, bloccando il portellone metallico.

Il mattino dopo, posero dei fiori accanto a quel corpo e lessero alcuni passi dalla Bibbia latina che si erano portati dietro, una Vulgata stampata a Venezia nel 1609. Pregarono tutti intorno al suo corpo e poi lo calarono dentro alla navicella e, con una sbarra di metallo, ne bloccarono l'apertura.

Una volta terminata quella mesta cerimonia, cominciarono a mettere da parte tutto quanto avrebbero portato via: il resto lo avrebbero lasciato vicino alla sepoltura.

Avevano fabbricato degli zaini usando le pelli degli animali abbattuti, dopo averle fatte seccare al sole. Pensarono che la cosa migliore da fare fosse quella di costruire delle zattere con tronchi d'albero legati l'uno all'altro con striscioline di cuoio. Si misero subito all'opera e le rudimentali imbarcazioni furono presto completate. Poi le fecero scivolare nel fiume e videro che galleggiavano alla perfezione. Si sarebbero lasciati trasportare dalla corrente del Ticino sino a sboccare nel Po, dove un giorno sarebbe sorta Pavia. Da lì si sarebbero fatti portare sino alle lagune di Venezia e poi, seguendo la costa del mare e camminando sulla spiaggia sarebbero scesi a sud, sino allo stretto di Messina. Quella sembrava la strada più sicura da seguire. Dopo una giornata di duro lavoro, Eleonora si prese cura della piccola neanderthaliana, che ormai sembrava essersi rassegnata al suo destino. L'avevano ufficialmente battezzata Lucy, durante una piccola cerimonia mentre stavano tutti sulla riva del fiume, con una tazza d'acqua e leggendo un passo del Vangelo. Quella piccola doccia fredda l'aveva fatta grugnire e urlare, ma poi era subito saltata in braccio a Eleonora, la sua mamma adottiva, per cercare protezione.

Tutto era pronto per il loro nuovo viaggio, che sarebbe cominciato il mattino successivo, ma era già quasi l'alba quando andarono a coricarsi per riposare, solo qualche ora prima della partenza. Giuliano ed Eleonora stavano nella loro branda, dentro alla baracca e lui aveva già gli occhi semichiusi, quando lei gli prese la mano e la scosse, per attirare la sua attenzione e gli sussurrò all'orecchio: «Guarda là!».

In fondo alla stanza, alla luce del camino, si scorgeva Wolf addormentato e John che teneva Eva vicina a sé e cercava di consolarla per la morte del padre.

Le parlava sottovoce all'orecchio, accarezzandole dolcemente il capo. Quella era la prova che Raypoz aveva fallito e che il mondo stava per rinascere.

Indice